Jeanne Ray

CLUB DER UNSICHTBAREN FRAUEN

Jeanne Ray

CLUB DER UNSICHTBAREN FRAUEN

Roman

Aus dem Englischen von
Gertrud Wittich

Wunderlich

Die Originalausgabe erschien 2012
unter dem Titel «Calling Invisible Women»
bei Crown Publishers, New York.

1. Auflage März 2014

Redaktion Iris Homann

Satz DTL Documenta, InDesign
Gesamtherstellung CPI books GmbH, Leck
Printed in Germany
ISBN 978 3 8052 0806 2

*Für meine Freundin
Jemima Perry.
Sie war nie unsichtbar
und wird es auch
nie sein.*

1. KAPITEL

Es war ein Donnerstag, als mir zum ersten Mal auffiel, dass ich unsichtbar geworden war. Red und ich hatten unseren üblichen Morgenspaziergang schon hinter uns, ich duschte, und er machte es sich wie immer auf dem Badvorleger bequem. Red ist ein Cairn Terrier – er hat genau die richtige Größe für eine Fußmatte. Danach putzte ich mir im Bademantel übers Waschbecken gebeugt die Zähne. Als ich mich aufrichtete und in den Spiegel schaute, war da nichts mehr. Das heißt, ich war weg.

Erst war ich nicht mal überrascht, nicht richtig jedenfalls. Ich hielt es für eine optische Täuschung. Der Spiegel vom Medizinschränkchen war beschlagen, ich wischte mit dem Ärmel darüber, aber selbst dann tauchte ich nicht wieder darin auf. Nur meine Zahnbürste schwebte mutterseelenallein mehrere Zentimeter über dem Bademantel. Ja, der Bademantel war da, Kragen und Schultern füllten den unteren Teil des Rahmens – aber ich fehlte. Ich wiegte mich nach rechts, ich wiegte mich nach links, um irgendwie wieder im Spiegel aufzutauchen: nichts. Alles, was ich sah, waren der aufgezogene Duschvorhang hinter mir, die Fliesen und das eingebaute Wandregal, auf dem Shampoo und Conditioner standen. Ich spuckte die Zahnpasta aus, und da war sie, ein Klecks im Becken, ganz normale Zahnpasta. Da dachte ich zum ersten Mal: Schlaganfall! Temporärer Sehverlust, irgend so was, obwohl ich mir nicht vorstellen konnte, bei welcher Art von Schlaganfall man den ganzen Kopf, Hals und Hände nicht mehr sieht? Ich beugte mich zum Spiegel und tippte mit einem unsichtbaren Finger versuchshalber an meine unsichtbare Wange. Das, was mal ein Finger gewesen war, stieß gegen das, was mal ein Gesicht gewesen war. Meine anfängliche Neugier wich einer rasch anschwellenden Panik. Du bist vierundfünfzig, sagte ich mir, und jetzt hast du dich einfach in Luft aufgelöst.

«Red?», krächzte ich versuchshalber. Immerhin, meine Stimme funktionierte noch. Red hob den Kopf von der Badematte und schaute mich mit seinen treuen braunen Hundeaugen an. Er wedelte mit dem Schwanz, als hoffte er, ich würde noch mal mit ihm Gassi gehen. Ich fragte mich, ob ich tot war und was für eine Wirkung das auf den armen Hund hätte. Zögernd hielt ich ihm meine Hand zum Schnuppern hin. Red schnüffelte und leckte mehrmals darüber. Will heißen, er leckte die Stelle, wo sich mein Handgelenk befand. Ich spürte seine raue Zunge, ein beruhigendes Gefühl. Ich stellte mich wieder vor den Spiegel. Nichts. Futsch.

Wie betäubt wankte ich zurück ins Schlafzimmer. Mir war schwindlig, fast kam es mir vor, als hätte ich keinen Kopf mehr. Ich ließ mich aufs Bett sinken (das mit einem vertrauten Quietschen kundtat, dass es mich wiedererkannte) und griff zum Telefon. Dann wählte ich die Nummer von Arthurs Praxis. Du bist unsichtbar, sagte ich mir, nicht gerade dein Glückstag. Wie zur Bestätigung bekam ich Mary an den Hörer. Arthur hatte drei Arzthelferinnen, und Mary war die schlimmste. Mit Mary in der Leitung zog man unweigerlich den Kürzeren.

«Praxis Dr. Hobart», sagte sie ungehalten.

Ich versuchte, nicht zu hyperventilieren. «Hallo, Mary, ich bin's, Clover. Ich muss unbedingt mit Arthur reden.»

Ich konnte förmlich sehen, wie sie den Kopf schüttelte. «Er ist bei einem Patienten. Kann ich vielleicht helfen?»

Was meinte sie damit? Dachte sie, ich würde wegen eines kranken Kindes anrufen? Sie wusste doch, dass Nick dreiundzwanzig und Evie zwanzig war. «Könnten Sie ihn bitte ans Telefon holen?»

«Wir haben in allen fünf Behandlungszimmern Patienten sitzen, die auf ihn warten, und vierzehn weitere sind im Wartezimmer», erklärte sie in forschem, ungeduldigem Ton. «Die Frau des Bürgermeisters ist gerade bei ihm drin. Ihr Siebenjähriger hat Hautausschlag. Möglicherweise Zeckenbiss. In der Drei ist ein kotzendes Kleinkind und in der Eins eine junge Mutter mit ihrem Baby. Sie hat die vollen Windeln von einer ganzen Woche dabei. Hat sie eingefroren, weil sie fand, dass der Stuhl verdächtig aussieht.»

«Das verstehe ich ja», sagte ich. Obwohl das alles nichts Neues war. So ging es bei Arthur immer zu, tagein, tagaus, sobald er morgens die Praxis betrat und bis er sie abends wieder verließ. Nicht selten folgte ihm sein Beruf selbst noch in den Feierabend. Ich konnte nachvollziehen, dass es ihre Aufgabe war, ihm alles Unnötige vom Hals zu halten, eine Art Schutzwall zwischen ihm und der Welt da draußen zu bilden. Was mich aber ärgerte, war, dass mich das offenbar einschloss. Ich rief selten genug in der Praxis an.

«Ist es denn ein Notfall?», wollte sie wissen.

«Könnte man meinen, ja.»

«Na gut», sagte sie ungnädig. Aber ich hörte, dass sie mit ihren Gedanken schon wieder ganz woanders war. Irgendwo im Hintergrund stieß jemand einen schrillen Schrei aus, und auf einmal war die Leitung tot.

Da saß ich also, mit dem Hörer in der Hand. Oder besser gesagt: Der Hörer schwebte in der Luft. Ich starrte ihn kurz wie belämmert an, dann legte ich auf. Was soll's, dachte ich. Selbst wenn du Arthur ans Telefon gekriegt hättest, er hätte eh nur gesagt: Was weiß ich, Kinder werden nicht unsichtbar. Arthur hatte die blöde Angewohnheit, so zu tun, als hätte er eine Art Junior Medical College besucht, auf dem sich die Wissensvermittlung ausschließlich auf Kinder- und Jugendmedizin beschränkte und keinerlei Informationen über den menschlichen Körper im Erwachsenenalter vermittelt worden sei. Damit wollte er den Freundes- und Bekanntenkreis davon abhalten, ihn bei Dinnerpartys um Rezepte anzuhauen, aber es bedeutete auch, dass er seiner Familie als Arzt nicht viel nützte. Zumindest nicht mehr jetzt, wo alle erwachsen waren.

Und woher wollte ich überhaupt wissen, dass ich wirklich unsichtbar geworden war? Vielleicht hatte ich ja nur den Verstand verloren, und dann war ich die Letzte, die den Ernst der Lage beurteilen konnte. Vielleicht hatte ich ja eine Art Blutgerinnsel im Gehirn. Ich zog den Gürtel meines Bademantels fest und machte mich, Red treu an meiner Seite, auf den Weg die Treppe hinauf zu Nicks Zimmer. Ich spürte den Teppich unter meinen nackten Füßen. Nick ist unser Ältester. Ohne anzuklopfen, ging ich einfach rein, denn er hatte schon studiert und war nach dem Abschluss noch zwei Jahre weggeblieben. Ich hatte mir in seinem alten Zimmer mein Arbeitszimmer eingerichtet, mit Schreibtisch, Lampe und Stuhl. Als ich damals von zu Hause ausgezogen war, hatte meine Mutter aus meinem Zimmer ihre Nähkammer gemacht. Jetzt stand mein Computer wieder in der Küche.

«Nick!», sagte ich zu dem jungen Mann, der nur in Schlafanzughose auf dem Bauch im vollkommen zerwühlten Bett lag. «Nicky, wach auf!»

Als sich daraufhin nichts tat, packte ich ein Fußgelenk und schüttelte es. Der Fuß fühlte sich in meiner unsichtbaren Hand warm an und schien in dem Hosenbein des Flanellschlafanzugs, den ich ihm vor zwei Jahren zu Weihnachten geschenkt hatte, von allein hin- und herzuschlackern. Red sprang aufs Bett und stellte sich auf Nicks Rücken. Er war das einzige Familienmitglied, dessen Freude über Nicks Rückkehr vollkommen ungetrübt gewesen war.

«Was denn?», nuschelte Nick ins Kissen. Es war noch nicht ganz acht, für ihn eine vollkommen indiskutable Zeit.

«Bitte schau mich mal an.»

«Was? Siehst gut aus», brummelte er, soweit ich es verstand, denn er hob nicht mal den Kopf.

Da knipste ich das Deckenlicht an und zog mit einem

Ratsch die Jalousien hoch. Nick rollte sich mit bewundernswerter Geschwindigkeit zusammen und heulte auf wie alle Vampire, wenn sie ins Sonnenlicht geraten. Jetzt erst bemerkte ich, dass er natürlich nicht aufgeräumt hatte. Obwohl ich bei seiner Ankunft vor sechs Monaten ausdrücklich zu ihm gesagt hatte, dass er sein Zimmer selbst sauber halten musste, wenn er schon wieder hier wohnen wollte. Er schob den Kopf unters Kissen und hielt es fest. Red drückte eifrig seine Schnauze darunter, um an Nicks Gesicht heranzukommen.

«Was soll das?!», brüllte er mich an. Oder den Hund, wer weiß.

«Du musst mir unbedingt sagen, ob du mich siehst oder nicht», sagte ich so gelassen wie ich möglich, konnte aber die Panik in meiner Stimme nicht ganz verbergen.

Er rollte sich auf den Rücken und starrte blinzelnd in meine Richtung. Die Helligkeit blendete ihn. Das Kinn an den Hals gedrückt, schaute er mich mit zusammengekniffenen Augen an. «Was ist denn los?»

«Siehst. Du. Mich.»

«Gefällt dir dein Bademantel nicht mehr? Ist er dir zu schäbig? Zu unmodern? Oder was? Ich weiß nicht, wovon du redest.»

«Das weißt du nicht? Schau mich doch an. Bin ich nun da oder nicht?»

Nick hatte an der Oberlin University Geschichte studiert. Trotz unseres Flehens, im Nebenfach wenigstens irgendwas mit Wirtschaft zu nehmen, hatte er sich für Women's Studys entschieden, Frauenforschung. Da könne man, so hatte er uns damals mitgeteilt, am besten Mädels aufreißen. «Spinnst du? Hast du eine Art Nervenzusammenbruch, oder was?»

«Möglich wär's.» Mein Bademantel zitterte wie Espenlaub.

«Falls du das Gefühl hast, ich weiß dich nicht zu schätzen, dann stimmt das. Zumindest nicht vor zehn Uhr morgens. Ab dann gebe ich mir wieder Mühe, ich versprech's.» Er zog den Hund an seine Brust und drehte sich zur Seite. «Und mach vorm Rausgehen die Jalousien bitte wieder runter, ja?»

Ich wandte mich ab. Dabei fiel mein Blick in den Spiegel über der Kommode. Und da war ich wieder: tropfnasse Haare, in denen sich keine Spur von Grau zeigte (dem Friseur sei Dank), rotglühende Backen (Angst und Rosazea). Ja, da war ich wieder, so voll und ganz, als wäre nie etwas verschwunden gewesen.

Vielleicht war es ja nur eine verrückte Art von Aphasie gewesen, bloß dass ich anstelle der Sprache vorübergehend das Sehvermögen verloren hatte. Ich starrte durchdringend in den Spiegel, während ich mir die Haare föhnte und das bisschen Schminke auftrug, das ich meiner menschlichen Würde schuldig zu sein glaubte. Aber es traten keinerlei schwarze oder weiße Flecken oder sonstige Unschärfen auf. Auch nachdem ich längst angezogen war, konnte ich nicht anders, als alle paar Minuten zum nächsten Spiegel zu rennen und nachzuprüfen, ob ich noch da war. Natürlich sah ich meine Hände und Beine auch ohne Spiegel, aber den Rest? War mein Gesicht noch da? Mein Hals? So ging das eine ganze Weile. Zum Verrücktwerden.

Ich musste an Schneewittchens böse Stiefmutter denken: Die war doch auch von einem Spiegel, der gnadenlos die Wahrheit sagte, in den Wahnsinn getrieben worden. Und schon wich meine Angst vor Unsichtbarkeit der Sorge um mein sichtbares Aussehen: Hängelider! Die waren mir noch gar nicht aufgefallen. Und natürlich hingen sie nicht gleichmäßig, sondern irgendwie asymmetrisch, was mir ein ganz komisches Aussehen verlieh. Zwischen den Augenbrauen hatte ich außerdem diese kleine, tiefe, steile Falte, als hätte mir jemand eins mit einer Mini-Axt verpasst. Hilfe, meine Lippen! Wo waren sie geblieben? Nein, sie waren nicht unsichtbar, nur zusammengeschnurrt, wie es schien. Wehmütig dachte ich an die Zeit zurück, als ich Mitte dreißig und mein Haar noch lang und dick gewesen war und sich zu einem kräftigen Rapunzelzopf hatte flechten lassen.

Ich ging raus, überquerte die Straße und klopfte drei Häuser weiter an die Tür von meiner besten Freundin Gilda Kempton. Sie öffnete.

«Ist dir aufgefallen, dass ich schiefe Hängelider habe?» Ich stand auf der überdachten Veranda. Der Wind riss die letzten roten Blätter von dem großen Ahorn in Gildas Vorgarten. Ein Schauder überlief mich. *Die Zeit des Jahres magst in mir du sehn, wenn spärlich letzte gelbe Blätter fallen.*

«Komm rein», forderte sie mich auf, zog mich in die Diele und drehte mich zum Licht. Dann schaute sie mich mit verengten Augen an.

Die Bäume kahl vor Kälte zitternd stehn, die Vögel schweigen in den öden Hallen.

«Warte, ich hole schnell meine Brille», sagte sie.

Gilda und Steve Kempton hatten fünf Kinder, alles Söhne. In ihrem Haus sah es deshalb immer ein bisschen wie in einem Ferienlager aus, obwohl vier der Jungs theoretisch bereits erwachsen und drei davon auch tatsächlich aus dem Haus waren. In der Eingangsdiele lagen Hockeyschläger oder Helme herum, und auf der Treppe sammelten sich Turnschuhe. Der Fußboden war im Sommer ständig ein wenig sandig und knirschte unter den Füßen, obwohl es bei uns in Ohio weit und breit keinen Strand gab. Benny, der Jüngste, ging mittlerweile auf die Highschool. Und Miller, der Zweitälteste, war nach dem Collegeabschluss wie ein Bumerang zurück ins heimische Nest geflogen und hatte sein altes Kinderzimmer wieder in Beschlag genommen, was jetzt über ein Jahr her war. Ich fand, dass er für Nick ein schlechtes Beispiel abgab.

Gilda tauchte mit ihrer Lesebrille wieder auf und studierte gewissenhaft meine Lider. Dann legte sie mir den Daumen zwischen die Augenbrauen und massierte die Stelle mit kleinen kreisförmigen Bewegungen. «Hab ich selbst schon probiert», seufzte ich, «hilft nicht.»

«Botox.» Sie tippte sich an die Stirn, die unnatürlich glatt war.

«Einmal und nie wieder. Ich hasse Spritzen. Außerdem sind die Falten sowieso wieder zurückgekommen.»

Sie zuckte die Achseln und musterte mich erneut. «Sieht man kaum», sagte sie, aber in einem Ton, der mich nicht gerade aufmunterte. Gilda und ich sind seit zwölf Jahren dicke Freundinnen, seit Arthur und ich mit den Kindern hergezogen sind. Auf Gildas Ehrlichkeit ist Verlass. Wenn ich eine gefällige Lüge hören will, kann ich sie mir selbst erzählen. Gilda trat über ein paar Tennisschläger und ging mir voran in die Küche. Dort setzte sie den Teekessel auf.

«Warum beklagst du dich, wenn du sowieso keine Spritzen magst?», meinte sie sachlich. «So wie ich es sehe, hast du zwei Möglichkeiten: Entweder du machst was dagegen, oder du findest dich damit ab. Hadern nützt nichts.»

«Die Sache ist die», begann ich zögernd. Ich war mir nicht sicher, wie ich ihr beibringen sollte, was heute früh passiert war. Ich wusste es ja selbst nicht genau. «Heute früh ...» Ich brach ab.

Gilda, die sonst ständig herumwuselte, blieb ausnahmsweise mal stehen. «Heute früh?», wiederholte sie. Ich konnte sehen, dass sie schlechte Nachrichten erwartete.

«Da war ich unsichtbar.»

Gilda wandte sich ab und holte zwei Tassen aus dem Schrank neben der Spüle. Seufzend ließ sie in jede einen Teebeutel fallen. «Gott, ich hasse es, wenn das passiert.»

Mir lief ein Kribbeln durch die Wirbelsäule. Jäh richtete ich mich auf. Ohne es zu wissen, hatte ich genau das gehofft. «Es ist dir also auch schon mal passiert?»

Gilda senkte das Kinn und schaute mich von unten her an. Ich hatte inzwischen gemerkt, dass dies ihr Ersatz für ein Stirnrunzeln war. «Machst du Witze? Andauernd! Ich bin praktisch seit der Jahrtausendwende unsichtbar – abgesehen von ein paar Sternstunden. Die Jungs schauen sich nackte Frauen auf Facebook an und zucken nicht mal zusammen, wenn ich den Raum betrete. Ich sag zu Steve, dass das Essen gleich fertig ist, und er simst weiter, als wäre ich Luft. Vor der Kasse im Supermarkt schneidet mir irgendeine Ziege den Weg ab und drängelt sich vor. Oder es schnappt mir jemand den Parkplatz oder die Vorfahrt weg. Ich winke wie verrückt, aber der Kellner im Restaurant schaut glatt durch mich durch. So ist das nun mal ab einem gewissen Alter. Dann sieht dich keiner mehr. Ich kann mich daran erinnern, wie ich früher selbst im überfülltesten Restaurant noch einen Tisch bekam. Oder im strömenden Regen in New York an einer Straßenecke stand – und ich hab tatsächlich ein Taxi gekriegt!» Sie schüttelte den Kopf über diese geradezu phantastische Erinnerung. «Damit ist es jetzt vorbei. Wir sind nur noch Schatten unserer selbst, Schätzchen.»

Ich seufzte. «Wie wahr.» Auch ich konnte mich noch an eine Zeit erinnern, in der ich selbst an einem Freitagabend um acht in einem überfüllten Restaurant ohne Reservierung einen Tisch bekam. «Aber das meine ich nicht.»

«Was dann?»

«Ich meine, ich war richtig unsichtbar. Komplett unsichtbar eben.» Wie blöd sich das anhörte. Gilda und ich erzählten uns normalerweise so gut wie alles, aber selbst bei ihr wollten mir diese Worte nur schwer über die (zusammengeschnurrten) Lippen.

«Du meinst, wenn du jemanden ansprichst, und er reagiert nicht, als würde er dich überhaupt nicht sehen?»

«Nein, ich meine, wenn ich in den Spiegel schaue und mich selbst nicht mehr sehen kann.» Daran war nichts Metaphorisches.

«Hat das was mit Arthur zu tun?»

«Der war nicht mal zu Hause. Da war er schon in die Praxis gegangen.»

«Nein, ich wollte damit sagen, dass er doch so viel zu tun hat. Du hast selbst gesagt, dass du ihn kaum noch siehst.»

«Was nicht dasselbe ist, wie wenn man sich selbst nicht mehr sieht. Du hältst das also für Hysterie? Eine Schein-Unsichtbarkeit, damit der Herr Doktor mich endlich wieder beachtet? Das würde nicht klappen. Der würde mich nur beachten, wenn ich einen schlimmen Milchschorf hätte.»

«Er kann nichts dafür, dass er so viel arbeitet», meinte Gilda defensiv. «Er ist nun mal ein toller Kinderarzt. Alle lieben ihn.»

Einschließlich Gilda. Wir waren noch nicht lange hergezogen, als Arthur ihren Sohn Benny bei einer Feier zum Unabhängigkeitstag am vierten Juli vorm Ersticken rettete. Arthur war aufgefallen, dass der damals erst dreijährige Benny auf einmal stockstill inmitten all der Leute stand und nicht einmal mehr blinzelte. Arthur sagte hinterher, ihm sei sofort klar gewesen, dass etwas nicht stimmte, da Benny sonst nie still stand. Er packte den Jungen bei den Füßen, hob ihn hoch und schüttelte ihn mit dem Kopf nach unten durch wie ein Kissen. Und schon kam eine Weintraube rausgeflogen, gefolgt vom Geplärr, das sie wie ein Korken verstopft hatte. Benny war schnell wieder getröstet, Gilda nicht. Sie hat den Schreck von damals nie richtig überwunden.

«Das hat nichts mit Arthur zu tun», sagte ich.

Gilda legte den Kopf schief. «Na gut. Aber jetzt kannst du dich wieder sehen?»

«Klar kann ich mich wieder sehen.» Ich streckte demonstrativ meine Arme vor. «Ich spinne doch nicht, glaub ich jedenfalls. Aber als ich heute früh aus der Dusche kam, war ich ein paar Minuten vollkommen unsichtbar.»

«Dagegen hätte ich nichts», bemerkte Gilda.

Ich warf die Hände in die Luft. «Gilda! Das ist kein Witz! Ich weiß selbst nicht, was passiert ist. Aber dann war es zum Glück wieder vorbei. Ich dachte nur ...»

«Was?»

«Ich dachte, vielleicht ist dir das ja auch schon mal passiert.»

Der Kessel begann zu pfeifen. Gilda stand auf und nahm ihn vom Herd, füllte unsere Tassen. «Nein», antwortete sie zögernd, «jedenfalls nicht, wenn du wirkliche körperliche Unsichtbarkeit meinst. Hast du mal deine Augen untersuchen lassen?»

Ich schüttelte den Kopf.

«Ich frage mich, ob Französinnen sich je unsichtbar fühlen», meinte sie dann, geschickt vom Physischen zum Metaphysischen umschwenkend, vom Persönlichen zum Kulturellen. «Man hört doch andauernd, wie chic und wie selbstsicher sie sind. Aber ich habe keinen Zweifel, welche von ihnen die Blicke auf sich ziehen würde, wenn die zwanzigjährige Brigitte Bardot der sechsundsiebzigjährigen Brigitte Bardot über den Weg liefe.»

In diesem Moment wurde mir klar, dass man zwar stundenlang über das Gefühl reden konnte, unsichtbar zu sein. Aber wirkliche und wahrhaftige Unsichtbarkeit war eine Art Gesprächskiller. Ich blies in meinen Tee und schaute auf die Uhr. «Ich sollte los. Muss noch eine Kolumne fertig schreiben. Kann ich den Tee mitnehmen?»

«Klar kannst du. Ich war wohl keine große Hilfe, was?», seufzte Gilda.

Ich winkte ab. «Ach, mach dir keine Sorgen. Ich musste mich nur mal aussprechen.» Und vielleicht hatte sie mir sogar mehr geholfen, als ich dachte. Vielleicht hatte ich wirklich einen kurzzeitigen Aussetzer gehabt, und Gilda hatte mir die Peinlichkeit erspart, indem sie nicht weiter darauf eingegangen war. Ich wusste ja selbst nicht, was los war. Ich spürte nur eine gewisse Unruhe, als wäre ich verreist und hätte den Herd an oder ein Fenster offen gelassen. Später fand ich heraus, dass das alles dazugehörte. Einige Frauen aus der Gruppe nannten das einen «Unsichtbarkeitskater», als wäre den Körperzellen beim Aus- und dann wieder Einblenden ein wenig schlecht geworden.

Als ich heimkam, saß Nick am Frühstückstisch und mampfte Cornflakes. Red drehte nicht mal den Kopf in meine Richtung, sein Blick hing wie gebannt an Nicks Schüssel. Er wusste ganz genau, dass er den Rest aufschlabbern durfte. «Dass du schon wach bist», sagte ich, ohne zu überlegen.

«Na, danke auch, Mom», sagte er. «Was sollte das denn vorhin?»

«Was meinst du?», fragte ich. Eigentlich wollte ich mit dem Thema nicht wieder von vorn anfangen.

«Kannst du mich sehen?», zitierte Nick mich mit panischer Fistelstimme. Nicht gerade schmeichelhaft. Er war mit dem *Times*-Kreuzworträtsel beschäftigt; sein Vater musste es heute Morgen ziemlich eilig gehabt haben. Seit Nick wieder daheim war, versteckte Arthur gewöhnlich den Feuilletonteil, damit er nicht mit dem erbärmlichen Kreuzworträtsel aus der Lokalzeitung vorliebnehmen musste.

«Eine Kontaktlinse hatte sich festgesetzt», nahm ich die erstbeste Ausrede, die mir einfiel. «Ich muss wohl aufhören, sie zu tragen. Nicht genug Tränenflüssigkeit, sagt meine Optikerin.»

«Du trägst doch gar keine Kontaktlinsen, und selbst wenn, was hat das damit zu tun, ob *ich* dich sehe?» Er füllte mit dem Kuli eine Antwort aus. Das Donnerstagsrätsel, nicht gerade einfach.

«Ich habe gesagt: ‹Ich kann nichts sehen.› Tut mir leid, ich bin einfach kurz in Panik geraten.»

«Du hast nicht gesagt: ‹Ich kann nichts sehen.› Du hast gesagt: ‹Kannst du mich sehen?› Das ist was ganz anderes. Mittelbeinbereich (Insekt), zehn Buchstaben.»

«Hast du schon was?»

«Fängt mit M an.»

Das genügte. Ich hatte sofort an Lorax gedacht, eine Figur aus einem Dr.-Seuss-Buch. «Mesothorax», sagte ich. «Und was das andere betrifft: wenn du mir deswegen einfach einen verfrühten Anfall von Alterssenilität zugutehalten könntest?»

Nick setzte das Wort ein und grinste, als er sah, wie gut es passte. Mein Ältester hat ein Lächeln, das die Welt erhellt. «Wenn du mich nicht fragst, ob ich schon einen Job gefunden habe, dann frag ich dich nicht, ob du schon schwachsinnig wirst.»

«Abgemacht.»

Dann stellte Nick seine Frühstücksschale, in der ein Rest

Milch und ein paar einsame Cornflakes herumschwappten, auf den Boden, und Red fiel begeistert darüber her. Alle waren zufrieden.

Ich erinnere mich noch an vieles von diesem letzten Tag. Wie viel Zeit ich mit dem Beantworten von E-Mails verschwendete, wie ich zwei Ladungen Wäsche in die Waschmaschine tat und nachher zusammenfaltete und einräumte. Nick ging in sein Stammcafé, um dort wie immer am Laptop auf Stellensuche zu gehen. Weil ich das Gefühl hatte, ihm etwas schuldig zu sein, bezog ich sein Bett frisch, klaubte die benutzten Handtücher vom Boden auf und tat sie in die Wäsche. Evie rief an, um zu sagen, dass sie unbedingt sechzig Dollar brauchte, weil sie das winzige Höschen verloren hatte, das zu ihrer Ohio-State-Cheerleaderuniform gehörte. Ich hatte nicht den Nerv zu fragen, wie sie es verloren hatte oder wieso ein derart knappes Wäschestück so viel kostete. Ich gab einfach den Scheck in die Post. Dann schrieb ich meine wöchentliche Garten-Kolumne. *Ihre Chrysanthemen, zweiter Akt: Bloß weil die dicken gelben Mutterköpfe ein wenig welk geworden sind, gehören sie noch lange nicht auf den Komposthaufen.* Alles wie immer, alles ganz normal. Bloß dass ich gelegentlich eine Socke runterzog, um zu sehen, ob mein Fuß noch vorhanden war. Am Ende des Tages langte ich schließlich wieder dort an, wo ich angefangen hatte: Ich war überzeugt, dass das Ganze bloß eine Halluzination oder eine Täuschung gewesen sein musste.

Was nicht heißt, dass ich nicht sehnsüchtig auf die Rückkehr meines Mannes wartete und auf irgendeine Art von Erklärung hoffte, was das gewesen war. Oder was es hätte sein können, wenn es einem Achtjährigen zugestoßen wäre. Arthur und ich kannten uns seit dem College, und er war immer noch der Mensch, der mich am besten kannte und mir am nächsten stand. Auch wenn ich mir oft wünschte, wir hätten ein wenig mehr Zeit füreinander.

Ich machte Abendessen und stellte es im Ofen warm. Dann gab ich Red sein Futter und ging noch mal mit ihm raus. Anschließend schenkte ich mir ein Glas Wein ein und machte es mir mit einem Buch über Kompostierung gemütlich, meinem nächsten Thema für die Kolumne. Nick ließ sich kurz blicken, verschwand aber gleich wieder. Ich versuchte, Arthur übers Handy zu erreichen, vergebens. Also las ich noch ein Kapitel über Kompostierung.

Es wurde Viertel nach acht, selbst für Arthur war das spät. Das Brathühnchen war jetzt natürlich knochentrocken und der frische Spargel nicht mehr knackig, sondern schlaff wie Dosenkost. Über die Jahre war ich durch die Herausforderung, den Zeitpunkt der Heimkehr meines Gatten zu erraten, eine miserable Köchin geworden. Da öffnete sich die Hintertür. Red und ich sprangen gleichzeitig auf und rannten in die Küche; Red schlug mich um drei Terrierlängen.

Arthur hob abwehrend die Hand. «Komm mir nicht zu nahe», sagte er. Ich blieb stehen, Red nicht. Arthur ging in die Hocke und kraulte ihm die Ohren. «Ich muss erst mal duschen. Eins von den Abbot-Mädchen hat mich heute Vormittag vollgekotzt. Ich hab zwar gleich den Kittel gewechselt, aber der Geruch hängt mir immer noch in der

Nase. Die Schwestern haben hoch und heilig geschworen, dass ich nicht mehr stinke, aber ...»

«Ach so», sagte ich, «na gut.»

Arthur schaute Red an. «Ich könnte gleich hier und jetzt umfallen und schlafen.» Er packte ihn bei der Schnauze und schüttelte ihn liebevoll. «Gleich hier auf dich drauf.»

«Willst du was zum Abendessen?»

Ächzend erhob er sich und schüttelte verneinend den Kopf, sagte aber: «Ja, gut. Aber erst mal muss ich duschen. Du glaubst nicht, was heute alles los war! Eine Mutter kam mit Drillingen, und alle drei hatten Keuchhusten. Dann ist auch noch der Ärztliche Direktor vom Krankenhaus aufgetaucht, um mir mitzuteilen, dass ein neuer Personalchef eingestellt wird. Ich konnte ihn einfach nicht loswerden. Ist eine ganze Stunde lang geblieben und hat mir erzählt, dass seine Enkelin auf den Nägeln kaut und seine Tochter deswegen Angst hat, das Kind könnte irgendwie behindert sein. Es war zwei, als er endlich gegangen ist, und ich war noch nicht mal mit den Vormittagspatienten durch.» Er legte die Hand über die Augen und schüttelte den Kopf. «Ich weiß nicht, wie lange ich das noch durchhalte.»

«Das frag ich mich auch», bemerkte ich.

Arthur machte einen sicheren Bogen um mich herum und ging zur Treppe. «Neues von Nick? Hat er schon was gefunden?»

«Nicht dass ich wüsste.» Auf einmal war ich entmutigt. Ich musste daran denken, was Gilda gesagt hatte: Hat das was mit Arthur zu tun? Wann um Himmels willen sollte ich meine Neuigkeiten des Tages unterbringen?

Arthur schleppte sich die Treppe hoch. Oben blieb er

noch einmal stehen und sagte: «Mary hat erwähnt, dass du angerufen hast. War was Besonderes?»

Ich schaute auf meine Hände, erst die Handrücken, dann die Innenflächen. Alles noch vorhanden. Ich hob den Kopf, wollte sagen: «Nein, nichts Besonderes» – aber er war schon verschwunden.

Ich hatte Journalismus und Literatur studiert, während Arthur aufs Medical College ging. Als blutige Anfängerin bekam ich all die lausigen Jobs, die man bei der Zeitung so kriegt. Ich berichtete über Stadtratssitzungen und schob Nachtdienst beim Polizeifunk. Aber ich war mit Leib und Seele Reporterin und fand immer etwas Berichtenswertes. Der große Schmiergeldskandal im State House of Representatives? Das war meine Story. Ich heftete mich an die Fersen der Gewerkschaftsbosse. Ich machte mir einen bescheidenen Namen. Als die Kinder da waren, wechselte ich zur Kultursparte, das erschien mir sicherer. Dort übernahm ich die Buchbesprechungen (damals gab es so etwas sogar noch in einer kleinen Lokalzeitung in Ohio). Lange Zeit war ich ziemlich beschäftigt: lesen, schreiben, redigieren, delegieren. Und nebenher Nick und Evie aufziehen. Arthur baute sich gerade seine Praxis auf; an manchen Abenden kam er sogar vor mir nach Hause und kochte dann das Abendessen – das er für mich im Ofen warm hielt. Wenn ich jetzt diese Sätze aufschreibe, kann ich es selbst kaum glauben. Ungefähr um diese Zeit begann dann alles zu bröckeln, meine Karriere rückwärtszulaufen. Das Internet, diese nimmersatte Würgepflanze, begann, uns den Garaus zu machen. Die Zeitung verlor immer mehr

Anzeigenkunden und musste sich gesundschrumpfen. Nicht nur die ganze Zeitung, auch der Literaturteil wurde immer kleiner und hörte schließlich auf zu existieren, bis auf die gelegentliche Buchbesprechung (die ich noch immer schreibe). Mit meinen großen Reportertagen war's vorbei. Man kann von ganz vorne zur Kulturseite wechseln, aber nicht umgekehrt. Ich war froh, zweimal pro Woche die Gartenkolumne schreiben zu dürfen, noch dazu, wo ich sie mir direkt beim Schreiben zusammenreimte. Jede Stunde, die bei mir abgeknipst wurde, bekam Arthur dazu. Aber vielleicht hatten wir ja Glück. Wir mussten zwei Kinder aufziehen und brauchten das Geld. Es war gut, dass seine Praxis boomte. In meiner neu gewonnenen Freizeit fuhr ich die Kinder zum Fußballtraining und übernahm ein paar Aufgaben bei der Obdachlosenhilfe. Ich kochte aufwendigere und bessere Abendessen, die mit der Zeit schlechtere Abendessen wurden. Im Grunde gab es nichts auszusetzen. Bloß dass ich mir mein Leben etwas anders vorgestellt hatte.

Die Dusche hatte längst aufgehört zu rauschen, und ich wartete noch immer auf Arthur. Schließlich stand ich auf und ging nach oben, wo ich ihn schlafend auf dem Bett fand. Er trug meinen Frottémantel – seiner war wohl in der Wäsche. Ich holte eine warme Decke aus dem Schrank und breitete sie über ihn. Auf den Gedanken, ihn zu wecken und ihm zu erzählen, was mir am Morgen passiert war, kam ich gar nicht. Er brauchte seinen Schlaf, er war total erledigt. Später sollte ich meine Entscheidung bereuen. Denn am nächsten Tag war ich verschwunden.

2. KAPITEL

Ich glaube, es war mir sofort klar, vielleicht sogar schon, bevor ich die Augen aufschlug. Vielleicht hatte ich geträumt, dass ich unsichtbar war, auf einer Cocktailparty, und ständig angerempelt wurde, die Leute traten mir auf die Zehen. Als ich meine Hand unter der Decke hervorstreckte und nichts entdeckte, war ich nicht einmal überrascht. Eher im Gegenteil: Ich fühlte mich bestätigt. Ich hatte es mir also doch nicht bloß eingebildet! Mein Blick flog übers Bett. Ja, meine Umrisse zeichneten sich unter der Decke ab, daneben Arthurs etwas längere Gestalt. Bloß dass an Arthurs Silhouette ein Kopf dran war und an meiner nicht. Red lag wie immer zusammengerollt zwischen uns am Fußende. Ich hatte mich nicht wirklich in nichts aufgelöst, denn dann hätten jetzt nur noch ein Mann und ein Hund im Bett gelegen. Stattdessen war ich vollkommen transparent geworden – definitiv Substanz, aber keine Gestalt. Ich überlegte, ob ich Arthur wecken sollte, ließ es aber bleiben, weil ich an das gestrige Debakel mit Nick denken musste. Also beschloss ich zu warten, bis ich wieder sichtbar geworden war. Dann konnte ich mir immer noch überlegen, was zu tun war.

Und so wartete ich, die unsichtbaren Arme hinter dem unsichtbaren Kopf verschränkt. Wann genau ich gestern verschwunden war, ließ sich natürlich nicht sagen. Vielleicht schon während der abendlichen Dusche? Hatte ich mir die Haare gewaschen, ohne zu merken, dass ich nicht mehr vorhanden war? Und noch etwas viel Beunruhigenderes: Was, wenn gestern gar nicht das erste Mal gewesen war? Wenn ich schon seit einer ganzen Weile an und aus blinkte? Beim Schlafen, im Auto oder in der Küche beim Kochen? Schon seit Jahren achtete ich nicht mehr sonderlich auf mich. Woher sollte ich wissen, wie lange das schon ging?

Schließlich hielt ich es nicht länger aus. Ich musste in den Spiegel schauen. So leise wie möglich schlüpfte ich aus dem Bett und schob meine unsichtbaren Füße in die Pantoffeln. Das Nachthemd reichte mir bis zu den Waden, die Ärmel gingen bis zu den Ellbogen, es war nicht gerade sexy, hatte aber einen hübschen, weiten runden Ausschnitt und war schon ganz weich vom vielen Waschen. Es war mal rosa gewesen, jetzt sah es wie etwas aus, das einmal rosa gewesen sein könnte. Ich machte den Schrank auf und stellte mich vor den langen Spiegel in der Innentür. Ein Nachthemd schwebte dort, dreißig Zentimeter über einem leeren Paar Pantoffeln. Jetzt bloß nicht aufregen, dachte ich. Du tauchst schon wieder auf. Es ist nur eine Frage der Zeit.

«Du bist aber früh auf», sagte Arthur verschlafen.

Ich zuckte zusammen – das Nachthemd zuckte zusammen. Jetzt oder nie, dachte ich. In guten wie in bösen Tagen, in Gesundheit und Krankheit. Entschlossen drehte ich mich um. «Arthur?»

«Bin gestern einfach weggepennt», sagte er, «tut mir leid. Ich hatte geduscht und dachte: Legst dich hin und schläfst ein Minütchen. Das hab ich im Studium doch auch immer gemacht, weißt du noch? Das kleine Nickerchen zwischendurch?» Er streckte sich. «Ach, Clover, ich bin nicht mehr derselbe wie früher», seufzte er und tätschelte die Bettdecke. Red kam angekrochen und drehte sich auf den Rücken. «Ich bin ein Hund», meinte Arthur zu Red und kratzte ihm den Bauch. «Wir sind beide richtige Hunde, was?»

«He», sagte ich. Kein Grund, das Offensichtliche auszubuchstabieren.

«Ach ja, da fällt mir ein.» Er presste den Handballen an die Stirn, die Augen geschlossen. «Heute Abend ist Gruppensitzung. Die Pharmafritzen wollen fürs Essen sorgen, ich bin also versorgt.»

«Was hat das damit zu tun, dass du ein Hund bist?»

«Äh ... Was meinst du?»

«Du hast gesagt: ‹Da fällt mir ein.›»

Er schüttelte den Kopf. «So war das nicht gemeint. Das war nur freie Assoziation. Schön, ein paar Minuten einfach nur zum Reden zu haben. Hab ich schon erwähnt, dass Missy Tate gestern bei mir war, mit ihrem ersten Kind? Missy war eine meiner ersten Patientinnen. Sie war zwei, als ihre Eltern sie zu mir brachten. Eine von Jack Aldos Patienten, bevor er in den Ruhestand ging. Du erinnerst dich doch noch an Jack Aldo, oder? Hab eine Menge Patienten von ihm übernommen. Wie auch immer, sie war ein unglaublich süßes kleines Ding. Hab sie sofort wiedererkannt, und ihr Baby sieht genauso aus wie sie damals. Mann, da fühlt man sich wirklich uralt. So etwa hundertzehn.»

«Du hast sie sofort wiedererkannt», sagte ich, «erstaunlich.»

Hier eine interessante Anmerkung: Mir war weder kalt noch warm. Hinsichtlich der Körpertemperatur scheint Unsichtbarkeit ein Idealzustand zu sein. Ich strich mein Nachthemd glatt und räusperte mich.

«Könntest du mir einen riesigen Gefallen tun?», fragte Arthur. Er hatte sich aufgesetzt, trug immer noch meinen Morgenmantel. Er schien mich direkt anzusehen, aber konnte ich mir da wirklich sicher sein? Schließlich hatte er seine Brille nicht auf, und das Schlafzimmer war abgedunkelt.

«Was immer du willst.» Wenn ich nun gar nicht wirklich unsichtbar war, sondern nur unsichtbar für mich selbst? Das würde bedeuten, ich hatte sie nicht mehr alle. Ich war geistesgestört. Und Geistesgestörtheit stand bei mir nach Unsichtbarkeit zwei Sprossen weiter unten auf der Leiter der Leiden, die man nicht haben will.

«Könntest du mir ein richtig großes Frühstück machen? Mit allem Drum und Dran? Rührei mit Schinken? Ich bin am Verhungern.»

«Kein Wunder. Hast ja kein Abendessen gehabt.»

«Stimmt.» Er zeigte mit dem Finger auf mich. «Ich hab kein Abendessen gehabt, und den Lunch kann ich wahrscheinlich auch vergessen. Wer weiß, was die Pharmafritzen unter Essen verstehen. Dein Frühstück ist vielleicht alles, was mich heute aufrecht hält.» Darauf sprang er aus dem Bett, kam zu mir und tätschelte mein Hinterteil. «Du bist ein Schatz.» Dann verschwand er im Bad und machte die Tür hinter sich zu.

Tja. Ich war also doch nicht unsichtbar. Demnach litt ich entweder unter partieller Blindheit oder Geistesgestörtheit. Ich machte das Bett und zog mich an: Jeans, einen Pulli, Socken und Schuhe. Schließlich setzte ich einen Hut auf, schlang einen Schal um den Hals und zog mir Handschuhe an. So ging ich mit Red Gassi. Vielleicht ein bisschen übertrieben, aber ich fühlte mich wohler damit. Außerdem glich ich so mehr mir selbst – seltsamerweise. Es war besser als gar nichts, und damit hatte ich ja angefangen. Wir gingen wie immer einmal um den Block, und wie immer holte ich dabei gleich die Zeitung. Ich sah niemanden, niemand sah mich. Zurück in der Küche, legte ich Hut und Handschuhe ab, denn ich wollte nicht in Hut und Handschuhen Frühstück machen, das wäre nun wirklich irre gewesen. Im Kühlschrank stieß ich auf einen Kanten Ziegenkäse, fand die letzte vernünftige Tomate und einen Strauß Basilikum. Ich holte Speck und Brot heraus. Dabei dachte ich die ganze Zeit über: Clover, du magst vielleicht geistesgestört sein, aber ein prima Frühstück kriegst du noch immer hin. Ich deckte den Tisch, schenkte Fruchtsaft und Kaffee aus, stellte ein kleines Kännchen Milch neben die Kaffeetasse – auch wenn das vielleicht etwas übertrieben war. Der Speck brutzelte in der Pfanne vor sich hin, und die Eier stockten schön. Auftritt Ehemann, eine gutaussehende Erscheinung im Anzug. Er hielt in jeder Hand eine Krawatte.

«Welche soll ich nehmen?»

«Die mit den Blauwalen.» Arthurs Krawattengeschmack

tendierte zum Skurrilen. Das Messer schnitt geschickt die Tomaten und hackte, scheinbar von selbst, das Basilikum.

Arthur setzte sich an den Tisch, schlug die Zeitung auf, nahm die Kulturseite raus und faltete sie so, dass das Kreuzworträtsel vor ihm lag. Ich hatte an alles gedacht und ihm einen Stift neben den Teller gelegt.

«Ich bin ja ein richtiger Glückspilz», sagte er, sah mich dabei aber nicht an, sondern studierte das Kreuzworträtsel. Daher bemerkte er nicht die unsichtbare Hand, die ihm den Teller vor die Nase stellte. Hingerissen vom Duft des Specks, starrte Red zu Arthur auf.

«Was sollen wir bloß mit Nick anfangen?», bemerkte Arthur abwesend, das zusammengefaltete Rätsel in der einen, die Gabel in der anderen Hand.

Was sollen wir bloß mit Nick anfangen? Zum ersten Mal erkannte ich, dass das keine Frage war, sondern ein Gesprächsfüller, als würde man fragen, wo das mit dem Wetter noch hinführen sollte. So etwas sagte man, wenn man nicht wusste, was man sonst sagen sollte. Ich beschloss, meine Theorie sofort zu testen. «Mehr Toast?», erwiderte ich anstelle einer Antwort.

Daraufhin warf Arthur einen Blick auf die Uhr und nahm hastig einen großen Schluck Kaffee. «Nein, nein, um halb acht hab ich schon die ersten Patienten. Ich muss los. Danke, war ein tolles Frühstück.» Er hielt kurz inne, schaute noch mal konzentriert aufs Kreuzworträtsel. «Wie hieß noch gleich dieser Roman von Melville? Der kurze?»

«Omu», half ich ihm. Das schien fast jede Woche einmal vorzukommen, aber Arthur merkte es sich nie.

«Bist ein Genie.» Er biss die Hälfte von seinem knusprigen Schinkenspeck ab und verfütterte die andere an Red, dann fügte er die Antwort ein. «Ach ja, ich hab den Anzug von gestern im Bad auf dem Fußboden liegen lassen, du weißt schon, der, den ich unter dem Kittel anhatte, auf den das Kind gekotzt hat. Falls du heute in die Stadt kommst …»

«Zur Reinigung. Alles klar.»

Mein Mann warf mir noch eine Kusshand zu, dann verschwand er.

Der Toast war weg, der Schinkenspeck auch, ebenso Kaffee und Saft. Nur das perfekte kleine Ziegenkäse-Omelette war unberührt. Ich nahm Arthurs Gabel und probierte. Fast hätte ich ihn wieder reingerufen, so gut schmeckte es. Leider war es auch an mich verschwendet, denn ich hatte wirklich keinen Appetit. Ich aß ein paar Gabeln voll, dann schob ich den Teller zur Seite.

Nachdem ich abgeräumt und das Geschirr gespült hatte, setzte ich den Hut wieder auf, streifte die Handschuhe über und machte mich auf den Weg zu Gilda. Ihre Haustür hatte eine Glasfront, was ich einfach nicht verstehen kann. Ich sah sie durch die Diele auf mich zukommen. Sie winkte, und ich winkte zurück. Red fing begeistert an zu bellen und zu hüpfen. Er ist ganz verrückt nach Gilda.

Ich nahm den Hut ab und zog die Handschuhe aus, und schon öffnete sie. Red schoss wie eine Pistolenkugel auf sie zu und sprang eifrig bellend an ihr hoch. Plötzlich hatte ich das Gefühl, ich müsste gleich in Tränen ausbrechen. «Du hattest ganz recht», sagte ich, «ich spinne.»

Gilda war in die Hocke gegangen und kraulte Red die Ohren. Als sie hörte, was ich sagte, hob sie den Kopf, um mich zum ersten Mal richtig anzuschauen. Sie wurde leichenblass und schlug die Hand vor den Mund.

«Was ist?», fragte ich blöde. Ehrlich, ich kapierte es einen Moment lang einfach nicht. Mein Vormittag war ja auch ziemlich verwirrend gewesen.

«Was ist?!», rief sie. «Ich kann dich nicht sehen!»

Ich streckte meine Hände vor, aber da war nichts. Plötzlich traf es mich wie ein Schlag: Ich war unsichtbar. Und mein Mann hatte nichts gemerkt. «Dabei dachte ich, ich wär verrückt!» Ich sank neben ihr auf den Fußboden und steckte den Kopf zwischen die angezogenen Knie. Ich fühlte mich, als würde ich gleich in Ohnmacht fallen. Konnte man einen zu niedrigen Blutdruck haben, wenn man gar kein Blut mehr besaß?

«Ja, hast du das denn nicht gemerkt?», kreischte Gilda. Nun, sie kreischte nicht gerade, aber ihre Stimme war ziemlich schrill.

«Aber Arthur hat mich gesehen, da bin ich mir ziemlich sicher. Oder ihm ist einfach nichts aufgefallen, ich weiß nicht. Gestern hab ich Nick aufgeweckt und gefragt, ob er mich noch sehen kann. Er dachte, ich wär plemplem, denn da war ich schon wieder sichtbar geworden. Oder vielleicht hat er auch bloß nichts gemerkt.» Jetzt begann ich wirklich zu weinen. Ich konnte spüren, wie mir dicke Tränen über die Wangen kullerten, wie sie auf meine Jeansknie fielen und dort kleine dunkle Flecken hinterließen. «Das wollte ich mir nicht noch mal antun, deshalb hab ich nichts zu Arthur gesagt. Ich meine, man kriegt es doch mit, wenn die Frau plötzlich verschwunden ist, aber trotzdem noch mit einem redet, oder?»

«Clovie, das ist ernst.» Sie beugte sich vor und zog mit einem Finger behutsam am Ausschnitt meines Pullis. «Du bist komplett verschwunden.»

«Und er hat nichts gemerkt!», heulte ich. Das war fast noch schlimmer als das eigentliche Problem.

«Brauchst du ein Taschentuch? Ich kann's nicht sehen.»

Aufschluchzend nickte ich.

«Clover, brauchst du ein Taschentuch?», wiederholte sie.

Nicken war nicht mehr. Nach Luft ringend, stammelte ich: «J-ja, bitte.»

Gilda rappelte sich hoch, und Red kletterte mir auf den Schoß. Mit meiner unsichtbaren Hand streichelte ich seinen Rücken und beobachtete dabei, wie das Fell sich erst senkte und dann wieder aufstellte. Es war ein seltsamer, verrückter Anblick.

«Warst du unsichtbar, als er gestern Abend heimkam?» Gilda stellte eine Kleenex-Box vor mich hin und setzte sich neben mir auf den Dielenfußboden, allerdings in sicherer Entfernung, wie mir schien.

Ich zupfte ein Papiertuch heraus, wischte mir die Augen ab und schnäuzte mich kräftig. Mit meiner Sekretproduktion war offenbar noch alles in Ordnung. «Lass mich überlegen. Ich bin ganz durcheinander.» Arthur war spät dran. Arthur kam zur Tür herein. «Nein, gestern Abend war ich noch da. Er war total erledigt; ist noch vor dem Essen eingeschlafen.»

«Bist du sicher, dass du noch da warst?»

Ich nickte zögernd. «Ja, glaube ich jedenfalls. Nicht dass es eine Rolle spielt.»

«Das spielt sogar eine große Rolle. Du musst es jemandem sagen. Zumindest musst du zu einem Arzt gehen. Irgendwas stimmt nicht mit dir, das ist doch offensichtlich.»

«Das mach ich, sobald ich wieder da bin», sagte ich. Wann war ich eigentlich zum letzten Mal beim Arzt gewesen? Jeannine, Arthurs netteste Arzthelferin, besorgte mir immer die Rezepte, wenn mir die Medikamente ausgingen. Für mich einer der Vorteile, wenn man mit einem Arzt verheiratet ist.

«Wieder da? Wo willst du denn in dem Zustand hin?», fragte sie erschrocken.

«Ich meine, wenn ich wieder sichtbar bin.»

«Aber wenn du nun nicht mehr sichtbar wirst?» Gilda streckte die Hand aus, als wollte sie mich trösten, zog sie aber wieder zurück. «Wenn es nicht mehr weggeht?»

«Gestern ist es doch auch wieder weggegangen», entgegnete ich fast trotzig. Unwillkürlich fing ich an, Red hektischer zu streicheln. Gildas Blick hing plötzlich wie hypnotisiert an seinem Fell, das sich wie von selbst zu plätten und wieder aufzustellen schien. Ich hielt inne.

«Das ist Neuland, Clover. Wir haben keine Ahnung, wie lange so was anhält. Wie lange warst du denn gestern unsichtbar?»

«Ungefähr eine Viertelstunde.»

«Und heute?»

Ich beugte mich vor und warf einen Blick auf Gildas Armbanduhr. «Weiß nicht. Bin schon so aufgewacht.»

«Angenommen, du bist unsichtbar geworden, sobald du eingeschlafen warst. Dann könntest du dich schon acht bis zehn Stunden in dem Zustand befinden.»

«Gilda! Hör auf damit, so fühle ich mich nicht besser.»

«Ich will gar nicht, dass du dich besser fühlst, ich will, dass du zum Arzt gehst. Am besten gleich in die Notaufnahme. Ich kann dich zum Krankenhaus fahren.»

In genau diesem Moment streckte Benny den Kopf um die Ecke. Er war über eins neunzig und klapperdürr wie jeder Junge, der über Nacht in die Höhe schießt. «Mom, fährst du mich zur Schule oder nicht?»

«Grüßt du jetzt die Leute nicht mehr?», entgegnete Gilda.

«Ach, hallo, Mrs. Hobart. Hallo, Red. Wir sind schon spät dran, Mom.»

Red sprang mir vom Schoß und lief Benny begrüßen. Wie ertappt schauten wir beide zu ihm hoch. Der Junge bestand praktisch nur aus Winkeln von spitzen Ellbogen und Knien. Sogar seine Haare standen in gestylten Büscheln ab.

«Sofort», sagte Gilda. «Lass schon mal das Auto an, meine Schlüssel sind in der Handtasche.»

Benny winkte mir kurz zu. «Tschüs, Mrs. Hobart.» Dann verschwand er. Eine Sekunde später tauchte er noch mal auf. «Warum hockt ihr eigentlich auf dem Fußboden?»

«Red hatte was in der Pfote», antwortete Gilda mit der Geistesgegenwart einer im Schwindeln erfahrenen Mutter. «Ich komme gleich.»

Wir warteten, bis wir die Hintertür zufallen hörten, dann schauten wir uns an. Will heißen, ich sah Gilda an, und sie betrachtete eine Stelle oberhalb meines Pullis. «Ich bin immer noch unsichtbar, oder?», sagte ich.

«Vielleicht können Männer dich ja sehen, bloß Frauen nicht.»

«Ich sitze hier in Jeans und Pulli und habe weder einen Kopf auf den Schultern noch Hände an den Armen. Und das ist ihm nicht aufgefallen?»

Sie seufzte. «Anscheinend nicht.»

Ich rappelte mich hoch. «Na gut. Ich geh zum Arzt.»

«Ich kann dich fahren, sobald ich wieder da bin.»

«Gilda, Autofahren kann ich noch. Ich setze einfach eine Sonnenbrille und einen Hut auf. Eins ist sicher: Auffallen wird's keinem.»

Wie sich herausstellte, war ich noch länger nicht beim Arzt gewesen als gedacht. Ich musste erfahren, dass Dr. Perkins, in dessen Praxis ich anrief, schon vor zwei Jahren nach Minneapolis ausgewandert war. Seine Patienten seien unter den anderen Ärzten aufgeteilt worden, meinte die Arzthelferin, und heute sei mein Glückstag, denn Dr. Anderson habe um elf noch etwas frei, weil jemand abgesagt habe. Bei welcher Krankenversicherung ich sei?

Ich zögerte. Einen Internisten, bei dem man noch am selben Tag einen Termin bekommt, gibt's nicht. Ich hätte Arthur anrufen und ihn fragen sollen, ob er schon mal von diesem Dr. Anderson gehört hatte, aber Arthur hätte sowieso nicht zurückgerufen, da Mary ihm meine Frage erst am Abend ausgerichtet hätte. Und falls er mich wie durch ein Wunder doch zurückrief, würde er fragen, was mit mir los sei und ob ich krank wäre, und ich würde so was in die Richtung sagen wie: «Als ob dir das je auffallen würde.» Und das wäre kein guter Anfang für ein Gespräch.

«Ma'am?», hakte die Schwester nach. «Wollen Sie den Termin oder nicht?»

Ich wollte.

Als Kind hatte ich mal im Fernsehen einen alten Schwarzweißfilm gesehen. Darin kam ein Unsichtbarer vor, der sich in weiße Verbände einwickelte wie eine Mumie und dazu Hut und Anzug und eine dunkle Sonnenbrille anzog, wenn er sichtbar sein wollte. Es sollte wohl ein Gruselfilm sein, aber mich gruselte er nicht sonderlich. Der Mann brauchte sich nur blitzschnell aus seinen Binden und seiner Kleidung zu schälen, dann konnte er abhauen, sobald es brenzlig wurde. Aufgrund meiner – zwar limitierten – bisherigen Erfahrungen glaubte ich nicht, dass das nötig sein würde. Möglicherweise erschreckte ich jemanden, aber noch erschrockener als ich konnte man ohnehin kaum sein. Ich zog also nur das an, was unbedingt nötig und bei dem Wetter angemessen war, und setzte dazu noch Brille und Hut auf.

Dr. Caleb Anderson teilte sich die Praxis mit neun anderen Ärzten, und dem Alphabet zufolge war er der Frontmann. Ich kam mühelos durch den Anmeldungszirkus, nannte meinen Namen, zeigte meine Versicherungskarte vor, füllte jede Menge Papierkram über meine Krankengeschichte, meine finanziellen Möglichkeiten (will heißen, ob ich bezahlen konnte) und meinen derzeitigen Gesundheitszustand aus. Dann setzte ich mich in eine Ecke und verschanzte mich hinter einer Zeitschrift.

«Clover Hobart?», fragte eine dickliche junge Frau in einem geblümten Schwesternkittel. Ich erhob mich und folgte ihr einen Gang entlang. Sie ging mir voraus, den Blick auf das Klemmbrett mit meinen Angaben gerichtet. «Wie fühlen wir uns heute?», fragte sie über die Schulter.

«Also, ich fühle mich unsichtbar.»

«Ach ja, hassen Sie das nicht auch?» Sie tätschelte eine Waage. «So, hopsen Sie da mal kurz drauf.»

Ich stieg auf die Waage. Zum ersten Mal in meinem Leben war ich wirklich neugierig. Nach meinem Verständnis dürfte ich nicht mehr als meine Kleidung wiegen. Das Mädchen tarierte die Gewichte aus.

«Vierundsechzig Kilo», sagte sie.

«Ach, tatsächlich?» Ich beugte mich vor, um selbst sehen zu können. Aber sie verschob die Gewichte sofort wieder, als wollte sie die Beweise vernichten.

«Bei vierundsechzig will ich keine Beschwerden hören! Ich würde glatt jemanden umbringen, wenn ich dafür nur vierundsechzig wiegen könnte.» Wir setzten uns an einen Schreibtisch, und sie maß meinen Blutdruck. Sie wickelte die Manschette um mein langärmeliges Shirt, ich musste also gar nicht den Ärmel aufkrempeln. Dann reichte sie mir ein Thermometer, das ich mir kurz unter die Zunge schob. Sie erkundigte sich nach meinen Medikamenten und dem Alkoholkonsum und notierte die Antworten gewissenhaft auf dem Klemmbrett. Als wir mit alldem fertig waren, setzte sie mich in ein Untersuchungszimmer und bat mich zu warten. «Der Doktor wird gleich da sein», tröstete sie mich.

Vielleicht war es ja gar kein Problem, unsichtbar zu sein. Die Feststellung, wie wenig die Leute wirklich auf einen achten, ist ausgesprochen deprimierend. Dennoch: Vielleicht hatte es ja auch Vorteile. Um die steile Falte zwischen meinen Augenbrauen musste ich mir jetzt jedenfalls keine Gedanken mehr machen.

«Clover?» Ein junger Mann in einem weißen Arztkittel stand in der Tür, den Kopf über das Klemmbrett mit meinen Daten gebeugt.

«Ja?»

«Ich bin Dr. Anderson.» Er legte das Klemmbrett neben dem Waschbecken ab und fing an, sich die Hände zu waschen – und zwar mit einer Hingabe, die sogar Howard Hughes beschämt hätte. «Wie ich sehe, waren Sie eine Patientin von Dr. Perkins.»

«Das stimmt.»

«Tja, wir alle vermissen Bill, aber es geht ihm nicht schlecht in Minnesota. Seine beiden Töchter leben in Minnesota, wissen Sie.» Er hatte eine kleine Bürste in der Hand und schrubbte damit so hingebungsvoll seine Linke, dass ich mich unwillkürlich fragte, was er wohl vorher damit angestellt hatte.

«Ach, das wusste ich nicht.»

«Er behauptet, er wäre zum Angeln dorthin gezogen, aber ich wette, dass die Mädchen der eigentliche Grund sind.» Nun wechselte er die Hand und schrubbte die rechte. Dabei warf er immer wieder einen Blick auf das Klemmbrett. «Hier steht, Sie waren das letzte Mal vor drei Jahren hier. Arthritis in der linken Schulter? Dr. Perkins hat Sie zu einem Spezialisten geschickt, Dr. Sewa. Waren Sie zufrieden?»

Ich konnte mich kaum noch daran erinnern. Es war so lange her, und ich glaube, ich hatte höchstens drei Minuten bei diesem Dr. Sewa verbracht. Der Höflichkeit halber sagte ich: «Ja, schon. Aber es war doch nicht Arthritis, sondern bloß eine Sehnenentzündung.»

Dr. Anderson wusch sich jetzt die Handgelenke. Mit dem Unterarm pumpte er Seife aus dem Spender, dann säuberte er die Gelenke, indem er sie kreisend aneinanderrieb, damit seine bereits desinfizierten Hände nichts abbekamen. Meiner Meinung nach sollte man es so machen wie beim Treppenkehren: immer von oben anfangen. Aber ich sagte nichts. «Ah, gut!», meinte er munter. «Arthritis ist was Schlimmes, das will man nicht schon in Ihrem Alter kriegen. Oder in welchem auch immer.» Mittlerweile war er mit dem Einseifen fertig und hielt nun die Gelenke lange, lange unter den heißen Wasserstrahl. Soweit ich das von meinem Platz erkennen konnte, sahen sie schon krebsrot aus. «Hier steht, Sie unterziehen sich einer Hormontherapie und nehmen Ostafoss gegen Kalziummangel.»

«Das stimmt.» Das Antidepressivum, Allsing, erwähnte ich nicht. Ich nahm ja nur eine winzige Dosis, praktisch bloß eine Prise. Arthur hatte mich dazu überredet, weil ich zwei Jahre nach dem Ende unserer Buchbesprechungsseite immer noch gelegentlich heulte, wenn ich an Sonntagen die Literaturbeilage der *New York Times* aufschlug. Natürlich hätte ich das Medikament längst absetzen können, aber in Wahrheit wollte ich gar nicht. Es machte alles ein wenig leichter, sonniger. Dr. Perkins gegenüber hatte ich nie etwas erwähnt, und ich sah keinen Grund, es bei Dr. Anderson zu tun. Tatsächlich hatte ich keine Lust mehr, Dr. Anderson überhaupt noch was zu erzählen. Er war jetzt schon seit fünf Minuten bei mir im Zimmer und hatte noch immer nicht gemerkt, dass da nur ein Haufen Kleider auf dem Stuhl saß.

«Wissen Sie, ich finde, Sie sollten das Premacore absetzen. Das erhöht das Brustkrebsrisiko.»

«Das habe ich in Betracht gezogen.» Am liebsten hätte ich gesagt: Machen Sie erst mal die Menopause durch, dann reden wir weiter.

Er trocknete sich mit siebzehn Papierhandtüchern die Hände ab.

Siebzehn Papierhandtücher. Ich zählte mit, während er sie aus dem Spender riss. «Sobald wir Ihre Blutwerte vorliegen haben, besprechen wir, was das Beste für Sie ist», meinte er und nahm einen Kuli aus der Brusttasche seines Kittels. Kurz war ich überrascht, dass er den nicht auch erst noch abschrubbte. Aber er notierte mit dem ungeschrubbten Stift ein paar Anmerkungen auf meinem Krankenblatt. «Legen Sie immer den Sitzgurt an, Clover?»

Ich starrte ihn verblüfft an – beziehungsweise seinen Rücken. «Wie bitte?»

«Ich frage das regelmäßig. Die Leute vergessen das so leicht.»

«Sollten Sie mich nicht lieber fragen, warum ich eigentlich hier bin?»

«Tut die Schulter noch weh?» Er ließ seine eigene Schulter kreisen, als hätte die bloße Assoziation Arthritis bei ihm ausgelöst.

«Ich bin unsichtbar», erklärte ich laut. Und wartete. Schließlich konnte ich es nicht *nicht* erwähnen.

Er nickte weise. «Sie glauben nicht, wie oft ich das zu hören kriege. Aber warten Sie nur, sobald wir Ihre Blutwerte haben, werden wir schon herausfinden, was Ihnen fehlt. Machen Sie sich erst mal keine Sorgen, das kriegen wir schon hin. Wenn Sie hier nur noch einmal kurz warten könnten, Polly bringt Sie dann runter ins Labor.»

Ich überlegte, ob ich ihm die Hand schütteln sollte, ließ dann aber Gnade walten. Er hatte sie sich gerade so gründlich gewaschen. Nicht nur, dass er mich kein einziges Mal angefasst hatte, er hatte mich nicht mal angesehen. Nachdem sich die Tür hinter ihm geschlossen hatte, wartete ich kurz, dann nahm ich meine Handtasche und ging. Niemand hielt mich auf. Fast, als wäre ich unsichtbar.

3. KAPITEL

Danach war ich ganz schön down, ich geb's zu. Gelegentlich manifestierte ich mich zwar noch, aber nicht ganz so, wie ich mir das vorgestellt hatte. An einem Nachmittag tauchte ich für drei Stunden wieder auf, aber nur von der Taille abwärts. Ich nutzte die Gelegenheit, schnitt mir rasch die Zehennägel und rasierte mir die Beine. Als ich wieder verschwunden war, fragte ich mich allerdings, wozu. Manchmal entdeckte ich kurz meine Hand oder den Ellbogen, wenn ich mich über den Tisch streckte, aber das war schon alles. Was Arthur und Nick betraf, beging ich einen schweren Fehler: Anstatt es ihnen einfach zu sagen, wartete ich grimmig darauf, dass sie es von selbst merkten.

Sie merkten es nicht.

Ich bereitete ihnen weiterhin die Mahlzeiten zu und stellte sie ihnen vor die Nase, ich hielt das Haus sauber. Dass sonst irgendwas nicht stimmte, fiel ihnen überhaupt nicht auf. Ich versuchte, ab und zu etwas zu den Tischgesprächen beizusteuern, aber auch das verging mir allmählich. Mehr und mehr zog ich mich in mich selbst zurück, schließlich setzte ich mich nicht mal mehr zu ihnen an den Abendbrottisch. Als Arthur fragte, was mit mir los war, antwortete ich, ich hätte im *Oprah Magazine* gelesen, es sei nicht gut, nach siebzehn Uhr noch zu essen. Eine schwache Ausrede, die sie aber ohne weiteres schluckten.

Wie viel Zeit ich jetzt auf einmal hatte! Hatte ich wirklich so viele Stunden auf die Körperpflege verwendet? Auf den kleinen Schwatz mit dem Briefträger, wenn er die Post brachte? Jetzt zog ich einfach an, was mir unter die Finger kam, hauptsächlich, um bedeckt zu sein, und scherte mich nicht mehr um mein Aussehen. Niemand scherte sich um mein Aussehen. Es fiel keinem auf; niemand schaute mich an. Ich kam mir vor wie unter Quarantäne, nur konnte ich hingehen, wohin ich wollte. Ich holte Arthurs Anzug aus der Reinigung, ich fuhr zum Supermarkt. Nur manchmal fiel jemandem auf, dass etwas nicht stimmte, meist war das irgendein kleines Mädchen, das peinlich berührt rasch wieder wegschaute, als wollte es nicht glauben, was es da gesehen hatte, fast, als hätte ich ein Zyklopenauge auf der Stirn oder etwas ähnlich Gruseliges. Die Mütter hatten ihren Töchtern offenbar eingedrillt, die Leute nicht anzustarren. Ich wollte dann am liebsten sagen: Starr, so viel du willst, es gibt sowieso nichts zu sehen.

«Vielleicht solltest du zu einem Therapeuten gehen», schlug Gilda vor.

Ich seufzte. «Das würde mich doch nur noch mehr deprimieren. Stell dir vor, wenn dem auch nicht auffällt, dass ich gar nicht da bin!»

«Du musst jetzt wirklich anfangen, ein wenig Verantwortung für deinen Zustand zu übernehmen», erklärte sie streng. «Du bist jetzt schon über eine Woche unsichtbar, es ist also nicht mehr ganz neu.» Gilda, Mutter von fünf Söhnen, war gezwungenermaßen streng.

«Was soll ich deiner Meinung nach denn machen? Red als Hilfshund abrichten?» Ich war gerade dabei, Gildas Küche mit einem Mopp auszufegen. Putzen hilft mir, mich zu erden.

«Als Erstes könntest du mit deinem Mann reden, bevor ich es tue.»

Der Mopp kam abrupt zum Stehen. «Das wagst du nicht!»

«Schlimm genug, dass du unsichtbar bist», fuhr Gilda ungerührt fort, «aber mit anzusehen, wie du diese unnötigen Spielchen mit Arthur spielst, geht mir wirklich allmählich auf den Geist.»

«Du glaubst also, Steve würde es merken, wenn du unsichtbar wärst? Sag's doch gleich!»

In diesem Moment kamen Benny und sein älterer Bruder Miller in die Küche. Beide nahmen sich eine Banane aus der Obstschale. «Hi, Mrs. Hobart», sagten sie im Chor.

«Hallo, Jungs», antwortete ich grimmig.

«Mom», sagte Benny, «Miller fährt mit mir zum Comicladen.»

«Ist Nick daheim?», wollte Miller wissen. Er bückte sich und streichelte Red.

«Weiß nicht, wo er ist», erwiderte ich. «Ruf ihn doch auf seinem Handy an. Er will bestimmt gern mit.»

«Cool», sagte Miller, dann schaute er mich an. «Äh ... Mrs. Hobart?»

«Ja?»

«Warum putzen Sie jetzt bei uns?»

«Weil bei mir schon alles geputzt ist», gab ich ungnädig zurück und dirigierte den Mopp Richtung Wohnzimmer.

Als die Jungs weg waren, kam Gilda zu mir und legte mir die Hand auf die Schulter. «Du darfst es ihnen nicht übel nehmen. Wir sind einfach nicht interessant für sie.»

«Es macht mir nichts aus, dass ich für deine Familie nicht interessant bin, aber meine Familie sollte sich doch schon für mich interessieren!»

«Das tun sie ja. Sie lieben dich doch. Du bist für sie eben etwas Selbstverständliches, das ist alles. Glaub mir, falls dir je was zustoßen sollte, wären sie am Boden zerstört.»

«Aber mir ist was zugestoßen!» Ich hielt beim Moppen inne und wischte mir mit dem Ärmel über die Augen.

«Dann geh doch wenigstens noch mal zum Arzt. Zu einem anderen, meine ich. Einem Spezialisten.»

«Zu einem Spezialisten wofür? Für Unsichtbare?», schniefte ich. «Das glaubst du ja wohl selbst nicht.»

«Du könntest zum Beispiel deinen Bruder anrufen.»

«Wenn Arthur schon zu beschäftigt ist, um was zu merken, dann gilt das erst recht für George.» Mein jüngerer Bruder hatte erst mit fünfzig geheiratet, in den Fertilitätspusher Clomid investiert und mit seiner fünfundvierzigjährigen Frau, einer Dermatologin, fast sofort zwei unglaublich niedliche Zwillingsmädchen bekommen. Der hatte genug um die Ohren.

«Aber ist er nicht Endokrinologe? Das hat doch was mit den Drüsen zu tun, vielleicht sind die verantwortlich für deinen Zustand?»

«Die Drüsen? Das meinst du nicht ernst. Aber falls ich jetzt auch noch Diabetes kriegen sollte, dann werde ich ihn schon anrufen, keine Sorge. Gilda, ich weiß, du willst nur helfen. Aber ich glaube nicht, dass mir noch geholfen werden kann. Ich muss sehen, wie ich irgendwie damit fertig werde, ich glaube nämlich kaum, dass sich das heilen lässt.» Mit diesen Worten ging ich nach draußen und schüttelte den Mopp aus. Ich stand da und schaute zu, wie Tausende kleiner Staubteilchen glitzernd wie silbriger Schnee im herbstlichen Licht zu Boden sanken. Selbst die waren besser zu sehen als ich.

Als ich heimkam und mein Handy checkte, entdeckte ich eine SMS von meiner lieben Tochter.

R U D-PRESSED?

Rud pressed? Wie bitte? Ach so! Are you depressed. Ob ich deprimiert war? Wäre ein Anruf da nicht netter gewesen? Und was sollte dieser Bindestrich? Wäre es nicht genauso einfach gewesen, ein E zu tippen wie einen Bindestrich? Diese Kurznachrichten versetzten der ohnehin gebeutelten Muttersprache wahrhaftig den Todesstoß.

WER SAGT DAS?

Ich wartete mit dem Telefon in der Hand. Es ist meine volle Überzeugung, dass meine Tochter Evie ihr Handy sogar mit unter die Dusche nimmt. Bestimmt simst sie selbst während des Cheerleadertrainings, wenn sie einen besonders schwierigen Backflip macht. Sie wird sogar noch texten, wenn sie eines Tages vor dem Altar steht. Man konnte sie anrufen, und sie rief wochenlang nicht zurück, aber wenn man ihr eine SMS schickte, durfte man sicher sein, dass die Antwort innerhalb von fünf Sekunden da war. Wie sie das während der Vorlesungen mit ihren Profs handhabte, konnte ich mir nicht vorstellen. Vielleicht eine Sondervereinbarung.

DAD.

Ich nickte wissend. Also hatte er immerhin gemerkt, dass irgendwas im Busch war.

KEINE SORGE, MIR GEHT'S GUT.

Offenbar befolgte sie meinen Rat, denn mehr bekam ich von ihr nicht zu hören.

Der Tag war noch nicht mal halb rum, und ich hatte schon alles erledigt, was es zu erledigen gab. Meine Gartenkolumne zum Beispiel, ein zugegeben lustloser Artikel über Blumenzwiebeln mit dem Titel *Angewandter Optimismus im eigenen Garten*:

> *Keiner weiß, was die Zukunft für uns bereithält. Wir denken, wir hätten ein langes Leben vor uns, und Peng! übersieht das entgegenkommende Auto die rote Ampel und rast uns über den Haufen. Trotzdem: Nichts bekräftigt unseren unverwüstlichen Optimismus mehr, als eine Blumenzwiebel zu pflanzen. Nichts verkündet lauter unseren unerschütterlichen Glauben an eine Zukunft als ein anstrengender Nachmittag im Garten, wenn wir einen Hexenschuss riskieren, indem wir Löcher in die halbgefrorene Erde scharren und ein paar schicke holländische Tulpenzwiebeln dort einsetzen. Werden sie den Wühlmäusen zum Opfer fallen, bevor sie Wurzeln schlagen können? Oder sind es trotz des saftigen Preises in Wirklichkeit steinalte Zwiebeln, und wir waren dumm genug, sie zu kaufen? Oder werden wir im kommen-*

den Frühjahr einen Arm voller gänseeiergroßer Tulpen erhalten, bei deren Anblick Martha Stewart vor Neid erblassen würde? Nun, es bleibt uns nichts anderes übrig, als bis zum nächsten Frühjahr abzuwarten und bis dahin Däumchen zu drehen.

Nachdem ich den Artikel versandt hatte, bekam ich eine kurze E-Mail von Ed, meinem Redakteur. ***DEPRESSIV?***

Immerhin hatte er sich die Mühe gemacht, das E zu tippen.

Ich beschloss, zum Supermarkt zu fahren und dann mit Red in den Park zu gehen. Red, anscheinend das einzige Säugetier in meinem Leben, das mich noch sehen konnte, war in diesen Tagen so ziemlich mein einziger Ansprechpartner. Lustlos steuerte ich den Einkaufswagen durch die Gänge. Nichts sagte mir zu, nichts lachte mich an. Ich konnte einfach kein Interesse mehr dafür aufbringen, was Arthur und Nick gern essen würden. Also nahm ich eine Großpackung Reis aus dem Regal, ein paar Dosen Baked Beans und ein paar tiefgefrorene Fertiggerichte: Futter für die Apokalypse. Dass die Kassiererin und der junge Mann, der beim Eintüten half, die Augen nicht voneinander lassen konnten und kein einziges Mal zu mir hinschauten, während ich meine Artikel aufs Band legte, verbesserte meine Laune auch nicht gerade. Ich schleppte meine Tüten zum Wagen und lud sie in den Kofferraum. Gerade wollte ich losfahren, da bemerkte ich einen Mann, einen Riesenkerl, der sich drohend über eine zierliche junge Frau beugte, die sich ängstlich ans Auto drückte. Die Nasenspitzen der beiden berührten sich beinahe, so dicht war er ihr auf den Pelz gerückt. Und er brüllte sie an. Was er sagte, konnte ich durch meine geschlossenen Autofenster nicht verstehen, aber es reichte schon, ihre Gesichter zu sehen: seins wutverzerrt, ihres vollkommen verängstigt. Normalerweise wäre ich weggefahren. Mistkerl, hätte ich gedacht, und: Armes Mädchen. Aber nicht heute. Heute dachte ich: Ich hab genug von dir, Bürschchen. Ich ließ den Schlüssel im Zündschloss stecken und schlug die Tür zu, damit Red mir nicht folgen konnte. Dann marschierte ich schnurstracks zu den beiden hinüber.

«Brauchen Sie Hilfe?», fragte ich das Mädchen.

Der Mann sagte, ich solle mich da raushalten, allerdings nicht auf nette Weise. Ich konnte seinen Schweiß riechen und seinen Bieratem. Seine Handgelenke, die aus der Winterjacke hervorlugten, waren tätowiert. Ob ich Angst hatte? Kein bisschen. Zum ersten Mal erschien mir mein Zustand geradezu vorteilhaft. Ich war vollkommen klar im Kopf, klar wie ein Glöckchen, und aufs äußerste entschlossen.

«Brauchen Sie Hilfe?», wiederholte ich und stellte mich neben die Frau. Ich legte meine Hand auf ihren Arm. Sie war ein wenig kleiner als ich.

«Es geht schon», sagte sie, hörte sich aber nicht besonders überzeugend an.

«Sag ihr, sie soll verschwinden!», bellte der Mann. Er war gar nicht so alt, wahrscheinlich nicht mal dreißig. Er trug ein extrem schmales Schnurrbärtchen und einen Kinnbart, die beide aussahen, als hätte er sie mit einem Augenbrauenstift aufgemalt. Sein Gesicht war dem meinen so nahe, dass ich deutlich sehen konnte, welche Mühe er sich gemacht haben musste, um sich diese albernen Bärtchen hinzurasieren. Dazu hatte er eine kleine goldene Creole im Ohr, in der der winzigste Diamantsplitter der Welt steckte; trotzdem gelang es der Sonne, daraufzutreffen und ihn aufblitzen zu lassen.

Ich zog einen Handschuh aus und stieß ihn mit meiner unsichtbaren Hand zurück. Natürlich nicht mit übermenschlichen Kräften, die hatte ich nicht, sondern mit ganz normalen. Aber wenn jemand nicht darauf gefasst ist, reicht das völlig. Schon hatte ich mich zwischen die beiden gestellt. Mit meiner freien Hand nahm ich meinen Hut ab.

«Schau mich an!», befahl ich, denn der Kerl hatte mich noch nicht einmal angesehen, obwohl ich direkt vor ihm stand. Er versuchte es, konnte mich aber natürlich nicht sehen, sondern nur das verängstigte Gesicht seiner Partnerin, die hinter mir stand. Ich schubste ihn noch ein, zwei Mal, bis er endlich zu kapieren schien, dass da noch jemand war. Und das brachte ihn vollkommen aus der Fassung. Da nahm ich sein Gesicht in meine unsichtbaren Hände und zog es zu mir herab, damit er meinen Atem spüren konnte. «Ich behalte dich im Auge», flüsterte ich ihm ins Ohr, «du wirst mich nie wieder los. Ich werde mich an deine Fersen heften, jede Minute, jede Stunde deines Tages. Wag es ja nicht, diese Frau noch einmal zu behelligen. Oder irgendeine von uns. Denn sonst kriegst du es mit mir zu tun, und das willst du nicht, glaub mir.»

Stolpernd wich er ein paar Schritte zurück. Die junge Frau ergriff die Gelegenheit, sprang ins Auto und sperrte die Türen zu. Erst jetzt sah ich, dass hinten in einem Kindersitz ein Kleinkind saß, das aussah, als würde es gleich weinen.

Ich tätschelte ihm die Schulter. «Gut, du kannst jetzt verschwinden.»

Er fuchtelte erschrocken mit den Armen, aber ich trat einfach einen Schritt beiseite. Die Frau stieß rückwärts aus der Parklücke und fuhr mit quietschenden Reifen davon, wobei sie meine Stoßstange streifte. Wie belämmert starrte der Mann mit dem Strichbärtchen ihr nach. Währenddessen stieg ich in mein Auto.

Wie ich zitterte! Gott, wie ich zitterte! Aber nicht vor Angst. Ich hatte die ganze Woche Angst gehabt, das wurde mir jetzt erst klar. Dieses Gefühl war verschwunden. Stattdessen fühlte ich mich so lebendig wie schon lange nicht mehr. Ich hatte ihn gezwungen, mich wahrzunehmen! Ich hatte ihn gezwungen, mich anzuhören! Auf einmal wurde ich von dem wilden Wunsch gepackt, Verbrechen zu bekämpfen. Passierte das so? Fuhren die Leute durch die Gegend und suchten nach potenziellen Kidnappern und bewaffneten Räubern?

Red und ich stiegen beim Park aus, ich nahm ihn an die Leine, und dann joggten wir eine Siegerrunde einmal um den Park herum. «The times they are a-changin», sang ich laut, dann sagte ich zu Red: «Alle Macht den Unsichtbaren!»

Arthur wollte gerade die Praxis verlassen, als er überraschend ins Krankenhaus gerufen wurde: ein möglicher Fall von Gehirnhautentzündung. Nick hatte mir einen Zettel geschrieben, auf dem stand, er sei zu Miller rübergegangen, um bei ihm ein Footballspiel anzusehen. Also machte ich es mir mit Red und einer Riesenschüssel Popcorn vor dem Fernseher gemütlich. Wir suchten uns im Pay-TV einen Actionfilm über eine Comic-Superheldin aus, die sich unsichtbar machen konnte. Was für ein Schrott! Das Mädel war dreiundzwanzig, hatte lange goldene Locken und noch längere Beine sowie einen üppigen Vorbau, der aus ihrem elastischen Ganzkörper-Gymnastikanzug zu quellen drohte. Sie steuerte ihre Fähigkeit, indem sie die Augen schloss, das Kinn an die Brust drückte und die schönen Lippen zusammenkniff, als müsste sie eine besonders schwierige Gleichung in einer Matheprüfung lösen. Wenn sie wieder sichtbar werden wollte – denn solche Schönheit wie die ihre war mit Sicherheit eine stärkere Waffe als jede Superpower –, tat sie wohl genau dasselbe, und Puff! war sie wieder da.

Irgendwann schaltete ich einfach ab. Es interessierte mich nicht mal mehr, ob es ihr gelang, die Welt vor den Bösen zu retten. Das Ganze war nur noch lächerlich. Eine Frau wie sie konnte gar nicht unsichtbar sein.

Ich hinterließ einen Zettel für Arthur auf dem Küchentisch: Sein Abendessen sei im Kühlschrank, dann ging ich zu Bett. Wie viel Zeit vergangen war und ob ich schlief oder wach war, weiß ich nicht, aber irgendwann kroch Arthur zu mir unter die Decke.

«Hey», flüsterte ich, um Red nicht aufzuwecken.

«Hey», flüsterte er zurück. Dann rückte er von hinten an mich heran und zog mich an sich. «Meine Finger sind ganz kalt.»

«Och, nicht schlimm.» Ich nahm seine Hände in die meinen. Es war eine dunkle Nacht, kein Mond schien zu uns durchs Fenster. So lagen wir eine Weile einfach da und hielten uns umarmt, als ob nichts wäre. «War's ein harter Tag?», fragte ich.

«Nicht schlimmer als sonst, wenn auch vielleicht ein bisschen länger», antwortete er. «Und bei dir?»

«Besser als sonst.» Und dann erzählte ich ihm von dem Vorfall auf dem Supermarktparkplatz, allerdings in einer etwas harmloseren Version, in der ich natürlich auch nicht unsichtbar war, doch ich hielt mich an die grundsätzlichen Fakten.

Arthur stemmte sich auf den Ellbogen und legte eine Hand auf mein Herz. «Clover, was fällt dir ein! Der hätte dich zusammenschlagen oder eine Waffe ziehen können!»

«Ein Grund mehr, einzuschreiten. Ich hab getan, was richtig war. Das hättest du auch.»

«Na, ich weiß nicht», meinte er zweifelnd, «ich hoffe schon, aber sicher bin ich mir nicht. Was hat die Frau zu dir gesagt, nachdem er weg war?»

«Gar nichts. Sie ist bei der erstbesten Gelegenheit ins Auto gesprungen und weggerast.» Ich erwähnte, dass meine Stoßstange jetzt ein wenig eingedellt war und dass sie ein Kleinkind auf dem Rücksitz gehabt hatte.

«Clover, Clover, Clover», sagte er und zog mich wieder an sich. «Ich schlag mich mit einem lächerlichen Fall von Meningitis rum, während du versuchst, die Welt zu retten.»

«Das war nun mal nötig», erklärte ich würdevoll. Da küsste er mich, und ich küsste ihn.

Um ehrlich zu sein, liebten wir uns mit geschlossenen Augen. Das wusste ich deshalb, weil ich die meinen gelegentlich aufschlug und sehen konnte, mit welch süßer Hingabe er bei der Sache war. Wie lange wir das schon taten! Seit dem College. Sobald unsere Zimmergenossen zum Pizzaholen oder zu was auch immer verschwunden waren, verbarrikadierten wir die Tür und fielen übereinander her, mit der ganzen Ausgehungertheit unserer frühen Zwanziger. Jahr für Jahr, Monat für Monat fanden wir uns auf diese Weise. Dass ich unsichtbar war, vergaß ich in dieser Nacht. Und Arthur merkte es sowieso nicht.

Als er sich am nächsten Morgen über mich beugte und liebevoll meinen Hals und meine Schulter küsste, begann ich, die Dinge ein wenig anders zu betrachten. Vielleicht merkte Arthur ja deshalb nichts, weil er mich so gut kannte. Er fügte sozusagen automatisch das Fehlende ein, und dazu genügte ihm ein Umriss, ein vertrauter Duft. Wenn man schon sehr lange zusammen ist, so wie wir, sieht man möglicherweise den anderen gar nicht mehr richtig, sondern projiziert ein bestimmtes Bild auf ihn. Arthur hatte letzte Nacht vielleicht mein zwanzigjähriges Ich geliebt, oder mein vierzigjähriges. Oder alle Frauen, die ich je gewesen war. Vielleicht sah er ja alle auf einmal. Jedenfalls war ich an diesem Morgen gewillt, ihm die günstigste Auslegung zugutezuhalten. Ich machte ihm Frühstück, wünschte ihm einen schönen Tag. Dann setzte ich mich an den Küchentisch und aß die Scheibe Toast, für die er keine Zeit mehr gehabt hatte. Ich schlug die Lokalzeitung auf. Da war mein Kompost-Artikel: *Die Eierschalen von heute sind die Tomaten von morgen.* Ich begann, ihn durchzulesen, aber er war einfach zu langweilig. Dann warf ich einen Blick auf die erste Seite, auf der die Vorteile des neuen Eisstadions erörtert wurden, danach auf die Rezepte: *Dolce Vita mit Quinoa,* und auf mein Horoskop *(Sie werden sich einem neuen Freundeskreis anschließen, der genau zu Ihnen passt).* Ich schaute die Rubrik *Tiere suchen ein Zuhause* durch und fragte Red, ob er gern ein Brüderchen oder Schwesterchen hätte. Er wedelte mit dem Schwanz. Aber ich ließ mich nicht täuschen: Er hatte es auf das letzte Stück Toast abgesehen. Ich gab es ihm. Schließlich schaute ich die Kleinanzeigen durch. *Wohnung zu vermieten*; *Klavier zu verkaufen*; *Mann sucht Frau*; *Mann sucht Mann*; *Aufruf an alle unsichtbaren Frauen.*

Ich erstarrte. Schaute noch mal hin. Und da stand es, zwischen einer Kontaktanzeige für geschiedene Katholiken und einer Stellenanzeige für Tupperware-Vertreter:

AUFRUF AN ALLE UNSICHTBAREN FRAUEN
MITTWOCH, 10:00 UHR, DOWNTOWN SHERATON,
KLEENEX NICHT VERGESSEN

Konnte es sein, dass die Antwort in unserer popeligen Lokalzeitung zu finden war, für die ich – theoretisch – immer noch arbeitete? Ich setzte mich sofort an den Computer und googelte *Unsichtbare Frauen.* Aber alles, was ich fand, waren Bilder von der Blondine in ihrem Superheldinnen-Outfit, dazu eine Reihe von Artikeln über Frauen, die zu sehr liebten oder zu viel taten oder zu viel gaben. Ich versuchte es mit *Unsichtbare Frauen Ohio,* bekam aber so ziemlich das gleiche Ergebnis, einschließlich einer Anzeige für aufblasbare unsichtbare Frauen.

Ich checkte das Datum der Zeitung. Heute war Dienstag. Seit ich unsichtbar geworden war, wurden mir die Tage und Uhrzeiten immer unwichtiger. Aber den morgigen Mittwoch, zehn Uhr vormittags, den merkte ich mir.

4. KAPITEL

Was zieht man an, wenn man zu einem Treffen von Unsichtbaren geht? Musste ich mich aufdonnern? Eine Perücke tragen vielleicht? Anfangs hatte ich überlegt, mir eine anzuschaffen, doch je mehr Zeit verging, desto überflüssiger erschien es mir. Ich zog eine schwarze Seidenstrumpfhose und Stiefel an, dazu ein schlichtes schwarzes Blusenkleid, dessen Kragen sich hochklappen ließ. Ich sah richtig gut aus, fand ich. Seit ich unsichtbar geworden war, hatte ich abgenommen. Essen verliert an Bedeutung, wenn einem niemand mehr dabei zusehen kann. Ich zog mich wieder aus und schlüpfte stattdessen in Rock und Pulli. Jetzt sah ich aus wie eine propere Hausfrau, die es lustig fand, unsichtbar zu sein! Nicht die Botschaft, die ich vermitteln wollte. Also probierte ich es mit Jeans und einem Blazer, aber das erweckte den Eindruck, als sei mir ohnehin alles egal. Reumütig kehrte ich wieder zum kleinen Schwarzen zurück und fügte noch den Schal hinzu, den ich letztes Jahr von Arthur zum Hochzeitstag bekommen hatte. Dabei sagte ich mir die ganze Zeit, dass ich mich wegen nichts aufregte. Das war bestimmt sowieso kein Treffen von unsichtbaren Frauen, sondern eine

Verkaufsveranstaltung von Schönheitschirurgen, die die Vorteile von Faltenfüllern anpriesen. Oder das erste Meeting einer neuen Weight-Watchers-Gruppe. Eine weitere Konfrontation mit der Metapher des Unsichtbarseins, da war ich mir sicher. Denn wer außer mir war schon wirklich unsichtbar? Ich war jedenfalls noch niemandem begegnet. Trotzdem – ich konnte ja nicht *nicht* hingehen. Es stand schließlich nicht jeden Tag ein Aufruf an alle unsichtbaren Frauen in der Zeitung.

Ich ging nach unten. Nick saß in der Küche und mampfte Cornflakes. Als ich reinkam, schaute er flüchtig auf und schenkte mir einen Sekundenbruchteil seiner morgendlichen Aufmerksamkeit. «Wo willst du denn hin?»

«Wie kommst du darauf, dass ich irgendwo hinwill?»

«Na, weil du keine Jogginghose anhast.»

Ich schenkte mir einen Kaffee ein und füllte auch seine Tasse nach. «Ich geh zur Zeitung. Manchmal müssen wir uns ja doch beim Mutterschiff melden.»

«Dieses lausige Käseblatt.» Nick schob es mir hin. Es war noch unberührt, er selbst las die *Times*.

«Wie wahr», seufzte ich und nickte. «Aber es gab mal eine Zeit, da hast du diesem Käseblatt die Butter auf dem Brot verdankt.»

«Muss nett gewesen sein», meinte Nick deprimiert, «sich was auszudenken, das einen interessiert, sich zu bewerben, und dann wird man angenommen, wird ausgebildet, lernt dazu und bekommt mehr Verantwortung. Wie gern würde ich in einer Welt leben, in der ich denken kann: ‹Bei der Zeitung arbeiten! Das wäre doch was!›»

«Deine Jobsuche läuft wohl nicht so besonders?»

Nick ließ fast unmerklich die Schultern hängen. «Ich weiß es zu schätzen, wie selten du nachfragst. Erfordert 'ne Menge Disziplin von dir. Dad geht dagegen davon aus, dass ich heimlich als Neurochirurg Heldentaten vollbringe und euch bloß nichts davon sage. Aber glaubt mir, ihr seid die Ersten, denen ich Bescheid gebe, wenn ich was gefunden habe. Ich mache das Kreuzworträtsel bloß, um ihn zu ärgern. Er versteckt es vor mir, wusstest du das? In der Besteckschublade.»

«Ich kann ja zwei Zeitungen kaufen.»

«Ich wünsche mir einfach, dass ich wüsste, was ich tun soll. Für die Gödeljobs bin ich überqualifiziert und für die anspruchsvollen hab ich zu wenig Erfahrung.»

«Ich weiß, wie du dich fühlst.»

Ein anderer Sohn hätte seiner Mutter nun vielleicht in die Augen geschaut, meiner dagegen drückte das Kinn runter und konzentrierte sich geflissentlich auf seine Zeitung. «Woher willst du wissen, wie ich mich fühle?»

Weil du dir unsichtbar vorkommst, mein Schatz, dachte ich. Du denkst, dir fehlt die Bestimmung. «Na ja, weil ich früher auch mal einen anspruchsvollen Job gehabt habe», sagte ich stattdessen – was ja auch stimmte. «Ich hatte eine tolle Karriere. Bin im Moment selbst etwas unterbeschäftigt.»

«Aber du bist doch eine Mom», antwortete er fast kindlich. «Du hast ein Haus und einen Hund und bist mit einem Arzt verheiratet. Dir geht's doch gut.»

«Es geht nicht bloß ums Geld, mein Lieber. Du hast recht, ich sitze nicht auf der Straße. Aber du genauso wenig.» Ich drückte sein Handgelenk. «Wir finden schon noch was, du und ich.»

«Du musst zu deinem Meeting», erwiderte er abwehrend. «Unterbeschäftigte sollten nicht zu spät zu Meetings kommen.»

«Schon gut», sagte ich. «Wirf doch für Red ein paarmal den Tennisball, bevor du gehst, ja?»

«Klar», gab er dumpf zurück, «das kann ich super. Wenn es einen Job gäbe, bei dem man Tennisbälle für Terrier werfen müsste, hätte ich den so gut wie in der Tasche.» Er schrieb ein Wort ins Kreuzworträtsel. «Ach ja, Oma hat angerufen. Du warst gerade unter der Dusche. Sie will wissen, warum du nicht mehr zum Yoga kommst. Sie meint, Dad hätte ihr erzählt, du wärst depressiv.»

«Dad scheint diesbezüglich Flugblätter verteilt zu haben.»

«Ich hab ihr gesagt, das wäre Quatsch, du wärst nie glücklicher gewesen und kommst deshalb nicht zum Yoga, weil du Geld für ein Heilmittel gegen Krebs sammelst und dich andauernd mit deinen Freundinnen triffst und tolle Artikel schreibst und Red beibringst, auf einem Strandball zu balancieren.»

«Das hast du nicht wirklich gesagt, oder?»

Nick schwieg einen Moment. «Doch.»

Arthurs Mutter unterrichtete dienstags- und donnerstagsmorgens Yoga am YMCA, und an Samstagen gab sie Meditationsworkshops in der Unitarierkirche, zusätzlich veranstaltete sie gelegentlich den einen oder anderen Vegetarier-Kochkurs, obwohl sie mittlerweile Veganerin geworden war. Sie war sechsundsiebzig. Für mein Problem hätte sie sicher Verständnis gehabt – und sofort mit Lösungsvorschlägen aufgewartet. Weizengrassaft trinken zum Beispiel, in großen Mengen. Ob ich dazu schon bereit war? Eher nicht. Ich gab meinem Sohn einen Schmatz und sagte ihm, dass ich ihn lieb hatte. Dann ging ich, dem Unbekannten entgegen.

Ich war nicht zum ersten Mal im Sheraton. Hier hatten des Öfteren die Sport-Bankette meiner Kinder stattgefunden (wenn man Cheerleading als Sport gelten lässt), außerdem ein paar Brautschauen sowie Konferenzen vom Fremdenverkehrsbüro von Ohio, über die ich für die Zeitung berichten musste. Es fiel mir daher nicht allzu schwer, das Hotel zu betreten. Trotzdem musste ich erst mal tief durchschnaufen und all meinen Mut zusammennehmen. Ich blieb bis zehn vor zehn im Auto sitzen, dann nahm ich rasch das verlangte Kleenex aus einem Seitenfach meiner Handtasche, wo ich es extra verstaut hatte. Und ging hinein.

Ich blieb eine Weile in der Lobby stehen und schaute mich unauffällig um. Was ich suchte, war ein Schild mit der Aufschrift *Willkommen, unsichtbare Frauen!* oder so was in der Art. Nichts. Also musste ich wohl oder übel zum Empfang. Hinter dem Tresen saß eine junge Frau in einem smarten marineblauen Kostüm. Sie hatte dunkelbraunes Haar und tippte etwas in einen Computer.

«Verzeihung?», sagte ich.

«Mo-o-o-ment», antwortete sie. Sie hob nicht mal den Kopf, sodass ich die Zeit nutzen und den Glanz ihres braunen Haars bewundern konnte. Wie kam es, dass die Mädchen in Hotels immer so schöne glänzende Haare hatten? Plötzlich wurde ich am Oberarm gepackt und weggeführt. Es war ein harter Griff, wie der eines Polizisten.

«He, was soll das!», rief ich empört.

Die dunkelhaarige Rezeptionistin hob den Kopf. Zweifellos glaubte sie, sie sei gemeint, weil sie mich hatte warten lassen. Sie konnte gerade noch sehen, wie ich von niemandem weggezogen wurde.

«Nur eine Minute», sagte eine Stimme leise.

Ich wurde um die Ecke gezogen und zu einer Sitzecke geführt. Dort wurde ich in einen Sessel gedrückt, ein anderer Sessel drehte sich zu mir hin.

«Entschuldigen Sie», sagte die Stimme, «ich sag den anderen ständig, dass wir mehr Infos in die Anzeige schreiben sollten.»

«Ich wollte gerade fragen, wo das Meeting stattfindet», antwortete ich in die leere Luft hinein.

«Die vom Hotel wissen nicht, dass wir uns hier treffen. Normalerweise kommen die Oldtimer etwas eher, um die Neulinge in Empfang zu nehmen, aber ich war kurz noch auf dem Klo, tut mir leid.»

«Wie bitte?» Da war nichts. Absolut nichts. Doch, jetzt sah ich es: In einer Ecke des Sessels lag ein zerknittertes Kleenex. Konnte es möglich sein? Ich holte mein eigenes Taschentuch hervor.

«Ich weiß, dass Sie unsichtbar sind», sagte die Stimme. «Ist ja nicht schwer zu erkennen.»

«Aber Sie – ich kann Sie nicht sehen. Sie halten mich vielleicht für blöd, aber ich sehe nicht mal Ihre Kleidung.» Ich beugte mich vor, vielleicht sogar zu weit, ich hätte es nicht sagen können. «Wird alles, was Sie anfassen, unsichtbar?», flüsterte ich.

«I wo. Ich hab nur nichts an.»

Ruckartig fuhr ich zurück. «Wie bitte?»

«Alice Trumbull. Splitternackt. Zu Diensten.» Eine Hand ergriff die meine und schüttelte sie.

«Wollen Sie damit sagen, Sie laufen einfach nackt herum? Die ganze Zeit?»

«Nicht beim Autofahren. Die Leute regen sich auf, wenn sie ein Auto sehen, das von allein fährt. Deshalb treffen wir uns im Sheraton, weil sie hier einen Fitnessraum und eine schöne große Umkleide mit Schließfächern haben. Einige von uns gehen anschließend sogar zum Training, oder zum Schwimmen. Es gibt nämlich auch einen tollen Pool. Allerdings würde ich empfehlen, unter Wasser zu schwimmen. Es könnte die anderen Gäste erschrecken, wenn es beim Kraulen planscht und spritzt und da niemand ist, den sie sehen können.» Alice Trumbull hatte eine angenehme Stimme mit einem dezenten Midwestern-Akzent, gar nicht überheblich oder sarkastisch.

«Wie viele sind wir denn?»

«Meistens so zwölf bis fünfzehn. Aber ich glaube, da sind noch ein paar mehr, die sich bloß nie zu Wort melden.»

«Und wie lange sind Sie schon unsichtbar?»

«Seit sechs Monaten», antwortete sie.

Ich schnappte nach Luft. Mit einer so langen Zeit hätte ich nie gerechnet.

«Das ist noch nicht mal am längsten. Passen Sie auf», fuhr sie fort, und ich spürte, wie sie mir aufmunternd den

Arm tätschelte, «ich weiß, wie das alles für Sie ist, mit all den Fragen und Ängsten. Einerseits tut es gut, festzustellen, dass es noch Leidensgenossinnen gibt, andererseits macht es das Ganze noch schlimmer. Es ist schrecklich, einfach so zu verschwinden, sich in Luft aufzulösen, und keiner merkt es. Ich nehme an, es hat keiner gemerkt?»

«Nein, nicht wirklich.»

«Haben Sie es Ihrem Mann schon gesagt? Wie ich sehe, tragen Sie noch Ihren Ehering.»

Ja, der schwebte da irgendwo an passender Stelle. «Er weiß noch nichts.»

«Mein Mann hat vier Monate gebraucht, bis er's endlich begriffen hat.» Alice stand auf. Das konnte ich sehen und spüren, weil sich der Sitz ihres Sessels wieder glättete und mich ein leichter Luftzug streifte. «Kommen Sie, wir suchen Ihnen ein Schließfach. Das Meeting fängt gleich an.»

«Wieso brauche ich ein Schließfach?», fragte ich erschrocken. Auch ich hatte mich erhoben, wusste aber nicht, wohin. Wieder nahm mich Alice beim Ärmel und dirigierte mich: Die Unsichtbare führte die Unsichtbare.

«Damit Sie Ihre Kleidung verstauen können.»

Ich blieb stehen. «Aber ich will mich nicht ausziehen!»

«Ich weiß.» Sie gab mir einen kleinen Schubs, und wir gingen weiter. «Aber es gehört einfach dazu, und am Ende wird es Ihnen gefallen. Außerdem, wenn die vom Hotel uns in ihrem Konferenzsaal sitzen sehen, dann schmeißen sie uns raus. Das ist schon mal vorgekommen.»

Ich spürte einen unsichtbaren Kloß im Hals. Man konnte mich nicht gerade eine Nudistin nennen. Im Gegenteil: Als Schülerin hatte ich zu denen gehört, die sich vor dem Sportunterricht auf der Toilette umzogen. Selbst jetzt noch werfe ich immer einen Bademantel über, wenn ich von der Dusche ins Schlafzimmer zurückgehe. Nackt im Haus herumzulaufen ist unvorstellbar für mich, selbst im Dunkeln, wenn ich ganz allein wäre und sämtliche Jalousien heruntergelassen hätte. Die Vorstellung, splitternackt im Sheraton herumzuspazieren, erschien mir daher ziemlich alarmierend. «Aber ist das nicht ein bisschen kühl?»

Alice hielt an. «Ja, sind Sie denn *nie* nackt? Wir Unsichtbaren frieren nicht. Uns ist weder zu heiß noch zu kalt. Das ist einer der Vorteile: perfekte Kontrolle über die Körpertemperatur.»

«Ist mir schon aufgefallen», sagte ich brummig, weil damit meine beste Ausrede futsch war.

«Kommen Sie, wir müssen uns beeilen», drängte Alice, «sonst verpassen wir noch die Verlesung des Protokolls vom letzten Meeting und das Vorstellen der neuen Mitglieder. Nämlich Sie.»

«Oh, ach ja», sagte ich belämmert. In der Umkleide angekommen, zog ich meine Jacke aus, wickelte mich aus dem Seidenschal, setzte mich auf die Bank und machte den Reißverschluss meiner Stiefel auf. Während ich die Strümpfe auszog, fragte ich gespielt beiläufig: «Sind Sie noch da?»

«Ich *sehe* Sie doch gar nicht», sagte Alice ein wenig ungeduldig. Die Tür eines Schließfachs ging auf, und meine sauber zusammengefalteten Kleidungsstücke schwebten hinein. Ich holte tief Luft. Dann streifte ich BH und Slip ab, und das Schließfach fiel zu. «Jetzt verstecken Sie Ihr Kleenex in der Faust, so. Niemand sieht gern ein Taschentuch durch die Gänge schweben.»

Komisch, dass es auffiel, wenn ein Taschentuch durch den Raum schwebte, aber nicht, dass die Frau neben einem keinen Kopf besaß.

Wir stiegen in den Lift und fuhren hinauf in den dritten Stock. Ich verschränkte die Arme vor der Brust. Als ich das letzte Mal ohne BH herumgelaufen war, war ich zwölf gewesen. «Ich fühle mich ganz schön unwohl», sagte ich vorwurfsvoll.

«Daran gewöhnt man sich», meinte sie wegwerfend. «Für mich ist Kleidung mittlerweile nur noch ein Unterdrückungsfaktor. Außerdem spart man eine Menge Geld! Klamotten sind wirklich teuer.»

Wir gingen den Gang entlang und betraten dann den Magnoliensaal, in dem bereits ein Dutzend Stühle einen lockeren Kreis bildeten. Dahinter befand sich ein Buffet mit einer riesigen Thermoskanne Kaffee und einem Tablett voller Plundergebäck.

Alice schwenkte ihr Kleenex über dem Kopf wie eine Fahne und rief: «Leute, wir haben einen Neuzugang!»

Auf einmal wurden überall weiße Taschentücher geschwenkt, und Applaus brach aus. Man könnte meinen, dass mich als Unsichtbare ein solcher Anblick hätte trösten sollen, dieser leere Saal voller Leute: Leidensgenossinnen! Schwestern! Solidarität! Aber soweit es mich betraf, fand ich es nur noch gruselig. Genauso gruselig, wie ich es früher gefunden hätte, als ich noch in Fleisch und Blut durch Ohio gewandert war. Ich musste an Gilda denken. Wahrscheinlich überlief sie jedes Mal ein kleiner Schauder, wenn ich ihr Haus betrat. Trotzdem liebte sie mich weiterhin, selbst wenn ich nicht mehr zu sehen war. Ich entsann mich meiner Manieren und entrollte ebenfalls mein Kleenex, winkte schüchtern und sagte Hallo.

«Kommen Sie, nehmen Sie sich einen Kaffee und was Süßes», bat eine fröhliche, gutgelaunte Stimme. «Wir essen nicht während der Meetings. Manchmal kommt nämlich jemand von der Putzkolonne rein, der uns dann die Teller wegnehmen würde. Kaffee?»

«Ja, bitte», sagte ich, um eine ganz normale Stimme bemüht. «Schwarz.»

«Wie ich», kicherte die Stimme, und jemand lachte. Aber mir war nicht klar, ob die Sprecherin ihren Kaffee auch immer schwarz trank oder ob sie selbst schwarz war. Ich kniff die Augen zusammen, als ob ich sie sehen könnte, wenn ich mich nur etwas mehr anstrengte.

Als ich mich zur Seite wandte, um die Tasse entgegenzunehmen, stieß ich jemandem den Kirschplunder vom Teller. «Oh, tut mir leid!», rief ich. Wäre ich nicht schon unsichtbar gewesen, ich hätte mich in Luft auflösen können.

«Ach, Sie haben mich ja nicht gesehen», sagte die Frau verständnisvoll. Es war eine andere Stimme, die ich noch nicht kannte. «Das macht doch nichts. Dazu sind die Taschentücher da. Sie sollten möglichst immer sichtbar sein. ‹Achte auf Dein Kleenex und das Kleenex der anderen›, das ist unsere wichtigste Meeting-Regel.»

«Wenn Sie eine Frage haben, dann heben Sie Ihr Taschentuch und warten, bis Sie drankommen.» Etwas glitzerte auf Augenhöhe vor mir. Aha, da trug jemand Kontaktlinsen.

«Ich finde das immer noch ein bisschen viel», wandte Alice ein; ich erkannte ihre warme Midwestern-Stimme. «Wir sollten uns nicht auch noch mit Verhaltensregeln belasten.»

«Bei der Kommunikation verlassen wir uns nun mal auf visuelle Anker. Und wenn die wegfallen, müssen wir andere Lösungen finden.»

Alle redeten nun auf einmal. «Warum können wir nicht unsere Kleidung anbehalten?» – «Warum werfen wir nicht zusammen und mieten den Saal, dann bräuchten wir uns nicht auszuziehen?» – «Das Hotel würde unser Geld schon nehmen, Geld ist schließlich nicht unsichtbar. Wenn alle etwas anhätten, könnte man zumindest sehen, welche Stimme zu welchem Pulli gehört ...» Beinahe kam ich mir vor wie auf meinem ersten Treffen von Schülern einer Blindenschule. Ich hatte mich kaum an den Gedanken gewöhnt, dass ich selbst für andere nicht mehr zu sehen war – und jetzt konnte ich die anderen auch nicht mehr sehen.

«Früher hat jede eine weiße Rose mitgebracht», erklärte eine. «Was für ein sentimentales Debakel.»

«Wieso?», wollte ich wissen. Das war doch viel netter als ein Kleenex.

«Erstens waren die nicht leicht zu bekommen, und wenn zu viele von uns in denselben Blumenladen gingen, war es wahrscheinlich, dass wir die Floristen erschreckten. Und dann waren da natürlich noch die Dornen.»

«Außerdem tauchte immer irgendwann ein kleines Mädchen auf und pflückte einem die Blume auf offener Straße aus der Hand. Ehrlich, du würdest kaum glauben, was für raffinierte Diebe diese Kleinen sind, wenn es um scheinbar unbeaufsichtigte Blumen geht.»

«Einmal ist so eine Kleine hier reingekommen und hat jede einzelne Blume eingesammelt, sich einen hübschen Strauß draus gemacht und ist wieder gegangen. Als ob sie eine Braut wäre und der Brautstrauß nur auf sie gewartet hätte.»

«Ein Kleenex stiehlt keiner.»

Aus allen Richtungen prasselten die Stimmen auf mich ein, wie in einem Schneesturm, bei dem man die einzelnen Schneeflocken nicht voneinander unterscheiden kann.

«Meine Damen! Meine Damen!», übertönte eine Stimme all die anderen, «wir sollten jetzt anfangen. Bitte nehmt eure Plätze ein.» Moment! Diese Stimme erkannte ich. Es war die, die das mit dem «visuellen Anker» und dem Melden gesagt hatte.

Geschirrgeklapper und Gedrängel. Halb aufgegessene Plunder wurden entweder in den Abfallkorb geworfen oder hastig verschlungen. Die Teller fanden sich säuberlich sortiert auf einem Stapel zusammen, die Tassen wanderten an ihre alten Plätze. Auf keiner waren Lippenstiftränder zu sehen, noch schwappten kalte Kaffeelachen darin herum. Unsichtbare Frauen sind sehr ordentlich. Es sah ganz so aus, als wären wir nie da gewesen.

Ich wollte auf einem Stuhl Platz nehmen, sprang aber sofort wieder auf: Ich hatte mich versehentlich auf jemanden draufgesetzt. Mir blieb fast das Herz stehen – dieses Gefühl von nackter Haut auf nackter Haut … «Ach du meine Güte, bitte entschuldigen Sie vielmals!»

«Das macht nichts», sagte eine Stimme wegwerfend,

«das kommt schon mal vor. Achten Sie einfach immer auf die Papiertücher.»

«Ich rufe nun dieses Meeting von unsichtbaren Frauen zur Ordnung», verkündete eine autoritäre Stimme.

«Das ist Jo Ellen. Sie nimmt ihren Vorsitz ziemlich ernst», flüsterte mir Alice ins Ohr. Woher wusste sie, wo ich saß? Und woher wusste sie, wo sich mein Ohr befand?

«Hallo, ich bin Jo Ellen, und ich bin unsichtbar.»

«Hallo, Jo Ellen!», riefen alle im Chor.

«Wir haben heute mindestens ein neues Mitglied», verkündete Jo Ellen. «Alice hat sie mitgebracht. Alice, bitte stell uns deine Freundin vor. Wir sind in der Gruppe übrigens alle per Du.»

«Nun», antwortete Alice, «wir werden zwar sicher gute Freundinnen, aber ich habe sie nicht mitgebracht. Ich bin in der Lobby auf sie gestoßen. Sie stand am Empfang und wollte gerade fragen, wo das Meeting stattfindet.»

Allgemeines Gelächter. Da saß ich, splitternackt unter Fremden im Hotel Sheraton und wurde ausgelacht. Das ist der Stoff, aus dem Schüleralbträume gemacht sind.

«Ich habe dich noch gar nicht gefragt, wie du heißt», sprach mich Alice nun direkt an, «ich vergesse ganz meine Manieren. Du stellst dich besser selbst vor.»

«Soll ich aufstehen?»

«Egal, wir können dich sowieso nicht sehen», sagte die Frau auf meiner anderen Seite, die mit den Kontaktlinsen. «Mach es, wie es dir lieber ist.»

Ich blieb sitzen und schwenkte schüchtern mein Kleenex. «Ich heiße Clover Hobart. Und ich bin unsichtbar.»

Allgemeines erschrecktes Aufkeuchen.

«Was? Was ist?», fragte ich perplex.

«Wir benutzen in den Meetings nur unsere Vornamen.»

«Wieso denn? Alice hat mir ihren Nachnamen doch auch genannt.»

Es entstand eine lange Stille. In einer Gruppe von Unsichtbaren ist Stille etwas besonders Unangenehmes. Waren die anderen noch da? Verließen sie den Raum? Sollte ich jetzt gehen?

«Warum sollen wir überhaupt unsere Nachnamen nicht nennen?», wollte Alice wissen.

«Ich finde das auch ein bisschen seltsam», sprang ihr eine andere auf der gegenüberliegenden Seite des Stuhlkreises bei. «Wir sind hier schließlich nicht bei den Anonymen Alkoholikern. Mir ist es egal, wer meinen Nachnamen kennt.»

«Ich bin Lila Robinson», meldete sich eine mit heller Stimme zu Wort. «Clover, dein Nick und deine Evie waren bei mir in der zweiten Klasse Grundschule.»

«Mrs. Robinson!», rief ich entzückt aus. Was für eine Freude! Ich hätte sie am liebsten umarmt, wenn ich gewusst hätte, wo sie war. Die Kinder hatten Mrs. Robinson geliebt! Wie oft hatten wir auf der Fahrt zur Schule morgens lauthals diesen Song geschmettert: «And here's to you, Mrs. Rob-in-son. Jeee-sus loves you more than you will know. Oh, oh, oh.» Wie alt sie jetzt wohl sein mochte?

Nun stellten sich auch alle anderen der Reihe nach mit Vor- und Nachnamen vor und wedelten mit ihren Taschentüchern. Die Gruppe antwortete jedes Mal fröhlich: «Hallo, Alice Trumbull!» – «Hallo, Patty Sanchez!» Laura Worthington war da. Bis vor gut zehn Jahren hatte sie als

Wetterfee bei Chanel Four gearbeitet, eine schlanke, anmutige Blondine, die mit ihren schmalen Händen auf die Bildchen von lachenden Sonnen oder grimmigen Wolken deutete und uns das Wetter erklärte. Alle meinten immer, sie sehe aus wie die Glücksradfee Vanna White.

«Gut, dann wissen wir jetzt alle, wer wer ist, und haben auch noch das letzte bisschen Anonymität verloren», sagte Jo Ellen missbilligend. «Können wir jetzt weitermachen?»

Auf der anderen Seite des Stuhlkreises schoss ein Kleenex hoch. «Patty Sanchez. Also, ich habe im Moment mehr Anonymität, als ich vertragen kann. Und ich freue mich riesig, dass Laura Worthington in unserer Gruppe ist.»

«Schon seit mehr als einem Jahr», erklärte Laura.

Alle gaben Laute des Erstaunens von sich.

«Welche Teilnehmerin möchte heute ihre Geschichte erzählen?», fragte Jo Ellen.

Niemand sagte etwas, alle Tücher blieben unten. Schließlich flatterte eins schüchtern hoch. «Ja, bitte, du hast das Wort», verkündete Jo Ellen pompös.

«Ich bin's noch mal, Lila Robinson», sagte Mrs. Robinson.

«Hallo, Lila!», dröhnten wir.

«Ich muss zugeben, Clovers Anwesenheit heute hat mich ziemlich aufgewühlt. Versteh mich nicht falsch!», fügte sie eilig hinzu. «Ich freue mich riesig, dass du da bist. Obwohl es mir natürlich für dich leidtut. Es ist schön, jemanden dazuhaben, den man von früher kennt. Ich hatte Clovers Kinder in meiner Klasse, alle beide. Wirklich nette Kinder, und sehr lebhaft! Deine Evie hätte am liebsten den ganzen Tag Purzelbäume geschlagen, wenn ich sie gelassen hätte, Clover. Turnt sie immer noch so gern?»

«Sie ist jetzt Cheerleaderin auf der Ohio State University», antwortete ich, und etwas in mir entkrampfte sich ein wenig.

«Da muss ich an all die tollen Schüler zurückdenken, die ich einmal hatte», sagte Mrs. Robinson hörbar bewegt. «Ich war fast dreißig Jahre Lehrerin. Als ich unsichtbar wurde, war's auf einmal vorbei, peng. Man wollte nichts mehr mit mir zu tun haben. Aber ich finde, unsere Schulen könnten ein paar unsichtbare Lehrerinnen sehr gut gebrauchen, vor allem in den höheren Jahrgängen. Dann gäbe es sicher weniger Mobbing und Schlägereien. Wir bräuchten uns ja nicht zum Unterrichten vor die Klassen zu stellen, aber als Pausenaufsicht oder als Aufpasserinnen bei Prüfungen wären wir bestimmt nützlich. Aber nein, ich war unnormal. Das würde womöglich die Kinder erschrecken. Ich habe gesagt, ich könnte unbekleidet kommen, dann würden mich die Kinder gar nicht sehen, aber da meinten sie, das wäre eventuell eine Verletzung ihrer Bürgerrechte.»

«Weil du nackt wärst oder weil sie nicht wüssten, dass du da bist?», fragte jemand erbost. Patty Sanchez vielleicht, ich war mir nicht sicher.

«Und was ist mit *deinen* Bürgerrechten?», wollte Laura Worthington wissen. Ihre Stimme kannte ich gut. *Freuen Sie sich in der Wochenmitte auf Sonnenschein.*

«Wir kommen ja nicht mal im Behindertengesetz vor.» Allgemeines Gegrummel.

«Keiner schert sich um uns», sagte Mrs. Robinson. «Wenn ich so zurückschaue, dann war ich schon Jahre vor meiner Unsichtbarkeit unsichtbar. Ich bin nie für mich selbst eingestanden. Und wenn man nicht für sich einsteht, solange man sichtbar ist, was für eine Chance hat man dann, wenn man unsichtbar geworden ist?»

«Amen», pflichtete eine Stimme bei.

Jetzt hatten plötzlich alle etwas zu sagen, Taschentücher schossen in die Höhe, und alle redeten durcheinander. Jo Ellen rief alle gerade noch einmal mit erhobener Stimme zur Ordnung, da ging plötzlich die Tür des Magnoliensaals auf, und eine junge Philippinerin kam herein, ein Wägelchen vor sich herschiebend. Jäh verstummten wir, und sämtliche Tempos flatterten zu Boden. Waren wir jetzt aufgeflogen? Auch ich ließ rasch mein Kleenex fallen. Die Frau blieb einen Moment lang in der Tür stehen und schaute sich mit ihren großen schwarzen Augen um. Endlich schob sie ihr Wägelchen hinüber zum Buffet. Auch sie gab kein Geräusch von sich. Sie war winzig. Ihre hellbraune Polyesteruniform hatte sicher die kleinste Größe, die das Hotel besaß, aber sie war ihr immer noch zwei Größen zu groß. Sie musterte die Tassen und Teller, stellte fest, dass sie benutzt worden waren, und begann, sie langsam auf ihren Wagen zu laden. Zum Schluss stellte sie auch noch die Kaffeekanne dazu. Sie biss ein Stückchen von einem Kirschplunder ab, dann hob sie das ganze Tablett hoch. Dabei entdeckte sie den Zwanzig-Dollar-Schein, den eine von uns für sie hinterlassen hatte. Nach einem verstohlenen Blick zur Tür, um sich zu vergewissern, dass es sich nicht um eine Falle handelte, schob sie den Schein in ihre Kitteltasche. Dann kam sie zu uns in den Kreis und klaubte jedes einzelne Papiertuch auf. Danach schob sie ihr

Wägelchen wieder hinaus. Wir regten uns nicht. Schließlich stand jemand auf und machte die Tür wieder zu.

«Wenigstens hat sie nicht versucht, die Stühle zu stapeln», sagte eine.

«Oder den Teppich zu saugen.»

Jetzt, wo wir wieder allein waren, spürten wir, dass irgendwie die Luft raus war. Vermutlich dachten wir alle dasselbe: Keine von uns war so unsichtbar wie diese junge Frau.

«Lila?», fragte Jo Ellen.

Mrs. Robinson seufzte. «Nein, das wäre alles.»

«Äh, Moment mal», warf ich verwirrt ein. Da gab es noch einen ganz wichtigen Punkt, wie mir schien. «Ich bin's, Clover. Wollt ihr damit sagen, dass die Leute wissen, dass wir unsichtbar sind? Ist es denn kein Geheimnis?»

«Ganz und gar nicht. Es ist nur dann ein Geheimnis, wenn du aus Scham oder aus Angst vor Ablehnung eins daraus machst», erklärte eine Teilnehmerin in einem Ton, als zitierte sie einen Auszug aus dem Manifest der Unsichtbaren. «Viele Leute wissen, dass es uns gibt, aber sie ignorieren uns trotzdem. Sie sagen, sie fühlen sich in unserer Gegenwart unwohl. Sie sagen, sie wissen nicht, wie sie mit uns umgehen sollen. Wir passen nicht ins System. Keiner will über uns reden.»

Eine lange Stille trat ein. Wir waren unsichtbar geworden, niemand vermisste uns, und keine von uns wusste, was sie dazu sagen sollte.

«Nächster Punkt der Tagesordnung», fuhr Jo Ellen forsch fort. Sie war offenbar bemüht, über den wunden Punkt hinwegzubügeln, bei dem einige verdächtig geschnüffelt hatten. «Rosemary, hast du schon irgendwelche medizinischen Ergebnisse?»

Rosemary, selbst hörbar mitgenommen, räusperte sich. «Ich habe jeden Tag bei Dexter-White angerufen. Am Donnerstag haben sie mich tatsächlich zu einem leitenden Chemiker durchgestellt, wahrscheinlich aus Versehen. Er hat sich bereit erklärt, sich nächste Woche gegen Mittag mit mir im Target von Cheltenham in der Shampoo-Abteilung zu treffen.»

Die Gruppe seufzte teils hoffnungsvoll, teils erleichtert in einer Mischung aus «ooohhh» und «aaahhh» auf. Nur Rosemary schien unbeeindruckt. «Warten wir ab, ob er überhaupt kommt.»

«Dexter-White, das Pharma-Unternehmen?», fragte ich. «Aus Philadelphia?»

«Das und kein anderes», bestätigte Rosemary.

«Was haben die mit uns zu tun?»

«Alles», antwortete Alice, «vorausgesetzt, du nimmst Premacore Hormonersatztabletten, Ostafoss gegen Kalziummangel und das Antidepressivum Allsing ein. Allesamt Dexter-White-Produkte.»

«Jede von uns hat genau diese Kombination genommen», erklärte Rosemary.

«Außerdem haben alle mindestens einmal Botox ausprobiert, aber ob das auch einen Einfluss hat, wissen wir nicht.»

Dann hatte ich mir das also selbst angetan? Diese Tabletten hatten es bewirkt? Jemand wusste, dass dies geschah, und trotzdem wurden diese Medikamente einfach weiter verschrieben? «Ich nehme an …»

«Natürlich haben wir alle die Medikamente abgesetzt», fiel mir Jo Ellen ins Wort, «wir sind unsichtbar, nicht blöd.»

«Das ist eine ganz vernünftige Frage», sagte Mrs. Robinson missbilligend, «kein Grund, unhöflich zu werden.»

«Ich habe mir den Stadtplan von Philadelphia angesehen», fuhr Rosemary fort, «und ich glaube, ich weiß jetzt, wie man mit öffentlichen Verkehrsmitteln vom Flughafen zum Target-Supermarkt kommt.»

«Kannst du nicht einfach ein Taxi nehmen?», fragte ich. «Mit Hut und Mantel geht es.»

«Das stimmt», antwortete Laura Worthington, «aber wie kommt sie dann ins Flugzeug?»

«Nun, es wäre mir sowieso lieber, wenn jemand mitkommen könnte, vorzugsweise eine Frau mit medizinischen Kenntnissen, die weiß, wie man Fragen stellt.»

Stille. Keine schien nach Philly fliegen zu wollen. Ich hatte Mann und Bruder, die beide Ärzte waren. Und ich hatte als Reporterin gearbeitet, auch wenn es Ewigkeiten her war. «Ich mach's», erklärte ich tapfer.

«Das geht husch, husch, wirst sehen», sagte Rosemary hörbar erfreut und erleichtert, «an einem Tag hin und wieder zurück. Niemand wird merken, dass du nicht da bist.»

5. KAPITEL

Als Gilda am nächsten Morgen die Tür öffnete, schaute sie verblüfft auf Red hinab. «Seit wann kannst du an Haustüren klingeln?»

«Ich hab ihn hochgehoben und seine Pfote auf die Klingel gedrückt», erklärte ich.

Gilda schlug eine Hand aufs Herz und schloss kurz die Augen. «Menschenskind, hast du mich erschreckt!» Sie schaute nach rechts und nach links. «Wo bist du?»

«Ich stehe genau vor dir.» Kleine verspielte Schneeflocken tanzten durch die Luft, zu zart, um liegen zu bleiben.

«Wieso sehe ich dich dann nicht?»

«Meine Güte, Gilda, du kennst doch die Situation. Du weißt, warum du mich nicht sehen kannst.» Ich drückte mich an ihr vorbei ins Haus, Red folgte mir. Gilda blieb reglos in der Diele stehen und ließ die Arme hängen.

«Aber … aber, was ist denn los? Ich kapier das nicht», stotterte sie, «bist du schon im Haus? Hast du unsichtbare Klamotten an?»

«Ich hab gar nichts an.»

Gilda schaute auf Red hinab, als wäre er derjenige, der hier böse Gerüchte verbreitete. «Das ist unmöglich.»

«Sicher ist das möglich. Ich hab nichts an. Ich bin nackt. Anfangs dachte ich, ich könnte das nicht, aber mittlerweile finde ich's richtig gut.» Ich berührte ihre Hand, damit sie wusste, wo ich war. Sie stieß ein ersticktes Quieken aus.

«Aber es ist saukalt draußen!»

«Ja, aber das stört mich nicht. Ich habe einen inneren Thermostat, stell dir vor. Wir alle haben ihn. Uns ist weder zu kalt noch zu warm. Das scheint die Entschädigung für den ganzen Mist zu sein.»

«Was meinst du mit ‹wir alle›?»

«Deshalb bin ich hier, das wollte ich dir erzählen. Gestern war ich bei einem Meeting von unsichtbaren Frauen im Sheraton.» Ich ging an ihr vorbei in die Küche und hielt den Teekessel unter den Wasserhahn. «Da waren mindestens ein Dutzend, vielleicht mehr, aber Alice sagt, manche sind zu schüchtern und sagen deswegen nichts. Das sind die Mauerblümchen, so nennen sie sie.»

«Wer ist Alice?»

«Eine von den Frauen, die ich kennengelernt habe. Sie ist einfach toll. Hinterher sind wir noch Kaffee trinken gegangen. Sie ist Elektroingenieurin, macht irgendwelche Plättchen für Computerchips. Ich hab nicht alles verstanden, aber es klang ganz interessant. Sie kann zu Hause arbeiten, also war es für sie nicht so schlimm, dass sie unsichtbar geworden ist. Die anderen hatten es da schon schwerer. Die meisten sind entlassen worden, als sie sich so verändert haben.»

Gilda blieb stehen und hielt sich den Kopf. «Ich weiß gar nicht, wo ich anfangen soll!»

«Für mich war es auch ganz schön schwer zu schlucken.» Ich nahm eine Schachtel mit Teebeuteln aus einem der Schränke. Gilda sah zu, wie sie durch die Luft schwebten.

«Warte mal kurz», sagte sie und verschwand nach oben. Kurz darauf kam sie mit einem hübschen leuchtend pinken Flanell-Morgenmantel mit blauer Seidenpaspelierung zurück. Den hatte ich ihr letztes Jahr zum Geburtstag geschenkt. «Bitte, zieh das an.»

Ich nahm den Mantel und betrachtete ihn. «Wieso denn? Du musst mich ja nicht nackt sehen.»

«Das stimmt, aber bloß zu wissen, dass du hier so rumläufst, macht mich ganz nervös. Wenn Miller nun reinkommt?», flüsterte sie.

«Na und? Der kann mich doch auch nicht sehen.»

«Trotzdem, zieh bitte was an. Dann weiß ich wenigstens, wo ich hinschauen muss, wenn ich mit dir rede.»

Gehorsam zog ich den Morgenmantel an und band den Gürtel zu. Gut, es war engstirnig und spießig von ihr, aber da meine «Befreiung» erst gestern stattgefunden hatte, war ihr gegenüber wohl ein wenig Nachsicht angebracht. «Besser so?»

«Danke», sagte sie erleichtert. «Woher wusstest du überhaupt von dem Meeting?»

«Es stand einfach in der Zeitung. Kannst du dir das vorstellen? Seit Jahren lese ich die Kleinanzeigen, und nie hab ich so was entdeckt. Und Peng!, auf einmal steht es da. Als ob sogar ihre Anzeigen unsichtbar wären!»

«Wie oft finden diese Meetings denn statt?»

«Das für Neumitglieder ist immer mittwochs, das inserieren sie auch. Aber eigentlich gibt es jederzeit Meetings.

Falls mal keins stattfindet und du wirklich eins brauchst, kannst du auf die Website gehen und darum bitten. Offenbar sind die Mitglieder da sehr hilfsbereit.»

«Wann hast du sie gesehen?»

«Wen gesehen?»

«Na, die Anzeige», sagte Gilda ungehalten.

Ich überlegte. Es kam mir so vor, als wäre das vor Wochen gewesen. «Vorgestern.»

«Und du hast es nicht für nötig gehalten, das zu erwähnen?» Gilda beschäftigte sich mit den Tassen, aber ich konnte ihr ansehen, dass sie gekränkt war.

«Wahrscheinlich wollte ich nicht darüber reden. Ich wusste ja nicht, was ich zu erwarten hatte, und wollte mir nicht zu viele Hoffnungen machen.»

«Was hast du dir denn erhofft?»

Wieder überlegte ich. Die Antwort hatte ich noch nie in Worte gefasst, nicht einmal in Gedanken. «Dass ich nicht die Einzige bin, die das durchmacht. Dass ich nicht allein dastehe.»

«Allein!», rief Gilda empört. «Seit wann bist du allein? Du hast doch mich.»

«Ja, das stimmt. Und du bist wirklich großartig. Aber ich musste einfach mit Leuten reden, die dasselbe erlebt haben. Sie denken, es hat mit einer Kombination von bestimmten Medikamenten zu tun. Nächste Woche wollen Rosemary und ich nach Philadelphia fliegen und dort mit einem Chemiker von Dexter-White reden.»

«Rosemary ist wohl auch eine von deinen kleinen unsichtbaren Freundinnen?», fragte Gilda schnippisch.

Darauf ging ich nicht ein. «Einige von den Frauen sind

schon überall hingeflogen. Alice ist letzte Woche nach New York gereist, nur, um sich die Gauguin-Ausstellung anzusehen. Sie hat so lange am Taxistand gewartet, bis jemand einstieg, der zur Upper East Side wollte, und da ist sie dann zugestiegen. Auf der Höhe des Museums ist sie an einer roten Ampel rausgehüpft. Was die Leute dachten, als die Tür von selbst auf- und zuging, war ihr egal. Und das Beste ist, sie hat den Hintereingang benutzt, den für das Wachpersonal. Sie hat sich die Ausstellung angesehen, bevor sie offiziell eröffnet wurde. Auf so was wäre ich nie gekommen.»

«Und wie hat sie es ins Flugzeug geschafft? Was nutzt einem der Ausweis, wenn einen niemand sehen kann?»

«Den zeigt man erst gar nicht vor. Man geht einfach an den Wachleuten vorbei und ins Flugzeug. Nur darf man sich erst hinsetzen, wenn alle anderen ihre Plätze gefunden haben. Sonst setzt sich noch jemand auf einen drauf.»

Gilda stützte die Ellbogen auf die Anrichte und vergrub das Gesicht in den Händen. «Mir ist schlecht.»

«Wieso?», fragte ich, langsam auch ein wenig ungeduldig. «Weil ich rausfinde, wie ich zurechtkommen kann?»

«Nein! Weil du darüber redest, wie man die Sicherheitskontrollen auf Flughäfen umgeht, sich in ein Flugzeug schleicht und in der Weltgeschichte herumfliegt, ohne dafür zu bezahlen! Findest du das nicht auch ein bisschen schräg, Clover?»

«Was ich schräg finde», erwiderte ich hitzig, «ist, dass meine beste Freundin, die sich guter Gesundheit erfreut, kein Verständnis für ihre beste kranke Freundin hat, die bloß versucht, ein normales Leben zu führen!»

«Hallo, Mrs. Hobart», sagte Miller, der unversehens in die Küche kam. «Sind Sie krank?»

«Nein, Miller, bloß schlecht gelaunt.»

«Ich wollte nicht neugierig sein», entschuldigte er sich; seine Augen suchten die Anrichte nach etwas Essbarem ab. «Ich hab nur gehört, dass Sie sagten, Sie wären krank. Außerdem haben Sie Moms Morgenmantel an.»

«Na gut», gab ich mich geschlagen, «mir geht's nicht so besonders. Aber keine Sorge, es ist nicht ansteckend.»

«Ich dachte, du wolltest deinen Bruder zur Schule fahren», warf Gilda ein.

Miller nahm die Wagenschlüssel und klimperte damit herum. «Hab die bloß gesucht. Gute Besserung, Mrs. Hobart.»

«Danke, Miller.»

Kaum waren die Jungs weg, schauten Gilda und ich uns an. Das heißt, ich betrachtete sie, und sie musterte ihren Morgenmantel. «Tut mir leid», sagte sie.

«Nein», antwortete ich, «das muss es nicht. Es liegt an mir. Wirklich, du bist toll.»

«Ich muss mich nur erst an all das gewöhnen. Wir haben sonst immer alles zusammen gemacht.»

«Ich weiß», sagte ich, «aber glaub mir, das hier willst du nicht mitmachen.»

Nachdem Gilda und ich einen wackeligen Waffenstillstand geschlossen hatten, ging ich zurück nach Hause. Als ich die Straße überquerte, sah ich schon von weitem meine Schwiegermutter auf dem Treppenabsatz der Vorderveranda sitzen. Jetzt steckte ich in der Bredouille, denn den Morgenmantel hatte ich zurückgelassen. Die Vordertür war offen, aber die Hintertür hatte ich zugesperrt. Ich konnte mich also nicht hinten reinschleichen und erst mal was anziehen. Aber bei Irene hätte das wahrscheinlich ohnehin nichts genützt. Außerdem begann Red jetzt aufgeregt zu bellen und an der Leine zu zerren: Er hatte Irene entdeckt. Red, der alles und jeden liebte, liebte meine Schwiegermutter ganz besonders.

«Hallo, Redster», sagte sie, ging in eine perfekte yogische Hocke und kraulte ihm die Ohren. «Wie geht's meinem Liebling?» Ich konnte sehen, wie sie sich einen Moment über die gespannte Hundeleine wunderte, dann machte sie sie von seinem Halsband los. Es war eine einziehbare Leine, die von selbst ins Gehäuse zurückschnellte und mir dabei einen schmerzhaften Peitschenhieb aufs Schienbein verpasste. Unwillkürlich jaulte ich auf.

«Clover?»

«Hallo, Irene.»

Sie erhob sich und beschattete ihre Augen mit den Händen. «Du bist unsichtbar?»

Typisch Irene: Sie spricht aus, was sie sieht. «Ja, bin ich. Tut mir leid, ich hätte es dir sagen sollen.»

Darauf kam sie die Eingangsstufen herunter, in ihrer dunkellila Yogahose und dem flauschigen grauen Pulli. Ihre kurzen Haare funkelten silbern in der Sonne. Sie war sechsundsiebzig und stellte jede mir bekannte Frau in den Schatten. Ohne weiteres trat sie auf mich zu und umarmte mich. «Ach, das tut mir so leid für dich, Schätzchen.»

Einen Moment lang fragte ich mich, wie sie mich so leicht gefunden hatte, aber dann fiel mir die Leine ein, die ich noch immer in der Hand hielt. Irene würde sich nicht darum scheren, dass ich nichts anhatte, wahrscheinlich fand sie es sogar cool. «Überrascht wirkst du ja nicht gerade», bemerkte ich.

«Doch, natürlich bin ich überrascht. Ich wusste ja nicht, was los war, nur dass etwas nicht stimmte. Du bist nicht mehr zum Yoga gekommen und hast mich auch nicht mehr zurückgerufen. Da hab ich mir schon allmählich Sorgen gemacht. Und dann sagte Arthur, du hättest Depressionen ...»

«Damit sollte er wirklich aufhören.»

Sie schüttelte den Kopf. «Er will, dass es dir besser geht, aber er will nicht selbst etwas dafür tun. Er hofft, dass wir das für ihn erledigen, die Frauen in deinem Leben, Evie, Gilda oder ich. Er sendet diese Signale aus und hofft, wir würden die Sache für ihn regeln. Und siehe da, hier bin ich! Ich verlange ja kein Mitleid mit Arthur von dir, aber es kann nicht leicht sein für ihn, wenn sich die Ehefrau so plötzlich in Luft auflöst. Noch schlimmer ist es, wenn der Mann obendrein Arzt ist: Die glauben immer, sie müssten alles in Ordnung bringen. Du hättest mal meinen Mann sehen sollen, wie ungeduldig der wurde, wenn ich krank war und nicht schnell genug wieder gesund werden wollte.»

Wir gingen ins Haus, Red sprang immer noch außer sich vor Begeisterung an Irene hoch. Um ihn etwas abzulenken, gab ich ihm einen Hundekeks. «Arthur weiß nicht, dass ich unsichtbar bin», sagte ich.

«Was soll das heißen, er weiß es nicht?»

«Nick übrigens auch nicht. Sie merken zwar, dass irgendwas nicht stimmt, aber sie können nicht so recht den Finger darauflegen.»

«Du machst Witze!» Irene ließ sich fassungslos am Küchentisch nieder.

«Ich hätte es ihnen sagen sollen, aber das hab ich nicht. Und je mehr Zeit vergeht, desto mehr finde ich, dass sie es von selbst merken sollten.»

«Du hast vollkommen recht!» Irene schlug mit beiden Händen auf die Tischplatte. «So was müssen sie doch merken!»

«Arthur hat immer so furchtbar viel zu tun. Die Patienten scheinen sich mit jedem Jahr zu verdoppeln. Alle zerren an ihm herum, jeder will was von ihm. Und der arme Nick findet einfach keinen Job, er kann tun, was er will. Der hat im Moment ganz andere Sorgen, als seine Mutter anzuschauen. Wahrscheinlich würde er es nicht mal merken, wenn mir ein Waschbär am Kopf wächst.» Ich überlegte kurz. «Nein, das würde er nicht merken.»

«Hör auf, sie zu entschuldigen. Du bist unsichtbar, so was merkt man doch! Die haben schließlich Augen im Kopf, oder nicht? Sie können sehen, dass neues Klopapier auf den Halter gehört, dass der Mülleimer überquillt, dass wir keinen Orangensaft mehr haben, dass wir Orangensaft trinken und dass es Orangensaft im Supermarkt zu kaufen gibt. Sie haben es sich angewöhnt, diese Dinge nicht zu bemerken, denn je weniger sie merken, desto mehr kümmern wir uns schon irgendwann darum. Wenn zwölf Gäste zum Dinner kommen, sagen sie: Du hättest mir sagen sollen, dass du Hilfe brauchst! Du hättest mir sagen sollen, dass ich nicht vorm Fernseher hocken und mir die Fußballergebnisse anschauen soll, während du dir die Hacken abläufst, um alles allein zu erledigen. Warum sagst du mir nicht, wenn du Hilfe brauchst? Ich hatte ja keine Ahnung! Der reine Wahnsinn ist das. Dabei wollte ich meinen Sohn anders erziehen. Ich wollte, dass er ein hilfsbereiter, aufmerksamer Mann wird. Aber als ich ihn bekam, war ich noch so jung und vernarrt in ihn. Vielleicht habe ich ihm zu viel abgenommen. Eine Zeitlang war er, glaube ich, ganz in Ordnung, aber dann ist er irgendwie von der Strecke abgekommen.»

«Das war meine Schuld», sagte ich. Und das war die Wahrheit, das wusste ich. «Weil ich meinen Job verloren habe und deshalb mehr zu Hause war. Das machte alles so viel leichter. Ich habe die Rechnungen rechtzeitig bezahlt, das Essen auf den Tisch gebracht, die Glühbirnen ausgewechselt, Schnee geschaufelt, die Urlaubsplanung übernommen, die Kinder aufgezogen.» Ich musste mich zwingen aufzuhören. Die Liste war endlos, und ich hätte noch stundenlang so weiterreden können.

«Was für ein Desaster», fand Irene. «Es tut mir schrecklich leid, dass du unsichtbar geworden bist. Aber dass du das auch noch allein durchmachen musst …»

«Ach, Gilda ist wunderbar», sagte ich, «und Red auch.» Red saß auf meinem Schoß. Da ich keine Kleidung mehr trug, sah es aus, als würde er über dem Stuhl schweben. «Er ist der Einzige, der mich noch sehen kann.»

«Sehen nicht, aber riechen», korrigierte mich Irene, «bei Hunden ist der Geruchssinn am wichtigsten.»

«Ach», sagte ich, fast ein wenig enttäuscht, doch dann fiel mir wieder ein, worauf ich eigentlich hinauswollte.

«Ich habe mich einer Selbsthilfegruppe von unsichtbaren Frauen angeschlossen», erzählte ich. «Die Anzeige stand in der Zeitung.»

«Ach, die steht da schon seit Jahren», meinte Irene wegwerfend. «Eine meiner Schülerinnen ist unsichtbar geworden, Jane Sidwell. Sie ist trotzdem weiterhin zum Yoga gekommen», fügte sie vorwurfsvoll hinzu.

«Was ist aus ihr geworden?», fragte ich bange. Ich hatte mich nicht getraut, die anderen Frauen zu fragen. War eine von uns je wieder sichtbar geworden? Was passierte auf die Dauer mit uns?

«Sie ist mit ihrer Familie nach New York gezogen. Außerdem wollte sie näher bei Dexter-White sein. Das mit Dexter-White weißt du?»

«Ja. Wobei ich wahrscheinlich mal wieder die Letzte war, die es mitbekommen hat.»

«Ich hätte es dir sagen sollen. Aber ich wusste ja nicht, dass du ... all das einnimmst.» Irene schüttelte den Kopf, wie um den Gedanken abzuschütteln. «Egal. Jane ist mehrmals pro Woche nach Philadelphia geflogen und in die Büros der Firma vorgedrungen, hat E-Mails gelesen, Akten kopiert. Sie war überall.»

«Aber haben die nicht scharfe Sicherheitsvorkehrungen?»

Irene zuckte mit den Schultern. «Das kann eine unsichtbare Frau kaum aufhalten. Es war ja nicht so, dass sie nachts dort einbrechen musste. Sie ist einfach reinspaziert, hat sich direkt an den Tisch vom CEO gesetzt und zugehört, wenn er Briefe diktierte. Manchmal hat sie ihn sogar ein bisschen aufgemischt, hat ihm ins Ohr gepustet, die Möbel verstellt, all so was. Ein richtiger Poltergeist ist aus ihr geworden.»

«Aber sie ist noch immer unsichtbar?»

Irene nickte. «Soweit ich weiß, ja. Aber ich habe seit Monaten nichts mehr von ihr gehört, vielleicht hat sich ihre Situation inzwischen gebessert. Ich gebe dir ihre E-Mail-Adresse. Und in der Zwischenzeit solltest du dir an Jane ein Beispiel nehmen. Carpe diem – tu, was du immer schon tun wolltest. Sitz nicht hier rum und warte darauf, dass jemand merkt, was mit dir passiert ist. Unsichtbarkeit kann ein Fluch oder ein Segen sein, je nachdem, was du daraus machst.»

«Neulich habe ich einen Mann davon abgehalten, eine Frau zur Schnecke zu machen. Ich wusste nicht genau, was los war, aber ich bin dazwischengegangen, als er sie bedrohte.»

«Na bitte!» Irene strahlte und ergriff meine Hand. «Du bist ja schon eine Superheldin!»

An diesem Abend fragte ich Arthur im Bett, welche Superpower er sich wünschen würde, wenn er die Wahl hätte.

«Fliegen», antwortete er sofort. «Will das nicht jeder?»

«Ich weiß nicht», sagte ich und überlegte, wie ich am besten auf mein Thema zu sprechen kommen konnte. «Manche wünschen sich vielleicht einen Röntgenblick oder übermenschliche Kräfte.»

«Ein Bazillenschild wäre auch nicht schlecht», grübelte er. «Das würde meine Lebensqualität wahrscheinlich am allermeisten verbessern. Stell dir vor: ein neuer Comic! *Germ Man – der Bazillenmann.* Germ Man muss sich nie die Hände waschen oder Gummihandschuhe anziehen. Die Kinder können ihn vollniesen, so viel sie wollen, er fängt sich nie was ein. Der Untertitel könnte lauten: *Bazillen prallen von ihm ab wie Pistolenkugeln.* Was hältst du davon?»

«Er könnte die Bazillen nicht nur von sich abprallen lassen», sagte ich ins Dunkel hinein. Der silbrige Mond schien durchs Fenster. «Er könnte sie explodieren lassen. Er ist in der Lage, eine hochfrequente Schallwelle auszusenden, die alle Bazillen und Viren explodieren lässt. Es ist eine Frequenz, die nur Bazillen hören können, denn er hat rausgefunden, dass sie tatsächlich hören können. Und jeder Infizierte, mit dem er in Kontakt kommt, wäre auf der Stelle geheilt.»

Arthur rutschte zu mir rüber und zog mich an sich, bis ich mit dem Rücken an ihn geschmiegt dalag. «Du bist ein Genie, weißt du das? Ich hab nur an meinen eigenen Schutz gedacht, aber du hast den Germ Man auf den nächsten Level gehoben. Du hast einen Wohltäter aus ihm gemacht, und das ist es, was alle Superhelden sein sollten. Man kann kein Superheld sein, wenn man nur sich selbst schützt.»

«Der Germ Man könnte durch Choleraepidemien in Haiti spazieren und die Kranken heilen, indem er einfach an ihnen vorbeigeht. Er könnte AIDS-Kliniken in Afrika aufsuchen, und die Menschen würden gesund aus den Betten hüpfen und ihm aus den Häusern folgen.»

«Und wenn er nicht gerade Kranke heilt, schlägt er sich mit größenwahnsinnigen Genies herum, die die Menschheit mit fürchterlichen Krankheiten ausrotten wollen.»

Arthur fuhr mit der Zungenspitze über mein Ohrläppchen. «Ich finde das übrigens ziemlich sexy.»

«Du könntest Germ Man sein, und ich wäre Clover Hobart, deine treue Gefährtin. Ich wurde von einem finsteren Wissenschaftler mit einer schrecklichen Injektion vergiftet, die sich nur durch Sex bekämpfen lässt.»

Tatsächlich hatte meine Unsichtbarkeit unser Liebesleben ganz schön aufgepeppt. Nur beim Sex hatte ich das Gefühl, Arthur nahe zu sein. Und so konnte ich ihm alles andere verzeihen, was er übersah. Außerdem waren dies die wenigen Momente, in denen ich mich fast wieder normal fühlte, als ob mein Körper, als ob ich ganz so wie früher wäre.

«Meine arme, bazillenverseuchte Clover Hobart», flüsterte er mir ins Ohr und streichelte meinen Oberschenkel.

Versteht mich nicht falsch, es war toll. Trotzdem hätte es mich gefreut, wenn er zu irgendeinem Zeitpunkt gefragt hätte: «Und was für eine Superheldin wärst du gern?» Das hätte auch zum Spiel dazugehören können.

6. KAPITEL

Tags darauf rief ich Lila Robinson an. Ich musste mir regelrecht einschärfen, sie nicht mehr als Mrs. Robinson zu sehen; sie war schließlich nicht viel älter als ich. Ihre Nummer fand ich auf unserer Webseite www.invisibleme.com. Wie sich herausstellte, waren wir doch über Google zu finden, bloß standen wir etwa 200 000 Einträge weiter unten. Sie hob schon nach dem ersten Klingeln ab, und mir kam der Verdacht, dass sie vielleicht zu viel Zeit zu Hause verbrachte.

«Ich habe viel über das nachgegrübelt, was du auf dem letzten Meeting gesagt hast», begann ich.

«Ja, dafür haben wir jetzt viel Zeit», bemerkte sie. Sie klang müde und niedergeschlagen.

«Und ich habe gedacht», fuhr ich fort und versuchte, Irenes Rat zu befolgen und mich nützlich zu machen, «warum gehst du nicht einfach zur Schule, wenn du wirklich dort sein willst? Ich meine, du wirst zwar nicht dafür bezahlt, aber du sehnst dich doch trotzdem danach, wieder dort zu sein, oder?»

«Die wollen mich nicht», entgegnete sie, «daran haben sie keinen Zweifel gelassen.»

«Okay, sagen wir mal, wir vergessen für einen Augenblick, was die wollen. Warum können wir nicht dort Gutes tun, wo Gutes getan werden muss? Warum müssen wir zu Hause rumhocken und warten, bis uns jemand die Erlaubnis dazu erteilt? Wir haben Superkräfte, Lila. Wir sind etwas Besonderes. So etwas wie uns gibt es sonst nirgends. Wir haben uns das vielleicht nicht ausgesucht, aber so ist es nun mal. Sollten wir nicht das Beste daraus machen?»

«Clover, wovon redest du eigentlich?»

Vielleicht kannten wir uns ja nicht besonders gut. Oder vielleicht kannten wir uns besser, als sich Fast-Fremde je kennen konnten. «Ich rede davon: Wenn du erfahren würdest, dass du ab morgen wieder sichtbar wärst, unwiederbringlich sichtbar, was würdest du dann heute noch tun, solange du die Gelegenheit dazu hättest?»

Stille am anderen Ende der Leitung. Lila überlegte. «Ich würde im Schulbus mitfahren und den Fieslingen und Schlägern das Handwerk legen», erklärte sie, «ich würde in die Schule gehen und die gemeinen Schüler davon abhalten, gemeine Sachen zu tun, die sie eigentlich gar nicht tun wollen. Ich würde versuchen, Schwächeren den Rücken zu stärken, und ich würde in die Klassen gehen und die Schüler zur Ruhe bringen, damit die Lehrer ungestört unterrichten können. Und danach würde ich zu Tiffany's gehen und die dicksten Diamantringe anprobieren, die sie haben.»

Letzteres überraschte mich nun doch. «Im Ernst?»

«Du wolltest es ja wissen.»

«Dann treffen wir uns also morgen im Schulbus?»

«Du spinnst ja!», rief sie ins Telefon, aber ich konnte hören, wie aufgeregt sie war. Ich hatte gewusst, dass sie nur einen winzigen Schubs brauchen würde.

«Hör zu, demnächst muss ich nach Philadelphia fliegen und in die Büros einer Pharmafirma einbrechen, um rauszufinden, wie viel sie darüber wissen, dass sie uns vergiften. Ich muss aus meiner Kuschelecke herauskommen und was riskieren. Die Highschool und ein paar Diamanten wären da genau das richtige Training.»

«Gut, treffen wir uns morgen im Schulbus. Vergiss dein Kleenex nicht.»

Am nächsten Morgen regnete es in Strömen. Rosemary hatte am Abend vorher angerufen und gesagt, der Dexter-White-Chemiker habe unser Treffen verschoben. Dagegen erschien mir nun die Schule wie ein Klacks. Benny Kempton stand an der Haltestelle und wartete ebenfalls auf den Schulbus. Benny nahm so gut wie nie den Bus – er ließ sich immer von Steve oder von Gilda oder Miller fahren. Vielleicht hatte heute niemand Zeit gehabt. Ich stellte mich hinter ihn und wünschte, er hätte einen Regenschirm dabei. Aber wahrscheinlich benutzt kein Highschool-Junge je einen Regenschirm. Benny hatte die gummierte Kapuze seiner gummierten Regenjacke aufgesetzt, während mir das Wasser nur so am nackten Körper hinunterlief. Ich kam mir vor wie unter der Dusche.

Benny schnüffelte. «Mrs. Hobart?» Er drehte sich suchend um.

Es stimmte, ich tat in letzter Zeit ein bisschen mehr Parfüm auf. Ich dachte, es könnte den Leuten helfen, mich leichter zu orten. Obwohl ich von Benny eigentlich gar nicht hatte geortet werden wollen. Ich sagte nichts. In der Ferne tauchte der Schulbus auf und kam auf uns zu gewackelt. Je näher er kam, desto unruhiger wurde Benny. Er trat von einem Bein aufs andere, als wäre er am liebsten davongelaufen. Warum fuhr er heute mit dem Bus? Warum nahm er den Bus sonst nie?

Sobald die Türen aufschnappten, erfuhr ich den Grund. Als er in den Bus hineinkletterte, wurde er von Pfiffen und höhnischem Gelächter begrüßt. «Das Skelett! Seht mal, da ist das Skelett!», johlten einige Jungs. «Da kommt der Knochenmann!» Die Mädchen keckerten wie Schakale. Es war offensichtlich grausam. Benny war in kurzer Zeit derart hochgeschossen, dass er tatsächlich als Anschauungsobjekt im Anatomieunterricht hätte dienen können. Ich konnte sehen, wie er die tropfnassen Schultern hängen ließ. Seine Lunchtüte riss unter dem Gewicht des in Klarsichtfolie eingewickelten Thunfischsandwichs auf. Der Apfel, den er mitgebracht hatte, rollte unter einen Sitz, wo er auf Nimmerwiedersehen verschwand. «Seine Mami macht ihm noch das Pausenbrot!», johlten ein paar Jungs, als ob ihre Mütter nicht genau dasselbe für sie taten. Ich hatte einen Fuß auf die Stufen gesetzt, da ließ der Fahrer die Türen zuschnappen und zerquetschte mich fast in zwei Hälften.

«Jetzt komm schon», fluchte er und riss ungeduldig am Türhebel, als wollte er manuell meinen Fuß vom Bein abtrennen.

«Würden Sie das bitte sein lassen?», sagte ich erzürnt. Ich hielt mich am Einstiegsgeländer fest und verlor dabei mein Kleenex. Es wurde aus dem Bus und in eine Pfütze geweht. Tja, das konnte ich vergessen.

Der Fahrer spähte mit zusammengekniffenen Augen zum Einstieg und ließ die Tür noch einmal aufschnappen. «Wer ist da? Will noch jemand rein?», fragte er. Ein paar von den jüngeren Kindern, die ganz vorne saßen, reckten die Hälse, sahen aber nichts. Der Fahrer legte den Gang ein und fuhr los. Ich bückte mich, hob Bennys Sandwich auf und stopfte es ihm in eine Außentasche seines Rucksacks.

Es mag unlogisch klingen, aber es ist nicht notwendigerweise das Ziel einer Unsichtbaren, nicht bemerkt zu werden. Vor mir erstreckte sich eine Welt aus Schönheit und Ungerechtigkeit, die ich nie zuvor wahrgenommen hatte, und zum ersten Mal verspürte ich den Mut und die Lust zu handeln. Die Kids machten sich auf ihren Sitzen breit, schoben die nassen Schultaschen und Jacken auf alle freien Plätze und verweigerten Benny sein Recht auf einen Sitzplatz. Der Fahrer trat auf die Bremse und hielt jäh an. Ich wurde gegen einen dicken Jungen geschleudert, der sich gerade eine Pop-Tart als zweites Frühstück in den Mund schieben wollte, die ihm nun aus den Wurstfingern geschleudert wurde. «Hey!», beklagte er sich und schaute sich kampflüstern um.

«Sorry», sagte ich mit der Stimme einer Erwachsenen, mit der Stimme einer Mutter, und so wandte sich der Junge mit einem verwirrten Ausdruck wieder ab.

«Alle müssen sitzen», sagte der Fahrer teilnahmslos, «wie oft muss ich euch das noch sagen? Es geht erst weiter, wenn jeder einen Sitzplatz hat. Das ist nun mal die Busregel.»

Ich suchte mir ein hübsches Mädchen mit kastanienbraunen Haaren und einem himbeerroten Pulli aus, das etwas weniger Schminke trug als ein durchschnittliches Las-Vegas-Showgirl. Dann sammelte ich ihre Bücher ein, ihren Ranzen und ihre aufgeblähte Steppjacke. Das alles wickelte ich zusammen und legte es ihr auf den Schoß. Auf einmal war ein Sitz frei geworden, und der gute Benny dachte, da hätte jemand Erbarmen mit ihm. Er setzte sich neben das Mädchen und zog ritterlich seine tropfnasse Jacke an sich, obwohl eigentlich alles an ihm nass war. «Danke», murmelte er.

Das Mädchen machte ein angeekeltes Gesicht und stopfte sich hastig die iPod-Stöpsel in die Ohren. Sie drückte sich ans Fenster, möglichst weit weg von Benny.

«Jessica hat das Skelett abgekriegt!», rief ein Junge von einem Sitz auf der anderen Seite des Mittelgangs.

«Knochenmann! Skelett!», riefen alle.

Ich kniff den Jungen fest ins Ohrläppchen. Die anderen würde ich mir auch noch vornehmen. «Ich kenne deine Mutter», flüsterte ich ihm ins Ohr, obwohl das eine Lüge war. Ich leckte mir über die Lippen, bevor ich sie seine Ohrmuschel berühren ließ. «Du fängst besser an, dich so zu benehmen, als würde sie von alldem hier erfahren, denn das wird sie.»

Der Junge sprang erschrocken auf, doch ich dirigierte ihn am Ohr auf seinen Sitz zurück. «Benimm dich anständig», flüsterte ich, «das ist die Parole des Tages, kapiert? Ich werde dich im Auge behalten.»

Sicher, ich wünschte, ich hätte was angehabt. Im Sheraton war ich unter Gleichgesinnten gewesen; nackt unter lauter Rowdys fühlt man sich dagegen schon ein wenig verwundbar. Aber das bildet den Charakter. Ich beugte mich über Benny hinweg und zupfte dem Mädchen einen Stöpsel aus dem Ohr. «Du bist doch ein nettes Mädchen», flüsterte ich, «also verhalte dich auch so.»

Überrascht schaute sie Benny an, doch der starrte auf seine Knie, den Körper halb von ihr abgewandt. Dann blickte sie hoch und schien mir so direkt in die Augen zu zu sehen, dass ich erschrak.

«Ich bin dein Gewissen», wisperte ich – schrecklich kitschig, ich weiß. «Ich rate dir ernsthaft, das Richtige zu tun.»

Benny begann erneut zu schnüffeln. «Riechst du was?», sagte er leise zu dem Mädchen, «etwas Angenehmes?»

Sie sog die Luft ein. So, wie ich mich über sie beugte, roch sie praktisch an meinem Hals. «Das ist Parfüm.» Sie schnupperte noch einmal und schauderte. «Rive Gauche. Das benutzt meine Mom.» Ich konnte mein Glück kaum fassen. «Als ob sie hier wäre», flüsterte sie Benny zu.

«Jessica und Benny knutschen!», kreischten ein paar Mädchen drei Reihen weiter hinten und taten so, als würden sie sich begeistert abküssen. Ich konnte mir vorstellen, dass die Jungen heute Nacht vor dem Einschlafen gern daran zurückdenken würden.

Jessica wandte sich um und rief mit lauter, heller Stimme: «Würdet ihr verdammt noch mal die Schnauze halten?» Erschreckt verstummten die Mädchen und folgten, sicher auch zu ihrem eigenen Erstaunen, Jessicas Befehl. Jessica drehte sich wieder zurück und starrte geradeaus. «Meine Mom sagt, ich soll netter sein», sagte sie zu dem Sitz vor ihr.

«Das machst du gar nicht schlecht», meinte Benny.

Alle paar Minuten hielt der Bus an und ließ ein oder

zwei neue Opfer einsteigen, die aussahen, als würden sie einen Transporthelikopter ins Kriegsgebiet nach Afghanistan besteigen. Die Kids, die frische Beute rochen, ließen von Benny und Jessica ab und machten sich über die Neuzugänge her. Sie verweigerten ihnen die Sitzplätze, also besorgte ich ihnen welche. Ich gab den schrecklichsten Mädchen Kopfnüsse, kniff die gemeinsten Jungs ins Schlüsselbein, allerdings nur so fest, dass sie aufmerkten, während ich ihnen Besserungsworte ins Ohr flüsterte. Es war, als führte ich eine Art soziale Ordnung durch; kaum hatte ich einen im Griff, gab ein anderer Gemeinheiten von sich. Als wir schließlich das Schulgebäude erreichten, war ich total erledigt. Erschöpft ließ ich mich auf die hinterste Sitzbank fallen, die unangenehm feucht, klebrig und warm war. Da hörte ich zum ersten Mal Lilas Stimme. Lila hatte ich ganz vergessen.

«Bist du noch im Bus?»

«Letzte Reihe», antwortete ich.

Sie kam und setzte sich neben mich. «Ich hab mein Kleenex verloren», erklärte sie.

«Das Kleenex hatte nie eine Chance.» Ich vergrub das Gesicht in den Händen. «Das war die schlimmste halbe Stunde meines Lebens.»

«Sie sollten das Gehalt dieses Fahrers erhöhen», meinte Lila, «so ungefähr um zweihunderttausend pro Jahr.»

«Ich will nie wieder in einen Schulbus steigen. Und trotzdem, wenn ich mir vorstelle, diese armen Würmer fahren ohne eine Unsichtbare, die ihnen hilft!»

«Dabei ist es erst acht», sagte Lila, «wir haben noch nicht mal angefangen.»

Hätte ich je als Unsichtbare einen Tag an der Schule meiner Kinder verbracht, ich hätte prompt auf Privatunterricht bei uns zu Hause bestanden. Lila und ich hatten jedenfalls alle Hände voll zu tun: die Treppenhäuser patrouillieren, während des Unterrichts allzu zappelige und unartige Schüler sanft auf ihre Stühle zurückdrücken, zahlreiche iPod-Stöpsel aus den Ohren zupfen, um Ermahnungen einzuflüstern. Nachdem ich mehr als ein Dutzend Schüler davon abgehalten hatte, in einer Mathematikprüfung zu schummeln, während die Lehrerin vorne am Pult saß und eine Zeitschrift las, sprengte ich auf einer der Toiletten einen Erpresserring von drei Jungen, die einem kleineren androhten, ihm das Ohr zu durchstechen, wenn er ihnen nicht den Großteil seines Taschengelds aushändigte. Lila und ich hatten uns für halb eins hinten links in der Cafeteria verabredet, und ich konnte den armen Jungen gerade noch aus den Fängen seiner Peiniger befreien, bevor es Zeit wurde, zu unserem Treffpunkt zu gehen.

«Mann, so hab ich noch nie geschuftet, noch nie in meinem Leben.» Stöhnend ließ ich mich neben sie auf einen Stuhl fallen. Ich hatte als Erkennungszeichen einen zusammengefalteten Streifen Klopapier dabei – im ganzen Schulhaus gab es kein einziges Kleenex –, und sie hatte sich eine Papierserviette von der Geschirrtheke genommen.

«Aber ist es nicht aufregend? Bist du nicht unheimlich aufgeregt?», erkundigte sich Lila, die vor Begeisterung zu platzen schien. Jetzt hörte sie sich wieder an wie die Grundschullehrerin, die ich gekannt hatte, als meine Kinder noch klein gewesen waren.

«Im Ernst? Also, ich fühle mich, als wäre ich von einem Laster angefahren worden.»

«Du hattest vollkommen recht! Warum rumhocken und warten? Hier zu sein – genau das ist unsere Aufgabe! Die Kids wollen gar nicht böse sein, sie wissen bloß nicht, wie es anders geht. Sie sind so mit ihrem Image beschäftigt, dass sie nicht mehr die richtigen Entscheidungen treffen können. Deshalb sind wir beide ja auch so gut für sie. Wir haben kein Image. Also fühlen sie sich von uns auch nicht bedroht.»

«Ich will aber doch hoffen, dass sie sich schon ein bisschen bedroht fühlen», erwiderte ich. An diesem einen Vormittag hatte ich mehr Leute bedroht als in meinem ganzen bisherigen Leben. Plötzlich sah ich ein Mädchen stockstill mitten in der Kantine stehen, ein Tablett in Händen. Sie schaute aus wie ein erschrecktes Kaninchen im Scheinwerferlicht. Die Arme hatte nicht nur Akne, sondern auch ungepflegtes Haar, was sie mit einem Paar robuster Combat-Boots auszugleichen versuchte. Ich seufzte. «Warte kurz», sagte ich zu Lila und erhob mich. Ich ging zu der Schülerin und dirigierte sie mit einem Finger an der Schulter zu einer Gruppe von Mädchen, die sich den ganzen Tag anständig benommen hatten, was mir nicht entgangen war. Ich zog einen Stuhl für sie zurück und drückte sie darauf. «Hi!», sagte ich mit lauter, fröhlicher Stimme. Die Mädchen schauten sich um, woher diese Stimme gekommen war, aber da sie keine komplexen Denkvorgänge beherrschten, mussten sie sich wohl oder übel ohne Erklärung zufriedengeben.

«Das hast du gut gemacht», lobte mich Lila, «du hättest Lehrerin werden sollen.»

«Oder Cafeteriabedienung. So oder so, das hier ist nichts für mich.»

«Doch, natürlich ist es das! Du hast heute ein Leben nach dem anderen gerettet, ehrlich. An das Chaos gewöhnt man sich. Irgendwann macht es einem nichts mehr aus, man braucht es sogar.»

«Ich ganz bestimmt nicht», sagte ich überzeugt. «Für mich war das eine einmalige Geschichte.»

Lila beugte sich vor und fand nach einigem Tasten meine Hand. «Clover, du musst wiederkommen. Sie brauchen dich. Ich brauche dich.»

«Du brauchst mich nicht. Hier bist du in deinem Element. Es musste dich bloß jemand herbegleiten und in die richtige Richtung drehen. In ein, zwei Wochen hast du diesen Saustall aufgeräumt. Dann kannst du zum Kollegium gehen und deinen Job zurückverlangen. Was mich angeht, war das keine schlechte Erfahrung, das gebe ich gern zu. Allmählich glaube ich, dass wir überall unsichtbare Frauen brauchen, nicht bloß zum Schutz, sondern um die Leute zu ermuntern, bessere Menschen zu sein. Aber die Highschool ist nicht mein Ding. Ich würde lieber an der Wall Street diesen Bankern und Hedge-Fonds-Managern etwas Anstand und Moral beibringen.» In diesem Moment läutete die Glocke zum Ende der Mittagspause. Beide schauten wir traurig zur Uhr.

«Wir treffen uns um drei beim Bus», sagte Lila. Ich sah zu, wie sich ihr Stuhl vom Tisch zurückbewegte, als sie ging, um die Schule einmal mehr in einen besseren Ort zu verwandeln.

Auch ich legte mich wieder ins Zeug, aber bis ganz zum

Ende hielt ich nicht durch. Ich verlor schließlich die Geduld in einem Hausaufgabenraum, der selbst Gandhi zum Axtmörder hätte werden lassen. Die Kinder, die eigentlich den *Großen Gatsby* hätten lesen sollen, simsten stattdessen munter vor sich hin, plapperten oder bewarfen sich mit Papierbällchen. Ich teilte links und rechts Kopfnüsse aus, ich drohte, ich schmeichelte, ich tat, als wäre ich ihre längst verstorbene Großmutter, auferstanden aus dem Grab, um sie heimzusuchen – es nützte nichts. Jedenfalls nie länger als drei Minuten. Dann drückten sie irgendeinen inneren Reset-Knopf, und alles ging wieder von vorne los. Diejenigen, die ich gerade erst zur Räson gebracht hatte, erlitten prompt einen Rückfall, sodass ich wieder bei null anfangen musste. Irgendwann machte ich mich entmutigt aus dem Staub und überließ sie ihrem Schicksal. Ich ging raus an die frische Luft und setzte mich auf die Tribüne um den Baseballplatz. Endlich allein! Gab es je zwei süßere Worte?

Da hörte ich Benny lachen.

Ich kannte Bennys Lachen, seit er drei war, und dieses spezielle überschäumende Giggeln benutzte er nur, wenn er so richtig in Fahrt war. Schließlich entdeckte ich ihn unter den Sitzbänken, als ich zwischen den Latten hindurch nach unten schaute. Dort saß er in einer Ecke und giggelte mit Jessica. Das Mädchen aus dem Bus! Gratuliere, Benny, dachte ich erfreut, schön für dich! Doch in diesem Moment schlug der Wind um, und ich roch die Ursache für ihre Heiterkeit. Benny und Jessica rauchten während der letzten Schulstunde einen Joint.

In diesem Moment war ich wohl die unglücklichste

unsichtbare Frau auf Erden. Ich wollte nicht wissen, was Benny da trieb. Ich wollte es weder sehen noch riechen. Es genügte mir vollauf, dass er zumindest für diesen einen Tag das Mädchen erobert hatte. Ich wollte ihnen nicht den schönen Moment verderben, wollte nicht, dass dieser gute Junge von jemand anderem erwischt wurde, der nicht so sanft mit ihm umgehen würde wie ich. Andererseits wollte ich aber auch nicht, dass er davonkam, denn wie ich Benny kannte, konnte sehr leicht ein Kiffer aus ihm werden. Ich musste etwas tun, das war ich Benny und auch dem Mädchen schuldig. Und Gilda. Und Arthur, der sich die Mühe gemacht hatte, ihm als Dreijährigem die Weintraube aus der Luftröhre zu holen. Müde stemmte ich mich hoch und schlich mich an. Arme Lämmchen, sie hatten nicht die leiseste Ahnung, was auf sie zukam.

Ich setzte mich neben sie ins Gras. Jessica lachte jetzt auch, das wohlklingende, tinkelnde Lachen eines schönen Mädchens. Ich sah den bewundernden Ausdruck auf Bennys Gesicht und seine fast verblüffte Dankbarkeit für diesen vollkommenen Moment, den ich ihm nun ruinieren musste. Er reichte Jessica den Joint. Wieder lachte sie und nahm dann einen Zug.

«Also, Kinder», begann ich.

Jessicas Kopf schoss hoch, sie rammte den Joint ins Gras und setzte sich hastig darauf. Benny kam auf die Knie und schaute sich erschrocken um.

«Zu spät», sagte ich, «ich hab's schon gesehen.»

«Es ist wieder dieses Rive Gauche!», rief Jessica, schnüffelnd wie ein Jagdhund. «Das ist meine Mutter. Ich kann sie riechen.» Hektisch blickte sie sich um. Als nichts zu sehen war, kniff sie die Augen zu. «Was willst du von mir?», wimmerte sie.

Ich schnupperte an meinem Handgelenk. Nach einem Tag wie diesem hätte ich erwartet, dass das Parfüm längst verflogen wäre, aber das Mädchen hatte recht, da war es noch.

«Das ist nicht deine Mom», widersprach Benny, ebenfalls Witterung aufnehmend. «Es ist die Lady von heute früh.»

«Du hast also auch jemanden im Bus gehört?»

«Sie klingt genau wie unsere Nachbarin», sagte Benny.

«Ich bin weder deine Mutter noch deine Nachbarin», flunkerte ich, «das bildet ihr euch bloß ein, weil ihr versucht, die Stimme jemand Bekanntem zuzuordnen. Deshalb hört Jessica ihre Mutter, und Benny hört jemand anderen.»

«Woher wissen Sie, wie wir heißen?», kreischte das Mädchen. Ich fand, jetzt übertrieb sie etwas.

«Ich kenne deinen Namen, weil ich du bin, und du weißt ja wohl, wie du heißt. Es ist ganz einfach. So was passiert nun mal, wenn man Dope raucht. Vielleicht gibt's ja Leute, die das vertragen, aber ihr gehört nicht dazu. Das Zeug wird euch kaputt machen. Jedes Mal, wenn ihr's nehmt, werdet ihr meine Stimme hören. Man wird euch erwischen, man wird euch der Schule verweisen. Eure Eltern werden es erfahren, ihr werdet keinen Studienplatz kriegen und als Burgerdreher bei McDonald's enden.»

Das war vielleicht ein bisschen übertrieben, aber immer noch besser als das, was sie vom Rektor zu hören bekommen hätten, wenn sie bei dem gelandet wären. Jessica weinte nun ungehemmt, und Benny wischte sich mit dem Ärmel über die Augen. Ich schwieg eine Minute, damit sie sich diese Zukunft auch gut ausmalen konnten.

«Oder», fuhr ich dann fort, als wäre dieses Szenario ebenso plausibel, «ihr überspringt das alles, versprecht, dass dies euer letzter Joint war, und führt ein erfolgreiches, glückliches Leben.»

«Woher wollen Sie wissen, dass wir kein Hasch vertragen?», fragte Benny misstrauisch.

«Weil ihr Stimmen hört, Bub. Ihr hört beide dasselbe. Glaub mir, wenn's erst mal so weit ist, gibt's kein Zurück mehr.»

«Aber das ist mir vorher doch auch nie passiert», sagte Benny perplex.

«Na sauber, das werde ich deiner Mutter ausrichten», meinte ich.

Jessica begann, hektisch ihre Sachen zusammenzuraffen. Ich berührte sie am Handgelenk. «Hör zu, ihr habt doch jetzt was, das euch verbindet. Ihr seid die Kids, die zusammen kein Pot rauchen. Man kann doch auch anders Spaß haben. Es gibt so viele Möglichkeiten. Spart euch das Geld fürs Kino. Benny, frag Jessica, ob sie mit dir ins Kino geht.»

Er schaute sie einen Moment mit schiefgelegtem Kopf an, als überlegte er, ob sie dasselbe gehört hatte wie er. «Willst du am Samstag mit mir ins Kino gehen?», fragte er schließlich.

Sie wartete kurz, ob ich für sie antwortete, doch als das nicht geschah, nickte sie schüchtern. «Okay.»

Ich verriet ihnen nicht, dass ich mich verdrückte; es war

besser, wenn sie sich noch eine Weile beobachtet fühlten. Kiffen ist gut für Paranoia. Voller Freude über die Macht, die ich auf einmal besaß, spazierte ich davon. Hätte ich ihnen dieselbe Standpauke noch als Sichtbare gehalten, sie hätten mir wahrscheinlich verächtlich den Rauch ins Gesicht geblasen. Aber als Unsichtbare hat man echtes Gewicht. Triumphierend überquerte ich das Baseballfeld. Dann stieg ich in den Bus und setzte mich hinter den Fahrer. Lila saß bereits dort, ihre zerfetzte Papierserviette in der Hand.

«Wir steigen an der Jefferson aus. Von dort können wir zur Mall gehen», sagte ich, leise genug, dass der Fahrer über den Lärm der Kinder nichts hörte. Während sie am Morgen noch vor Gemeinheit gesprüht hatten, sangen sie nun zu den Songs aus ihren iPods, hüpften auf ihren Sitzen herum, streckten die Hälse aus dem Fenster oder zeichneten sich mit Filzmarkern Bildchen auf die Oberschenkel. Sie waren aus dem Gefängnis entlassen worden und genossen ihre Freiheit.

«Ach nein», sagte Lila, «das musst du nicht. Ich weiß, dass du müde bist.»

«Ich wollte zwar noch nie bei Tiffany's Diamanten anprobieren», widersprach ich, «aber ich habe auch noch nie einen ganzen Tag auf der Highschool verbracht – jedenfalls nicht mehr seit meiner Schulzeit, und damals gab es hier noch kein Tiffany's.»

Also sprangen wir wie zwei unartige Schulmädchen einfach an einer Kreuzung aus dem Bus; den Türhebel betätigten wir selbst, und der Fahrer fluchte, weil er nichts sah und nichts verstand. Ich hätte am liebsten gejauchzt vor

Freude. Endlich weg von diesen Kindern! «Wie schaffst du das bloß?», fragte ich Lila. «Ich meine, ohne sie zu erwürgen oder dich aus dem Fenster zu stürzen?»

«Warte, nimm meine Hand», sagte Lila, «ich will dich nicht verlieren.» Und so gingen wir beiden Unsichtbaren Hand in Hand auf die Mall zu. «Als ich anfing, habe ich nur die Kleinen unterrichtet, das war wundervoll. Aber irgendwann sehnte ich mich nach einer größeren Herausforderung; außerdem hatte ich all die Schulbücher mit Häschen und Ponys und Eisenbahnen satt. Ich drückte noch einmal die Schulbank und qualifizierte mich für die Highschool. Als ich zurückkam, war es zuerst toll, denn die Schüler hatte ich alle schon in der Grundschule unterrichtet. Sie waren lieb, genauso rücksichtsvoll wie damals. Sie kannten mich, kannten meine Stimme. Wenn sie sie hörten, richteten sie sich auf und wurden still, es war fast wie ein Pawlow'scher Effekt. Ein, zwei Jahre lang lief alles bestens, doch dann bekam ich Schüler, die ich noch nicht kannte, und ich musste lernen, auch so mit ihnen fertig zu werden. Es ist im Grunde nicht anders als in der Grundschule: Du musst nur größer sein als sie. Selbst wenn du es körperlich nicht bist.»

«Hast du eigentlich selbst Kinder?», fragte ich sie. Ich wusste so gut wie nichts über Lila Robinson, außer dass ich ihren Namen immer mit den Kindern im Auto gesungen hatte.

«Drei», antwortete sie. «Alle erwachsen. Ich bin schon Großmutter, stell dir vor. Eine ziemlich junge Großmutter, wenn du mich sehen könntest, würdest du es nicht glauben.»

Wir mussten beide lachen. Dann spazierten wir durch Macy's Kaufhaus in die Mall, und ich sagte zu Lila, ich wolle mich kurz in der Parfümabteilung ein wenig auffrischen. Ich fand ein Fläschchen Rive Gauche, Lila entschied sich für Chanel No. 5, und wir besprühten uns großzügig.

«Jetzt weiß ich wenigstens, wo du bist», meinte sie.

Unterwegs kamen wir noch durch die Schuhabteilung. Ich hätte wirklich gerne Schuhe angezogen, meine Füße waren so viel Barfußlaufen einfach nicht gewöhnt. An einem Tisch bewunderte ich die vielen High Heels. Sie sahen aus wie elegante kleine Schlitten, die auf unmöglich hohen Piken standen. Vollkommen sinnlos, dachte ich. Niemand, wirklich niemand, würde solche Schuhe tragen, wenn einen keiner dabei sehen konnte.

Bis Thanksgiving war es zwar noch lang hin, aber die Mall war trotzdem bereits weihnachtlich geschmückt: Grüne Zweige, Lichterketten und jede Menge Flitterkram zierten die langen Hallen. «Musst du diesmal für Weihnachten auch so einen Aufwand betreiben, obwohl du unsichtbar bist?», wollte Lila wissen.

«Wenn man unsichtbar geworden ist, wird einem klar, dass es nie wirklich um die Erwartungen der anderen ging. Tatsächlich ging es nur um meine Annahme, was alle von mir erwarten. Wenn sie mich schon nicht vermissen, wird ihnen ein Christbaum wohl kaum abgehen.»

«Dein Mann hat es noch gar nicht gemerkt?»

Ich schüttelte den Kopf, was ziemlich nutzlos war. «Nope», antwortete ich.

Sie drückte meine Hand. «Das wird er schon noch.»

«Weiß Mr. Robinson, dass du weg bist?»

«Mr. Robinson ist blind», erklärte sie, «ich musste es ihm also sagen. Er meinte, für ihn macht das sowieso keinen Unterschied. Ich hätte nie gedacht, dass Blindheit auch ein Vorteil sein kann, das wurde mir erst klar, als ich die Geschichten von den anderen aus der Gruppe hörte. Ich hab eine ganze Menge von Larry über den Umgang mit einer Behinderung gelernt.»

«Tja», erwiderte ich, «das rückt alles wieder in eine andere Perspektive.»

«Genau darum geht es: um die richtige Perspektive», sagte Lila, während wir Tiffany's betraten.

Es war ziemlich voll. Junge Liebespärchen, die sich bei den Händen hielten, Schulmädchen, die sehnsüchtig die Freundschaftsarmbänder betrachteten, Matronen, die sich fürs feine Porzellan interessierten, und nervöse Männer, die die Ringe beäugten. Alles blitzte und funkelte, allerdings auf sehr dezente Weise; man musste nah an die Schaukästen herangehen, um es zu sehen.

«Das hab ich noch nie gemacht», sagte ich. Wir kamen an einer Halskette vorbei, die mich unwillkürlich anhalten ließ: ein wunderschönes Collier aus Diamantrosen, das meiner Meinung nach gut um den zarten Hals von Audrey Hepburn gepasst hätte.

«Warst du denn noch nie hier drin? Ich schon, aber anprobiert habe ich noch nichts, ich habe mich einfach nicht getraut. Die Verkäufer in den feinen Anzügen fragen einen zwar immer höflich, ob sie einem helfen können ... Wahrscheinlich gehen sie davon aus, dass man nie weiß, wer Geld hat und wer nicht. Trotzdem komme ich mir jedes Mal vor wie eine Betrügerin.»

Wir traten hinter einen Tresen, weg von dem Gedrängel. Auch das fühlte sich schon ein wenig verboten an, war aber weit angenehmer. Außerdem konnten wir so die Auslage besser sehen.

«Es muss kein großer Diamant sein», meinte Lila betreten, «das habe ich längst aufgegeben, keine Sorge.»

«Was nicht heißt, dass du nicht mal einen anprobieren kannst», widersprach ich.

Wir stellten uns neben einen Verkäufer, der für einen jungen Mann etwa im Alter von Nick den Schaukasten geöffnet hatte, um ihm ein paar bescheidene Ringe zu zeigen. Gott bewahre!, dachte ich. Ich langte in die Vitrine und holte eine hübsche kleine Nummer mit einem Diamanten von der Größe eines Vogeleis heraus. Der Ring war ganz schön schwer, und der Stein funkelte so, dass es blendete. Unmöglich, den zu übersehen. Ich bewegte ihn langsam, damit keinem auffiel, dass da einem der Schmuckstücke Flügel gewachsen waren. «So was in der Art?», fragte ich.

Es machte richtig Spaß. Unsere Pubertätshormone fielen von uns ab, und wir widmeten uns dieser sehr erwachsenen Aufgabe. «Himmel!», schwärmte Lila, «ja, genau so was! Du hast ein gutes Auge.»

Ich und ein gutes Auge für Diamanten? Wer hätte das gedacht! Sie legte ihre Hand auf den Tresen, damit es nicht so aussah, als würde der Ring in der Luft schweben, und streifte ihn auf den Finger. Wir glotzen. Er funkelte. Wir blinzelten.

«Ach!», sagte Lila.

«Hmm», meinte ich.

«Da fehlt irgendwie die Hand dazu», stellte sie fest.

«Ja, die Hand fehlt definitiv», konnte ich ihr nur beipflichten.

«Daran hatte ich überhaupt nicht gedacht.» Sie drehte ihre nicht vorhandene Hand hin und her.

«Vielleicht einen anderen Ring?», schlug ich vor. «Einen Rubin?»

«Nein», sagte sie, «das Problem wäre dasselbe, fürchte ich.»

«Willst du eine Kette anprobieren, eine von den großen?»

Sie streifte den Ring wieder ab und steckte ihn zurück in den samtenen Schlitz. «Dann würde ich mir bloß wünschen, einen Hals zu haben.»

«Also kommen die Ohrringe wohl auch nicht in Frage, was?» Wir lachten beide verlegen. Was für Närrinnen wir doch gewesen waren!

Der Herr im Anzug richtete sich auf und schnupperte dezent. «Kann ich Ihnen helfen, meine Damen?» Suchend schaute er sich um. Selbst den Unsichtbaren brachte er eine tadellose Höflichkeit entgegen.

«Ach, wir gucken bloß», antwortete Lila, dann traten wir wieder hinter der Theke hervor und gingen hinaus in die Mall. «Das war sehr befreiend», erklärte sie, sobald wir draußen standen. «Das hätte ich nie für möglich gehalten.»

«Ich auch nicht.»

An diesem Tag hatten wir doppeltes Glück: Nicht nur hatten wir erkannt, dass wir gar keinen Wert mehr auf Diamanten legten, wir erwischten auch gleich einen Bus, der uns ganz in die Nähe unserer Häuser brachte.

Als endlich die Haustür hinter mir ins Schloss fiel, war ich völlig erledigt. Ich nahm ein heißes Bad und massierte meine wehen Füße. Das mit dem Baden kam mir noch immer sehr komisch vor: ein unsichtbarer Körper, der eine durchsichtige Masse verdrängt. Hinterher rubbelte ich mich trocken und spritzte mich erneut mit Parfüm ein. Dann schlüpfte ich in einen Jogginganzug und flauschige Puschen. Ich ging runter und bereitete das Abendessen zu. Arthur rief um halb sieben an und sagte, er sei gleich da, er ginge gerade aus der Praxis. Aber darauf fiel ich nicht mehr herein. Eine Stunde später tauchte er auf.

«Germ Mans unsichtbarer Schild hat versagt», verkündete er und legte seinen Mantel über den Sofarücken. «Heute waren mindestens zwanzig Kinder mit einer Grippe in meiner Praxis, und alle wollten sie mir ein Bussi geben.»

«Komm, setz dich», sagte ich, «willst du ein Glas Wein?»

«Tee mit Rum wäre mir lieber. Mit Honig und einem Spritzer Zitronensaft.» Er lockerte seine Krawatte. «Ich will nicht jammern.»

«Doch, bitte, tu's, das macht nichts», meinte ich.

«Ich wünschte nur, du könntest mal einen Tag bei mir in der Praxis verbringen, von Anfang bis Ende. Du würdest es nicht glauben. Heulende Kinder, heulende Eltern, fünfzig Anrufe, die man erwidern soll, das Diktieren, der tägliche Kampf mit den Kassen, Schwestern, die ihre privaten Probleme bei mir abladen wollen, ein Baby mit einem äußerst verdächtigen Ausschlag, und jetzt kann ich nicht aufhören, mich deswegen zu sorgen. Kaum vorstellbar, dass der Ruhestand noch zehn bis fünfzehn Jahre hin ist.»

Er tat mir leid, ganz ehrlich, sehr sogar. Ich wusste ja, wie hart er arbeitete. Trotzdem hätte es mich gefreut, wenn er irgendwann gesagt hätte: «Und wie war dein Tag, Schatz? Irgendwas Aufregendes?» Aber das Aufregendste in meinem Alltag war ein passables Leseexemplar für eine gute Buchbesprechung. Wahrscheinlich kam er gar nicht mehr auf den Gedanken zu fragen.

Womit ich sagen will, dass ich nie die Absicht hatte, ein geheimes Leben zu führen. Aber das tat ich nun wohl.

7. KAPITEL

Was die Frage Nacktheit contra Bekleidung betraf, musste ich feststellen, dass keines von beidem die perfekte Antwort für jede Gelegenheit war. Ich entschied mich daher für eine Fifty-fifty-Lösung. Es gab Anlässe, zu denen es einfach praktischer war, etwas anzuziehen – Yoga zum Beispiel. Unmöglich, in einem Saal voller Leute unbekleidet in die Hundestellung zu gehen, egal, ob sie mich nun sahen oder nicht. Außerdem war es wichtig, dass Irene meine Haltung korrigieren und kommentieren konnte, was nur dann ging, wenn ich T-Shirt und Trainingshose trug.

«Das Sitzbein heben», sagte sie mit ihrer ruhigen, melodiösen Stimme, «die Brust in Richtung Boden drücken.»

Ich war froh, wieder in ihren kompetenten Händen zu sein. Außerdem musste ich mich sowieso mal wieder strecken und richtig durchatmen. Was man nicht sieht, das kümmert einen nicht: Ich hatte meinen unsichtbaren Körper viel zu lange vernachlässigt. Den anderen Frauen im Kurs fiel nichts Seltsames auf. Irene war eine Vertreterin der Schule der Konzentration nach innen. «Yoga ist kein Wettbewerbssport», sagte sie, während sie zwischen unseren Matten umherging, «hört auf, herumzuschielen, und konzentriert euch nur auf euch selbst.»

Ich blieb in der Shavasana, bis alle anderen weg waren, lag auf meiner Matte wie eine unsichtbare Tote. «Arthur sagt ständig, ich müsste mal einen seiner Tage mitmachen, von Anfang bis Ende», erzählte ich seiner Mutter mit geschlossenen Augen. «Erst gestern Abend hat er es noch einmal erwähnt, und ich dachte, warum nicht? Jetzt wäre es doch ideal.»

«Vielleicht hat er ja das Gefühl, nicht deutlich genug wahrgenommen zu werden», meinte sie. «Vielleicht geht es gar nicht darum, wer dich sieht, sondern wen du richtig sehen lernst.»

Irene saß im Lotussitz neben mir auf dem Fußboden. Sie trug eine weiße Leinenhose und ein weißes T-Shirt. «Meine Schwiegermutter, mein Guru», sagte ich.

Sie lachte. «Ich will dir gar nicht vorschreiben, was du tun sollst. Aber mir scheint, du hast gerade eine einmalige Gelegenheit vor dir. Ich weiß, du hast es im Moment ziemlich schwer, trotzdem gibt es Dinge, um die ich dich beneide. Du bekommst auf alles eine neue Perspektive. Du lernst dich selbst besser kennen und musst gleichzeitig lernen, über dich selbst hinauszuwachsen.»

Ich musste an die Diamanten und an die Stöckelschuhe denken. «Da hast du nicht ganz unrecht.»

«Geh und schau, wie Arthurs Tag so ist», sagte sie, «und dann erzähl es mir, es würde mich wirklich interessieren.»

«Könntest du mich bei ihm rauslassen?» Irene war so nett gewesen, mich heute höchstpersönlich zu ihrem Kurs abzuholen: die sicherste Methode, dafür zu sorgen, dass die Schülerin zum Unterricht erscheint.

«Wie willst du wieder heimkommen?»

«Da fahre ich bei Arthur mit. Ich gehe einfach ein paar Minuten, bevor er fertig ist, hinunter in die Garage und setze mich hinten ins Auto. Das merkt er gar nicht.»

Immer wieder seit seinem Medizinstudium sagte er zu mir, wie entsetzt ich wäre, wenn ich erleben würde, wie es bei ihm zugeht. Ein schamloser Appell an mein Mitgefühl, das wusste ich. Aber ich war gerne bereit, mitfühlend zu sein. Ich wusste ja, wie hart er arbeitete, unglaublich hart. Trotzdem konnte ich nicht anders, als das auch als Vorwurf zu empfinden, als könnte ich nicht wirklich verstehen, was es hieß, so schwer zu arbeiten, oder als hätte ich kein ausreichendes Verständnis dafür, was er für diese Familie leistete. Seit mein eigener Job nur noch dahintröpfelte, war ich natürlich besonders sensibel bei diesem Thema. «Ich wünschte, du könntest einfach mal einen ganzen Tag zusehen», sagte er gern zu mir, «nur einen einzigen Tag lang. Du würdest wahrscheinlich schon nach ein paar Stunden schreiend davonlaufen.» Und wie oft hatte ich geantwortet: «Ja, gut, das mache ich! Nimm mich mit, ich möchte selbst gern sehen, was du so tust.»

Aber natürlich taten wir nichts dergleichen, es war nur so dahingesagt. Arthur hatte ohnehin genug um die Ohren; mich mitzunehmen hätte es nicht besser gemacht. Er hätte mich allen vorstellen müssen. Ich wäre ihm ständig im Weg gestanden. Bestimmt hätte mich Schwester Mary irgendwann einfach in einen Besenschrank geschubst und abgeschlossen.

Aber als unsichtbare Ehefrau hatte ich nun die unbezahlbare Gelegenheit, und gewissermaßen war es sogar besser, dass er nicht wissen würde, dass ich da war.

«Du brauchst gar nichts zu tun», sagte Irene, während sie mich zu Arthurs Praxis fuhr, «oder zu helfen versuchen. Sei einfach nur da und verfolge seinen Tag. Manchmal glaube ich, dass das eins der größten Geschenke ist, die wir einander geben können.»

«Ja, das stimmt», antwortete ich, «genau das würde ich mir auch von Arthur wünschen.» Ich wand mich aus meiner Kleidung, rollte sie zusammen und schob sie unter den Beifahrersitz.

«Aber zuerst muss man bereit sein, selbst zu schenken, was man sich wünscht», erklärte Irene. Sie wechselte die Spur, ohne in den Rückspiegel zu schauen. Hinter uns brach ein wütendes Hupkonzert los, Reifen quietschten. Irene war zwar eine wundervolle Seele, aber eine miserable Autofahrerin. Mir schoss unwillkürlich durch den Kopf, was wohl aus mir würde, wenn wir in einen Autounfall gerieten. Würde man mich finden? Oder würde ich im Autowrack zum Schrottplatz transportiert? Ich schüttelte mich.

«So, da wären wir!», verkündete Irene fröhlich. «Ruf mich an, falls es schiefgeht, dann hole ich dich ab. Du hast doch dein Handy?»

«Man muss mit nichts da rausgehen, Irene», sagte ich und breitete die Hände aus. «Nur so funktioniert es.»

Irene traten die Tränen in die Augen. «Ach, Clover», sagte sie und blinzelte hektisch, «das ist reines Zen! Wunderschön.»

«Fahr vorsichtig», riet ich ihr, bevor ich die Wagentür zuschlug.

Es fing schon damit an, dass ich schummelte, denn es war ja bereits zehn Uhr, und Arthur hatte schon um kurz nach sieben das Haus verlassen. Er hatte bereits seine Runde im Krankenhaus hinter sich, Anrufe gemacht, ein paar von den hübschen jungen Pharmavertreterinnen empfangen, die ihn zu überreden versuchten, ihr Ritalin, ihre Allergietabletten, ihr Niacin zu pushen. Auch hatte er mittlerweile bestimmt sechs bis acht Patienten behandelt. Wahrscheinlich war er jetzt schon fix und fertig, während ich den Morgen damit zugebracht hatte, meine Dreieckspose zu perfektionieren. Ich drückte auf den Liftknopf. Nun, ich konnte ja noch mal herkommen und das Ganze von Anfang an verfolgen, falls ich das Gefühl bekam, etwas verpasst zu haben.

Arthurs Gemeinschaftspraxis bestand aus sieben Kinderärzten – fünf Männern und zwei Frauen. Arthur war der Zweitälteste. Der Älteste, Bill, befand sich kurz vor dem Ruhestand und hatte zurückgeschraubt. Er arbeitete nur noch vier Tage die Woche, nahm keine neuen Patienten mehr an und machte auch keine Wochenenddienste mehr – ein Luxus, den ich mir kaum vorstellen konnte. Er hatte Arthur die Zügel überlassen, und bei sieben Ärzten stellte ich mir das nicht so schlimm vor. Ich meine, was gab es auf ihren monatlichen Gruppenversammlungen schon zu besprechen? Ob man neues Spielzeug fürs Wartezimmer anschaffen sollte? Den Kindern nach dem Impfen keine Bonbons mehr geben durfte, weil das Karies und

Übergewicht förderte? Die alljährliche Weihnachtsfeier mit Schwestern, Ärzten und dem Verwaltungspersonal? Sie alle waren Arthurs zweite Familie, so wie die Zeitungsleute meine zweite Familie gewesen waren. Rückblickend vermisste ich das am meisten.

Als ich die Tür zum Wartezimmer öffnete, schlug mir Chaos entgegen. Ich gebe zu, mein erster Impuls war, mich sofort zu Arthur ins Büro zu flüchten. Aber ich zwang mich, ein paar Minuten an die Wand gedrückt stehenzubleiben und alles auf mich einwirken zu lassen, das gehörte schließlich mit zur Ganzkörpererfahrung. Dabei fühlte ich mich fast wieder wie in alten Reportertagen: Mehr Undercover geht ja kaum. Es gab große Stühle, kleine Stühle und winzige Stühle, aber kaum einer war besetzt. Die Kinder tollten im Zimmer herum, ich konnte die kranken kaum von den gesunden unterscheiden. Sie spielten mit Feuerwehrlastern und lieferten die Sirenen selbst mit dazu, sie krabbelten vorne in eine aufblasbare Spielburg und hinten wieder raus. Andere blätterten so schnell in den Bilderbüchern, dass die Seiten durch den Raum flogen. Man konnte fast die Bazillen mitfliegen sehen: Das Halsweh krachte gegen die Pustelflechte, die die Ohrenschmerzen zu einem Kind weitertrieb, das nur zum jährlichen Check-up da war. Bald würden auch diese Racker in einem Schulbus sitzen, es fiel mir nicht schwer, mir das vorzustellen. Ihre Mütter hetzten ihnen hilflos hinterher, bis sie es aufgaben, sich setzten und mit den anderen Müttern ratschten.

Meine Lieblingsschwester Jeannine tauchte in der Tür auf. Sie trug einen himmelblauen Kittel mit großen, kastigen SpongeBob-Applikationen. «Mr. Goldberg!», rief sie mit munterer Stimme.

Mr. Goldberg, gerade mal drei Jahre alt, ließ den Dino sinken, mit dem er gespielt hatte, und begann prompt zu plärren. Seine hochschwangere Mutter beugte sich über ihn, sammelte ihn mit einem Arm ein und hievte ihn hoch.

«Aber Max!», sagte Jeannine, «freust du dich denn nicht, mich zu sehen?»

Max plärrte.

«Es geht ihm nicht gut», erklärte seine Mutter entschuldigend.

Ich schlich hinter ihnen her. Der arme Max schaute tatsächlich elend aus. Automatisch legte ich die Hand an seine heiße, fiebrige Stirn. Als er meine kühlen Finger spürte, vergaß er zu weinen und ließ überrascht den Unterkiefer hängen.

«Na also!», sagte Jeannine munter.

Wir bogen um eine Ecke, und dort stand Arthur mit dem Rücken zu mir beim Schwesternbereich am Desk. Er hatte sich ein etwas größeres, vielleicht einjähriges Baby lässig auf die Hüfte gesetzt. Das kleine Mädchen schaute bewundernd und dankbar zu ihm auf. Es ging ihm schlecht, das war unübersehbar, aber im Arm meines Mannes fühlte es sich besser. Also saß es still da und ließ ihn machen, getröstet von seiner Nähe und dem sauberen Geruch seines blütenweißen gestärkten Kittels. Meine Augen wurden feucht. Verliebte sich denn jeder in ihn, oder ging es nur mir so? Arthur joggte schon seit Jahren nicht mehr und aß fast jeden Tag Käsesandwichs zum Lunch. Er hatte diesen Zug eines Menschen um die Augen, der chronisch erschöpft ist, und doch strahlte er hell wie die Sonne, das Zentrum eines kleinen, ganz besonderen Sonnensystems, das sich Tag und Nacht um ihn drehte. Er wandte sich um, flüsterte dem Kind etwas ins Ohr und gab es an seine Mutter zurück, eine blutjunge Rothaarige, die nicht älter als zwanzig sein konnte.

«Dr. Hobart», mahnte Mary, «Zimmer fünf.»

Mary war seit zehn Jahren bei Arthur, und er behauptete oft, ohne sie würde er kaum fünf Patienten pro Tag behandeln können. Sie war jünger als ich und auch hübscher, aber es war unmöglich, sie als junge, hübsche Person zu sehen. Sie war das Geschirr, und Arthur war immer, immer der Zugesel. Sie nahm ihm das Klemmbrett aus der Hand und reichte ihm ein anderes, dann deutete sie auf Zimmer fünf. Das Telefon klingelte pausenlos. Pam, die dritte Schwester, nahm ab, schob den Anruf in die Warteschlange, nahm einen anderen Anruf an, stellte ihn ebenfalls in die Warteschlange und kehrte dann zum ersten Anruf zurück. Die Goldbergs in Zimmer vier verstaut, kam auch Jeannine an die Theke, nahm einen Hörer ab und fragte, wie sie helfen könne. Plötzlich war die Rothaarige mit dem kleinen Mädchen weg, und ich musste mich beeilen, um noch in Zimmer fünf zu schlüpfen, bevor Mary vor meiner Nase die Tür zuzog.

Auf der mit einem weißen Papierstreifen geschützten Behandlungsliege saß ein Zwölfjähriger mit dichten, lockigen braunen Haaren, die aus der Stirn nach hinten gekämmt waren. Er wirkte robust und flink, als wäre er ein guter Sportler. Vielleicht hatte er ja was am Ellbogen. Hinter ihm stand seine Mutter, die Arme vor der Brust verschränkt. Das Behandlungszimmer war nicht gerade groß, und mit Arthur und Mary und der Mutter mit ihrem Sohn wurde es ziemlich eng. Ich quetschte mich in eine Lücke neben dem Waschbecken.

«Na, Owen, wie geht's uns denn heute?», fragte Arthur gutmütig.

«Er nässt sich immer noch ein!», beschwerte sich die Mutter. Owen schaute starr vor sich hin, die Fäuste zwischen die Knie geklemmt.

«Nun, da ist er nicht der Einzige», antwortete Arthur milde. Er drückte dem Jungen mitfühlend die Schulter. «Wir werden ein paar Tests machen, um herauszufinden, woran es liegt, ja? Nichts Schlimmes, versprochen.»

«Es liegt daran, dass er nachts einfach nicht zum Pinkeln aufsteht!», meinte die Mutter.

«Das kann ein Teil des Problems sein», antwortete Arthur mit einem verständnisvollen Nicken. «Würde es Ihnen etwas ausmachen, wenn Owen und ich das kurz unter uns bereden?»

Die Frau warf seufzend die Arme in die Luft. «Wie Sie wollen. Versuchen Sie's nur, vielleicht haben Sie ja mehr Glück als ich.»

Mary hielt die Tür auf und ließ die Mutter hinaus. Als sie sie wieder schließen wollte, schaute Arthur sie an. «Sie auch», bat er sie leise, «bloß kurz.»

Sie runzelte die Stirn. Wenn er sie rauswarf, konnte sie ihn ja nicht weiterzerren. Arthur nickte ihr fast unmerklich zu und gab ihr zu verstehen, dass er wusste, was sie meinte, und es nicht lange dauern würde. Wie sanft er sie hinauskomplimentierte! Sie ging. Arthur wartete, bis die Tür mit einem Klicken zugegangen war, bevor er sich wieder Owen zuwandte.

«Was glaubst du, haben die Cardinals dieses Jahr eine Chance, in die Play-Offs zu kommen?»

Um es allgemein auszudrücken: Den Kindern ging es gut, ob sie nun krank waren oder nicht. Sie würden ihre Wehwehchen überstehen, mit oder ohne Behandlung. Es waren die Mütter, die Hilfe brauchten. Den ganzen Tag lang versuchten sie, Arthur noch ein wenig festzuhalten. Wenn Arthur mit der Untersuchung fertig war, stellten sie ihr Kind nochmals auf den Kopf, um ihm einen verdächtigen Leberfleck zu zeigen oder einen Nagel, der vielleicht nicht ganz so schön war wie die anderen. Sie hielten die Tochter hoch und fragten, ob er nicht auch fände, dass ihre Knie ungleichmäßig seien? Sie zogen am Hals des Sohnes und wollten besorgt wissen, ob ihm der Hals nicht zu kurz vorkäme – als ob dies ein Grund für eine Notperation wäre. Arthur verlor nie die Geduld. Er setzte seine Brille auf und begutachtete ernsthaft jede kleine Hautveränderung, jede Beule. Mitfühlend hörte er sich an, dass der Junge einfach nicht aufhören wolle, nachts ins Bett der Eltern zu kriechen. Er beugte sich vor, nickte und schlug behutsam mit dem Hämmerchen auf ein Kinderknie, um der Mutter zu zeigen, dass die Reaktionen ganz normal waren. Er beruhigte die Mütter durch seine verständnisvolle Geduld mit ihrem schnatternden Wahnsinn. Ehrlich, der Mann war ein Gott.

Und alle fünf Minuten klopfte Mary an die Tür wie ein übergeschnappter Theaterdirektor. «Dr. Hobart, ein Anruf für Sie.» – «Dr. Hobart, ein Dr. Jenkins muss kurz mit Ihnen reden.» – «Dr. Hobart, bitte kommen Sie, im Wartezimmer ist was passiert.» Jedes Mal entschuldigte er sich höflich bei seinem Patienten und nahm sich der Krise an, die um die Ecke ausgebrochen war. Dann kehrte er wieder zurück und machte genau da weiter, wo er unterbrochen worden war, ohne ein Wort vergessen zu haben. So ging es weiter und weiter. Einer der anderen Ärzte fing ihn im Gang ab, ein Röntgenbild in der Hand. Ob er einen Augenblick Zeit habe? Aber einen Augenblick dauerte es nie. Der Tag war zum Bersten voll, trotzdem klingelte ständig das Telefon, und er sollte noch ein paar mehr Fälle unterbringen. Alle waren krank, alle brauchten dringend einen Termin, alle mussten noch dazwischengeschoben werden. Dr. Hobart wurde im Krankenhaus gebraucht. Dr. Hobart würde zu spät zu dem Lunch kommen, den die Pharmavertreter veranstalteten. Dr. Hobart schaffte es nicht zum Lunch. Ein Zweijähriger namens Lucas hatte eine große Schraube verschluckt, eine Phillips (wozu der Markenname nützen sollte, wusste keiner), und Dr. Hobart musste einen Chirurgen rufen, falls denn einer benötigt wurde. Ich folgte Arthur in die Notaufnahme, wo Lucas und seine Mutter getröstet werden mussten. Andere Ärzte wurden konsultiert, Röntgenaufnahmen wurden betrachtet, aber ohne Ergebnis.

«Vielleicht versteckt sie sich ja irgendwo?», schlug die Mutter vor und musterte das Röntgenbild vor der Leuchtplatte. «Vielleicht hinter einem Knochen.» Sie trug einen weiten, grobgestrickten Poncho mit langen Fransen, an denen ihr Sohn zerrte.

«Metall ist an sich kaum zu übersehen», bemerkte Arthur.

Also riefen sie noch einmal die Haushälterin an, die erneut nach der Schraube suchte und tatsächlich eine ähnliche fand. Man konnte nur hoffen, dass es sich um die fragliche Phillips handelte.

Plärrende Kinder wurden von ihren Müttern geschnäuzt, und das Resultat wurde ernsthaft untersucht. In verschiedene Ecken und Nischen von Zimmer eins bis fünf gedrückt, verfolgte ich das Ganze, bis mir schwindlig wurde. Es wollte einfach nicht abreißen: mehr und mehr kleine Patienten, mehr und mehr aufmerksamkeitsbedürftige Mütter, die sicher waren, etwas falsch gemacht und alles verdorben zu haben. Am liebsten hätte ich geschrien: «Lasst ihn doch in Ruhe!» Ach, Arthur, warum hast du mir nie gesagt, dass es so schlimm ist?, dachte ich. Ist es wirklich jeden Tag so? Wir können das Haus verkaufen. Ich kann bei Macy's anfangen. Niemand sollte so arbeiten müssen.

Ein Kind namens Asa mit langen, glatten schwarzen Haaren umklammerte Arthurs Knie und wollte Baumstamm spielen. Der letzte Patient war für vier Uhr vorgesehen – der letzte Patient kam um halb sechs dran. Die Mütter beklagten sich bei den Schwestern, jetzt würde der Feierabendverkehr einsetzen, und wer sollte das Essen kochen? Mary entschuldigte sich, es sei ein harter Tag gewesen. Dass es jeden Tag so zuging, bloß an einigen schlimmer, sagte sie nicht.

«Warum gibt er den Leuten einen Termin, wenn er ihn dann nicht einhält?», beschwerte sich eine Mutter mit schneidender Stimme. Ihr Kind konnte einem leidtun.

Schließlich wurden die Klemmbretter zusammengesammelt, das Spielzeug wurde abgewischt und in die Kiste im Wartezimmer zurückgelegt. Die Schwestern räumten auf und wuschen sich die Hände. Eine nach der anderen streckte den Kopf zu Arthur ins Zimmer und verabschiedete sich. «Tschüs, Dr. Hobart!» Er musste dreimal Tschüs sagen.

Ich lag auf dem Boden unter seinem Schreibtisch, wo niemand auf mich drauftreten konnte. Ich war so müde, dass ich kaum mehr denken konnte. Also stellte ich mir die Kinder vor, eines neben dem anderen, wie Stifte in einer Schachtel. Es war unmöglich, ein Einzelnes herauszugreifen und für sich zu betrachten, alles verschwamm zu einem Brei.

Während ich so dalag, diktierte Arthur Briefe, machte sich Notizen auf jedem Krankenblatt, rief andere Ärzte an, kümmerte sich um all das, wozu er während des langen Tages keine Zeit gehabt hatte. Kannst du dafür nicht jemanden einstellen?, hätte ich ihn am liebsten gefragt. Könnte ich das nicht abends für dich machen? Irgendwann stand ich auf und stellte mich hinter ihn, schaute ihm über die Schulter. Ich fühlte mich krank, als ob ich mir etwas eingefangen hätte. Jeder Name auf der Liste der Leute, die zurückgerufen werden mussten, war durchgestrichen, und nur noch ein Krankenblatt war übrig. Nach alldem war Arthur sogar früh dran. Heute würde er nicht so spät heimkommen. Darum warf ich ihm eine Kusshand zu und ging nach unten in die Parkgarage zu dem Platz mit seinem Namen. Aber der Acura war abgeschlossen, alle vier Türen. Arthur war in dieser Hinsicht sehr gewissenhaft, was man von mir nicht behaupten konnte. Ich schaute mich um, wartete. Ich hasste Tiefgaragen, auch wenn mich hier niemand sah. Also ging ich wieder hoch. Ich konnte ja versuchen, die Wagenschlüssel zu stibitzen, das Auto aufzuschließen und sie danach rasch wieder nach oben zu bringen. Während ich mir dieses komplizierte Szenario durch den Kopf gehen ließ, betrat ich erneut Arthurs Büro. Er saß noch immer am Schreibtisch, aber jetzt hatte er den Computer angeschaltet. Er schaute sich eine Webseite mit Fahrrädern an. Fahrräder? Wollte er ein Fahrrad? Das war mir neu, aber ich versuchte, mir Typ und Marke einzuprägen, denn Weihnachten war nicht mehr weit, woran mich der Besuch in der Mall erinnert hatte. Für Arthur ein Geschenk zu finden war so gut wie unmöglich. Vielleicht wünschte er sich ein Rad, weil er wieder mehr Sport treiben, etwas für sich tun wollte. Er bewegte die Maus und klickte. Jetzt hatte er eine Seite mit Segelbooten aufgerufen, seitenlang Segelboote. Arthur war in seiner Kindheit oft mit seinem Vater segeln gegangen und hatte sich zwischen den ersten beiden Studienjahren am College im Sommer auf einer Yacht verdingt, die zu den Bermudas gesegelt war. Er wurde es nie müde, diese Geschichte zu erzählen. «Irgendwann mieten wir uns ein Boot», sagte er gerne, «nur du und ich. Und dann segeln wir zu den Bermudas. Oder wir besorgen uns ein größeres und nehmen die Kinder mit.» Lange Zeit hatte ich darauf geantwortet, wie ungern ich mich auf kleinem Raum einsperren ließe, dass ich bloß seekrank werden und einen fürchterlichen Sonnenbrand bekommen würde. Bis mir klar wurde, dass es gar nicht ums Segeln ging, sondern um den Gedanken daran. Jetzt wechselte er zu einer Seite über Flugzeuge und rief ein paar YouTube-Videos mit spektakulären Luftstunts, Loopings und Sturzflügen auf, die er sich wieder und wieder anschaute. Da verstand ich: Arthur würde noch lange nicht nach Hause kommen.

Leise verließ ich sein Büro und ging nach vorne zum Empfangstresen. Von dort rief ich Irene an. «Ich fürchte, du musst mich doch abholen», sagte ich.

Als ich nach Hause kam, nahm ich erst mal eine heiße Dusche. Ich fühlte mich, als hätte ich mir alle Infektionskrankheiten der Welt eingefangen. Dann schlüpfte ich in eine Jeans und ein Sweatshirt und lief nach unten, um den Rest vom Eintopf aufzuwärmen, den ich gestern gemacht hatte. Red hüpfte ununterbrochen an mir hoch wie auf einem Trampolin.

«Er ist es nicht gewohnt, dass du den ganzen Tag weg bist», bemerkte Nick.

«Ich weiß. Mir ist einfach die Zeit davongelaufen.»

«Aber dein Auto war hier, und du hattest dein Handy nicht eingeschaltet.»

Ich blickte ihn an. «Deine Oma hat mich abgeholt, und du weißt doch, dass ich mein Handy andauernd vergesse. Ist was passiert?»

Nick zeigte zur Decke. «Evie ist wieder da. Das heulende Elend. Ihr Freund hat wohl mit ihr Schluss gemacht, Vlad heißt er oder so. Sie sagt, sie will nicht mehr zurück aufs College, sie schmeißt das Studium hin.»

Ausgerechnet jetzt! Wenn es wirklich stimmte, dass dieser Vlad oder wie auch immer er hieß mit ihr Schluss gemacht hatte, dann brauchte sie mehr Geduld und Aufmerksamkeit, als selbst eine Mutter Teresa aufbringen konnte – geschweige denn die eigene Mutter. «Was hast du ihr gesagt?»

«Ich hab sie darauf aufmerksam gemacht, dass die Ohio State am Samstag in einer Woche ein Heimspiel gegen Iowa hat, und wenn sie's mit der blöden Cheerleaderei wirklich ernst meint, dann soll sie ihren Arsch zurück zur Uni bewegen und anfangen zu trainieren.»

«Wow, Nick, nicht schlecht.»

«Das hab ich natürlich nicht gleich zu Anfang gesagt. Aber sie hat den *ganzen Tag* geheult. Ich hab versucht, Dad anzurufen, aber diese Hexe Mary wollte mich nicht zu ihm durchstellen. Er muss unbedingt was gegen die unternehmen.»

In diesem Moment tauchten die Scheinwerfer von Arthurs Wagen in der Einfahrt auf, und wie auf Kommando kam meine bildhübsche Tochter in einem winzigen Ohio-State-T-Shirt und einer Jogginghose mit der Aufschrift *OHIO* auf dem Po die Treppe heruntergerannt und fiel mir heulend um den Hals. Ich tätschelte ihren Rücken, ihre zarten Schultern bebten an meinem Körper.

«Da bin ich wieder!», verkündete Arthur fröhlich. Evie, die immer Papas Mädchen gewesen war, machte eine perfekte Pirouette aus meinen Armen und warf sich ihrem Vater an die Brust.

8. KAPITEL

Hi, ich bin Clover Hobart, und ich bin unsichtbar.»

«Hi, Clover!»

Zur Begrüßung winkte ich mit meinem Tempo in die Runde, sämtliche Tempos winkten zurück. «Ich hab eine schwere Woche hinter mir. Ich bin so froh, dass es euch gibt, dass da auch andere unsichtbare Frauen sind, mit denen ich reden kann. Obwohl – es war nicht alles schlecht. Lila Robinson und ich hatten einen spannenden Tag an der Highschool. Ist Lila auch da?»

Gegenüber flatterte ein Kleenex in die Höhe. «Hier!»

«Bist du noch mal hin?»

«Jeden Tag», antwortete sie. «Und du hattest recht, ich kann da wirklich was ausrichten. Die Störverhaltensmeldungen sind fast auf null zurückgegangen. Ich habe Spickereiversuche verhindert, Schlägern das Handwerk gelegt und ein paar Kids, die ich beim Dealen auf dem Klo erwischt habe, gezwungen, das Gras selbst runterzuspülen. Wahrscheinlich habe ich für diese Schule in den letzten fünf Tagen mehr erreicht als in meinen dreißig Jahren davor. Und ich schreibe am Ende jedes Tages alles auf, was ich getan habe, und lege es dem Rektor auf den Schreibtisch. Noch zwei Wochen, dann gehe ich hin und verlange meinen Job zurück!»

Begeisterter Applaus.

Aber Lila war noch nicht fertig. «Das alles habe ich Clover zu verdanken. Sie hat mich dazu gebracht, mich nicht weiter selbst zu bemitleiden. Sie ist zwar noch nicht lange unsichtbar, aber sie weiß, wie man was zustande bringt. Und dann natürlich Laura Worthington! Sie hat mir den Rat gegeben, alles zu dokumentieren, was ich tue.»

Noch mehr Applaus. Laura, wie ich annahm, wedelte dankbar mit ihrem Kleenex.

«Du wärst auch ohne mich wieder hingegangen – du bist einfach mit Leib und Seele Pädagogin. Jedenfalls bin ich froh, dass ich jemandem helfen konnte, weil es bei mir leider nicht so gut läuft. Ich habe einen Tag bei meinem Mann auf der Arbeit verbracht. Es hat mich schier überwältigt, unter welchem Druck er steht, und ich habe keine Ahnung, wie ich ihm helfen soll. Als ich dann nach Hause kam, war meine Tochter Evie plötzlich da. Sie will das College hinschmeißen, sagt sie, weil ihr Freund mit ihr Schluss gemacht hat.»

Allgemeines Stöhnen.

«Ich weiß. Dabei ist sie erst zwanzig! In dem Alter kommen und gehen die jungen Männer doch, wen kümmert das schon. Vielleicht sollte sie ihm sogar dankbar sein. Sie ist jetzt seit drei Tagen bei uns. Tut nichts außer heulen und simsen.»

«Hat sie gemerkt, dass du unsichtbar geworden bist?», wollte jemand wissen. Ich glaube, es war Jo Ellen, die Gruppenleiterin.

Ich prustete los. «Gemerkt? Evie ist ein prima Mädchen, aber sie würde es nicht mal merken, wenn das Haus in Flammen steht. Ihr könnt euch nicht vorstellen, wie sie an ihrem iPhone klebt. Ihre Daumen können einem leidtun.»

«Textet ihr der Freund denn noch immer?» Das war Alice. Sie saß direkt neben mir.

«Pausenlos. Als ich noch sichtbar war, habe ich mich immer gefragt, was sie sich bloß die ganze Zeit so Wichtiges mitzuteilen haben. Jetzt, wo ich ihr ohne weiteres über die Schulter schauen kann, muss ich sagen, dass ich noch nie im Leben etwas so Ödes gelesen habe. Stundenlang wieder und wieder nichts wie heiße Luft.» Ich seufzte und schüttelte den Kopf. «Aber ich wollte eigentlich auf was ganz anderes hinaus. Vlad hat mit Evie Schluss gemacht, sie schmeißt die Schule, sie heult, sie simst. Wahrscheinlich wird sie sich wieder fangen und am Ende der Woche wieder zurück aufs College gehen, zumindest hat Nick mir das versichert. Er hat außerdem rausgefunden, dass sie im Moment sowieso Herbstferien hat, also ist ihr Ausriss nicht ganz so dramatisch, wie er aussieht.»

«Wer ist Nick?», fragte eine.

«Mein Sohn. Hat studiert und vor zwei Jahren seinen Abschluss gemacht. Jetzt ist er auf Jobsuche und wohnt wieder bei uns.»

Erneut allgemeines Stöhnen.

Ich wollte gerade zum eigentlichen Punkt kommen, als plötzlich die Türflügel des Magnoliensaals aufsprangen und eine etwas ältere Philippinerin hereinkam, eine andere als die von neulich. Sie schloss die Tür zu und kam näher. Bevor wir auch nur unsere Tempos fallen lassen konnten, hatte sie sich einen von unseren Stühlen geschnappt und herangezogen. Wer darauf gesessen hatte, wusste ich nicht, aber ich sah ein Kleenex in die Höhe schießen.

Die Frau setzte sich, holte ein Sandwich und ein Handy hervor, wickelte das Brot aus seiner Klarsichtfolie, biss hinein, tippte kauend eine Nummer und begann, laut in einer Sprache zu schnattern, die ich nicht verstand. Wer immer da am anderen Ende der Leitung sein mochte, konnte kein einziges Wort dazwischenquetschen. Wir unsichtbaren Frauen warteten geduldig ab, denn Geduld ist schließlich unsere größte Stärke. Aber nach einer Weile fragte ich mich schon, wie lange die Mittagspause dieser Frau wohl noch dauern mochte. Das Gespräch, wenn man es so nennen wollte, schien nicht enden zu wollen.

«Meinst du, sie hört uns, wenn wir einfach weiterreden?», fragte Alice schließlich.

Wir warteten, aber sie schien nichts gemerkt zu haben. Der Magnoliensaal war riesig, genau deshalb war er ja fast immer verfügbar. «Kommt, wir rücken ein wenig nach hinten», schlug Jo Ellen vor. Daraufhin standen wir auf, jede nahm ihren Stuhl und zog ihn verstohlen zur anderen Seite des Saals, wo wir uns wieder zu einem Kreis versammelten. Die telefonierende Philippinerin schien nicht zu merken, dass sie sogar die Möbel vergraulte.

«So, schon besser», befand Jo Ellen. «Nicht gerade ideal, aber besser. Clover, du wolltest noch was sagen?»

Über das einseitige Gespräch der Philippinerin hinweg versuchte ich es noch einmal. «Was ich eigentlich erzählen will, ist, dass mir Evies Anwesenheit etwas über das Unsichtbarsein klargemacht hat. Evie ist das Gegenteil von unsichtbar, sie ist das sichtbarste Wesen, das man sich vorstellen kann. Selbst ich muss sie andauernd anstarren. Es ist, als würde sie auf Schritt und Tritt von einem Scheinwerfer begleitet, man schaut sie an, man achtet auf jede Einzelheit, man kann gar nicht anders. Die Länge ihrer Wimpern, die Schatten unter ihren Wangenknochen. Sie dreht sich mit einer Hand das Haar hoch und steckt es mit einem Bleistift fest, und ich schwöre euch, kein Team aus New Yorker Stylisten könnte es besser machen.»

«Ja, was hat er dann, dieser Vlad?», wollte Alice wissen. «Ich meine, wenn sie wirklich ein nettes Mädchen ist. Wieso macht er dann Schluss?»

«Soweit ich es aus seinen Nachrichten herausgelesen habe, ist ihm das Ganze zu viel, es erschreckt ihn. Er ist ja selbst kaum erwachsen und heißt obendrein noch Vlad. Er hat Angst, sie könnte ihn verlassen. Alle seine Freunde ziehen ihn auf. Alle seine Freunde sind hinter ihr her. Alles dreht sich nach ihr um, wo immer sie hingeht. Sie wird im Supermarkt angesprochen: Woher hast du das Lipgloss? Wie nennt man deine Nagellackfarbe? Ehrlich, sogar der Liebeskummer macht sie schöner. Ihre Haut hat diesen Schimmer bekommen, gleichzeitig blass und rosig, wie das Innere einer Muschel.»

«Du hast also eine hübsche Tochter», bemerkte Jo Ellen grob, «herzlichen Glückwunsch.»

«He», sagte Lila, «sie will uns damit etwas sagen, okay?»

Ich schloss kurz die Augen; wovor, war schwer zu sagen. Ein paar Sekunden lauschte ich dem Hintergrundgeschnatter der Philippinerin, dann schlug ich die Augen wieder auf und schaute in die Runde, die Taschentücher, unser Nichts, die leeren Stühle. «Ja, ich habe eine hübsche Tochter. Sie leuchtet wie ein Feuer im Dunkeln, wie ein Feuer im Schneesturm in der Prärie. Man sieht sich automatisch nach ihr um, dabei tut sie gar nichts dafür, es ist einfach so. Sie läuft in Jogginghosen herum und duscht sich im Moment nicht sonderlich oft, aber sie strahlt trotzdem. Nichts scheint dieses Licht dimmen zu können. Und ich frage mich: Was ist mit unserem Licht? Wo strahlen wir? Mit das Schmerzhafteste an der ganzen Situation ist, zu realisieren, wie lange das schon so geht. Wie lange ist es her, dass sich jemand auf der Straße nach mir umgedreht hat? Wie lange, seit mein Mann mich das letzte Mal richtig angeschaut hat, seit ich selbst mich richtig angesehen habe? Ich weiß nicht mal genau, wann ich unsichtbar geworden bin. Aber wenn Evie untertauchen würde, dann käme das einem Stromausfall in Manhattan gleich.»

«Die Schönen werden gesehen, und die grauen Mäuse werden übersehen», sagte Laura Worthington weise. «So ist das Leben.»

«Ja», erwiderte ich, «das stimmt schon. Aber es geht nicht nur um Schönheit. Schönheit ist einfach. Für uns war unsere Schönheit etwas Selbstverständliches, wir gewöhnten uns an sie, und als sie verblasste, verblassten auch wir. Evie hat es noch, dieses strahlende, dieses blendende Licht. Ihr Licht kommt aus ihrer Schönheit, aber die haben wir verloren. Und trotzdem können wir leuchten! Wir müssen nur darüber nachdenken, wie. Kurz gesagt, unsichtbare Frauen müssen viel mehr dafür tun, um bemerkt zu werden. Unsere Jugend ist vorbei. Auch schöne Kleidung und Schmuck nützen uns nicht mehr viel.»

«Schmuck nützt gar nichts», warf Lila ein.

«Also müssen wir herausfinden, wer wir sind. Wir müssen aufhören, uns in den Ecken herumzudrücken und zu hoffen, dass uns jemand vermisst. Wir müssen unser Licht wiederfinden, damit die Leute sehen, dass es uns noch gibt. Lila hat es wiedergefunden. Sie ist zurück zur Schule gegangen. Bald werden sie dort merken, dass sie ohne eine Unsichtbare nicht mehr zurechtkommen. Ihr Licht scheint überall, auch wenn man sie selbst nicht mehr sehen kann.»

In diesem Moment beendete die Philippinerin abrupt ihr Gespräch – soweit wir dies ohne die nötigen Sprachkenntnisse beurteilen konnten –, ließ ihr Handy zuschnappen, warf die Plastikfolie in den Abfalleimer und ging, ohne einen Blick in unsere Richtung zu werfen, aus dem Saal.

«Tja, Clover», sagte Patty Sanchez, «und wo ist dein Licht?»

Ich schaute auf mein Tempo, das in etwa dort schwebte, wo meine Knie hätten sein sollen. «Das weiß ich noch nicht», antwortete ich, «aber ich werde es herausfinden.»

Als ich heimkam, war niemand zu Hause, nicht mal Red. Ein wenig panisch stand ich in der Küche und schüttelte eine Tüte Hundekekse. In diesem Moment schnarrte das Handy in meiner Tasche – eine SMS von Evie.

KEMPTONS, beantwortete sie die Frage, die ich gar nicht gestellt hatte.

Dann war ja alles in Ordnung. Auf Gilda konnte ich mich verlassen, die passte schon auf den Hund auf. Den

Kindern traute ich nicht mal zu, auf sich selbst aufzupassen.

Da ich gerade von einem Meeting kam, war ich angezogen, denn ich hielt immer noch viel davon, bekleidet Auto zu fahren. Trotzdem wickelte ich mich zusätzlich in einen bauschigen Wollschal, den ich letztes Jahr in einem misslungenen Experiment selbst gestrickt hatte. Seit der Sache mit dem Morgenmantel achtete ich darauf, immer hübsch bedeckt zu sein, wenn ich zu Gilda ging.

Benny machte mir auf. Er schnupperte ein wenig, als ich mit meinem Duft an ihm vorüberzog. Ich wünschte, ich könnte behaupten, dass er mir auf der Spur war, aber sein konfuser Gesichtsausdruck verriet leider das Gegenteil. «Warum bist du nicht in der Schule?», fragte ich misstrauisch.

«Herbstferien», flüsterte er und bedeutete mir, ihm zu folgen. Benny hatte die Schuhe ausgezogen und lief mir in Socken auf den Zehenspitzen voran ins Wohnzimmer. Ich sah sofort, was los war: Meine Tochter lag, den Kopf auf Gildas Schoß gebettet, auf dem Sofa und schlief. Gildas Hand ruhte in Evies goldenen Locken. Den beiden gegenüber saß Miller hingerissen in einem Sessel und konnte die Augen nicht von diesem offenbar atemberaubenden Schauspiel abwenden. Benny ließ sich lautlos in den Sessel daneben sinken und nahm seinen Wachposten wieder ein. Red, der zu Evies Füßen auf dem Sofa lag, hob den Kopf, um einmal kurz mit dem Schwanz zu wedeln und sich dann wieder auf die Pfoten zu legen.

«Sie ist gerade erst eingeschlafen», flüsterte Gilda.

Miller blickte kurz zu mir, um sicherzugehen, dass ich

das Dornröschen nicht etwa aufweckte oder, schlimmer noch, es wieder mit nach Hause nahm. «Sie hat geweint», sagte er so leise, dass ich es ihm von den Lippen ablesen musste, ein Gefallen, der uns unsichtbaren Frauen nie zurückgegeben wird.

Ich ließ mich auf eine Chaiselongue sinken und schloss mich den Zuschauern an. Sie war wirklich ein zauberhafter Anblick. Ganz ungeschminkt – bei all dem Geheule wäre das kontraproduktiv gewesen – schlief sie den Schlaf der reinen Unschuld. Tatsächlich sah sie eher aus wie eine Zwölfjährige und nicht wie zwanzig. Sie erinnerte mich an das Kind, das sie bis vor nicht allzu langer Zeit gewesen war, und an die zahllosen Male, da sie hinten im Auto das Köpfchen hatte zur Seite sacken lassen und eingeschlafen war. Mit ihren übergroßen Augen, dem runden Rosenknospenmund und den dunkelblonden, anmutig geschwungenen Augenbrauen sah sie aus wie eine Heldin aus einem Dickens-Roman. Wie Estella, Little Nell oder die schöne, aber törichte Dora. Das dachte ich zumindest, als plötzlich ihr Handy zu vibrieren begann, das sie in der kleinen weißen Faust umklammert hielt. Sie gab so etwas wie «Ah!» oder «Oh!» von sich und richtete sich so jäh auf, dass sie mit ihren Füßen Red vom Sofa fegte.

«Ist er das?», fragte Gilda und holte ihre Brille vom Kopf auf die Nase, um mitlesen zu können.

Evie hielt ihr iPhone hoch, und die Tränen kullerten ihr schon wieder über die Wangen. Aber diesmal waren es funkelnde Freudentränen. «Er kommt! Er sitzt im Auto! Ist schon auf der Interstate, schreibt er!» Sie fiel Gilda schluchzend um den Hals. «Er kommt, er kommt!»

Miller und Benny lehnten sich angeekelt zurück. Für sie war die Show damit gelaufen, und ein schlimmeres Ende hätte sie nicht nehmen können. «Ich muss Hausaufgaben machen», knurrte Benny.

«Aber die Herbstferien haben doch erst heute angefangen», bemerkte Gilda.

«Und ich geh in den Coffee Shop», verkündete Miller. «Vielleicht hat Nick ja einen Job für uns gefunden.»

«Er schreibt dir von der Interstate», fragte ich, «während er auf der Autobahn unterwegs ist?»

«Ich muss meine Haare waschen!», rief Evie und fasste sich an die wilde goldene Mähne. «Er hat nicht gesagt, wann er hier sein wird.»

«Er hat doch erst vor zehn Minuten getextet, dass er nicht kommt», meinte Gilda, die Stimme der Vernunft. «Ich denke also, wir können davon ausgehen, dass er gerade erst losgefahren ist.»

«Aber wenn er es sich nun anders überlegt? Wenn er nun doch nicht kommt?»

«Dann stehst du da wie vorher, bloß mit gewaschenen Haaren», bemerkte ich.

Evie wollte etwas Scharfes erwidern, das konnte ich sehen, doch ebenso rasch überlegte sie es sich anders. Sie presste die Hände auf ihr Ohio-State-T-Shirt. «Ich hab gar nichts zum Anziehen! Ich bin nur in der Jogginghose hergekommen.»

«Übertreib's mal nicht, Haare waschen genügt», meinte Gilda, «er fährt ja nicht den ganzen Weg zu dir, um sich deine Garderobe anzuschauen.»

Meine hübsche Tochter ließ den blonden Schopf sinken wie ein Gänseblümchen. «Ich sehe schrecklich aus», schluchzte sie. Und dann tat sie etwas Erstaunliches: Sie packte eine dicke Haarsträhne und wischte sich damit die Tränen ab.

«Nun nimm schon das Auto», sagte ich. Am Ende hätte ich ja doch nachgegeben, und ich wollte die Sache abkürzen. «Der Schlüssel liegt auf dem Küchentisch.»

Evie schüttelte schniefend den Kopf. «Du musst mitkommen. Ich kann nicht allein, ich bin viel zu durcheinander. Ich wüsste gar nicht, was ich nehmen soll.» Sie wandte sich Gilda zu und packte ihre Hand. «Du kommst doch auch mit, oder?» Da brummte ihr Handy, sie ließ Gildas Hand fahren, las, was da stand, und begann mit fliegenden Daumen zu texten.

«Ist er es?», wollte Gilda wissen.

Evie schüttelte den Kopf. «Das ist Niki.» Ihre Daumen flitzten. «Es geht ums Training.»

Gilda und ich sahen uns an, will heißen, ich schaute sie an, und sie guckte auf die Stelle über dem misslungenen Wollschal. Dann zuckte sie mit den Schultern und nickte. «Na gut. Aber ich fahre.»

Dieser Drill war mir nicht neu. Das Allerwichtigste war, den Überblick übers Geld zu behalten. Denn auch, wenn Evie sicher gerne mit mir shoppen ging und sich von mir beraten ließ, so wusste ich doch, dass sie pleite war. Ihre Einladung war also nicht ganz ohne Hintergedanken. Ein hübsches Mädchen mit Mutters Kreditkarte in einer Shopping Mall von der Leine zu lassen käme dem Ruin gleich. Ich hatte es mir zur Aufgabe gemacht, meine Kinder nie in Situationen zu bringen, in denen ein Scheitern vorprogrammiert war. Um also einer späteren Kernschmelze im J. Crew vorzubeugen, setzte ich vorher immer einen Betrag fest, an den man sich halten musste. Das hatte außerdem den Vorteil, dass ich Evie das Geld in die Hand drücken und sie sich selbst überlassen konnte, um sie später wieder mit all ihren Tüten einzusammeln, falls mich die Kräfte verließen.

«Ich muss erst zur Bank», sagte ich zu Gilda, als wir im Auto saßen.

Wäre ich gefahren, dann wäre dieser Tag mit Sicherheit anders verlaufen. Ich wäre einfach bei einem Drive-in-Schalter vorbeigefahren und hätte einen Scheck eingelöst, oder ich hätte etwas von einem Geldautomaten abgehoben. Aber wie es das Schicksal wollte, musste auch Gilda zur Bank – zu ihrer Bank, die nicht meine war –, und sie musste ins Gebäude hineingehen. Da es kalt war und Evie keine Jacke dabeihatte – die hätte in der Mall nur gestört –, kam sie mit. Wir traten an eine runde, zentrale Theke in der Mitte der großen Bank. Unter ihrem Glasschirm ließen sich alle erdenklichen Transaktionen erledigen: vom Sparkonto abheben, Einzahlungen erledigen, Abbuchungsaufträge, Ratenzahlungen. Rasch füllte ich einen Barscheck aus, den Gilda für mich einlösen konnte. Gilda selbst rechnete ihre Überweisungsschecks zusammen und füllte die entsprechenden Belege aus. Evie ließ sich derweil auf eine Bank sinken und begann, die Welt von der Wiederkehr des Vlad zu unterrichten. Weil meine Aufgabe die leichteste gewesen war, schaute ich mich um. Es war eine wirklich schöne Bank, viel schöner als meine. Hohe Decken, ein fetter Bronzeleuchter, Marmorfliesen,

Theken aus Kirschholz. Dahinter saß eine Vielzahl von beflissenen Angestellten, um das Dutzend Kunden zu bedienen, das in der Schlange stand. An der Seite stand ein verschlafen dreinblickender Wachmann. Es gab vier Büros hinter Glasfronten, in denen die Banker an ihren Schreibtischen saßen und die brav nickende Kundschaft in Bezug auf Hypotheken und Renten berieten.

Um die Wahrheit zu sagen, seit ich unsichtbar geworden war, war ich eine viel bessere Beobachterin geworden. Jetzt, wo ich wusste, wie rücksichtslos die Menschen Dinge übersahen, war es mir umso wichtiger, die Augen aufzumachen. Irene hätte es als wichtige Lektion auf meinem Erfahrungsweg bezeichnet. Eine dürre Schalterbeamtin um die fünfzig zählte, die riesige Brille vorne auf der Nasenspitze, mehrmals ein Bündel Geldscheine. Ein Mann in einem besonders feinen Anzug streckte immer wieder den Kopf in die Büros und gab Anweisungen. Das musste der Filialleiter sein. Eine Mutter mit zwei kleinen Buben versuchte verzweifelt, die Racker davon abzuhalten, wie Äffchen an den roten Samtkordeln der Absperrung zu schaukeln. Sie gab sich alle Mühe, aber es war ein müßiges Unterfangen, denn kleine Jungen können solchen Kordeln einfach nicht widerstehen. Ein Mann in Jeans hatte die Fäuste tief in den Taschen seiner wattierten Bomberjacke vergraben und die Lippen zu einem Strich zusammengepresst, als machte er sich auf die Nachricht gefasst, er habe sein Konto überzogen. Das dachte ich zumindest, doch dann zog er plötzlich eine Pistole aus der Tasche, trat hinter den Wachmann und riss ihm blitzschnell die Waffe aus dem Halfter. Das sah so leicht aus, als würde er einem Kind die Süßigkeiten klauen. Jetzt hielt er zwei Pistolen hoch.

«Runter! Auf den Boden!», donnerte er mit einer Stimme, die allein schon genügt hätte, um uns zu Fall zu bringen. Wir gehorchten, ohne nachzudenken, warfen uns alle gleichzeitig zu Boden. Der Blick des Mannes fiel, wie hätte es auch anders sein können, auf Evie, die immer noch textete. Zweifellos schilderte sie live das Geschehen. Er stürmte auf sie zu und hielt meiner Tochter eine Pistole an den goldenen Lockenkopf. Dann riss er ihr das Handy aus der Hand. Er hätte ihr ebenso gut das Herz aus dem Leib reißen können, so verzweifelt war ihr Aufschrei. Er schrie zurück: «Keine Handys! Hände flach auf den Boden, los, los! Ich will Hände sehen!»

In diesem Moment kam mir Arthur in den Sinn und was er im Bett nach dem Vorfall auf dem Parkplatz zu mir gesagt hatte. «Clover! Der Mann hätte eine Waffe ziehen können!»

Es ist eine etwas unpraktische Superpower, wenn man sich erst ausziehen muss, bevor man sich ins Getümmel stürzen kann. Da mir weder eine Telefonzelle noch eine Bat-Höhle zum Umziehen zur Verfügung standen, musste ich es eben gleich hier tun. Aber flink ausziehen konnte ich mich, ich hatte schließlich lebenslange Erfahrung darin! Noch bevor der Bomberjackentyp am Schalter stand, war ich bereits Schuhe, Socken, Hose und Slip losgeworden. Auf dem Rücken liegend, wand ich mich aus meinem Pulli.

«Was *machst* du denn da?», zischte Gilda.

«Die Welt retten», erklärte ich. Jacke, Pulli, grottiger Wollschal, alles fiel von mir ab. Schon war ich aufgesprungen. Dies war mein Moment. Es war die Rache aller unsichtbaren Frauen.

«Clover», presste Gilda zwischen den Zähnen hervor, «dein BH!»

Ich schaute an mir hinunter, und tatsächlich schwebte da ein besonders schäbiger, beiger Bügel-BH in der Luft wie eine Zielscheibe über meinem Herzen. Nervös fummelte ich an dem Häkchen herum. Hinzu kam, dass mittlerweile ein ebenfalls bewaffneter Komplize aufgetaucht war, ein etwas jüngerer Bursche. Er stand neben dem Eingang, starrte zu dem in der Luft schwebenden BH und konnte sich offensichtlich keinen Reim darauf machen. Probleme, die ich nicht gebrauchen konnte. Evie heulte schon wieder, und Gilda schaute sich hektisch um. Fort mit dem letzten Kleidungsstück! Es segelte zu Boden.

Meine Stärke war meine Unsichtbarkeit, mehr nicht. Ich nehme an, hätte man mich erschossen, wäre ich gestorben wie jeder andere. Aber während die Sichtbaren zu Recht wie gelähmt vor Angst auf dem Boden lagen – denn was man sieht, kann man erschießen, noch dazu, wenn es wehrlos vor einem auf der Erde liegt –, erlaubte es mir meine Unsichtbarkeit, die Angst zu überspringen und direkt zur Wut vorzustoßen. Genug vom Ausgeraubtwerden! Genug vom Überfallenwerden! Vom Auf-dem-Boden-Kauern. Niemand terrorisierte meine Tochter oder meine Freundin oder diese Fremden oder die arme dürre Kassiererin, die gerade mit zitternden Händen das Geld aus den Fächern hervorholen musste. Ich trat von hinten an den Mann mit der dickwattierten Jacke heran und fasste mit beiden Armen um ihn herum, um ihm die Pistolen wegzunehmen. Dabei spürte ich, dass er nicht halb so muskulös war, wie ich angenommen hatte. Offenbar trug er diese gefütterte Jacke, um kräftiger auszusehen. Ich schnappte ihm die Pistolen aus den Händen, was ganz leicht ging, denn seine Handflächen waren feucht und glitschig vor Nervosität. Schnell, ganz schnell, denn keiner will Pistolen durch die Luft schweben sehen, reichte ich eine davon dem Wachmann und die andere dem Herrn im schicken Anzug. Als der junge Bursche am Ausgang sah, wie sich das Blatt wendete, drehte er sich um und floh. Aber vorher nahm ich auch ihm die Pistole ab. Ihn festzuhalten war nicht meine Aufgabe, das überließ ich anderen. Aber ich wollte nicht, dass er womöglich auf der Flucht jemanden verletzte. Diese dritte Pistole gab ich Gilda. Ich schob sie unter ihre flach auf dem Boden liegende Hand.

«Ich will keine Waffe!», zischte sie.

Der Wachmann hatte dem Bomberjackenkerl inzwischen mit Handschellen die Hände auf den Rücken gefesselt und führte ihn in eins der gläsernen Büros. Der wie betäubt dreinschauende Filialleiter half, nun bewaffnet, den Kunden wieder auf die Füße.

«Das tut dir ganz gut», meinte ich, «ein wenig Verantwortung zu übernehmen.» Ich ging neben ihr in die Hocke. «Pass auf, ich gehe jetzt raus zum Auto. Ich will das hier lieber nicht erklären müssen.»

«Okay», sagte Gilda und setzte sich vorsichtig auf. «Das hast du toll gemacht.»

Evie suchte bereits nach ihrem Handy. Ich raffte diskret meine Kleidung zusammen und wickelte alles in die Jacke. Als die Polizei hereinstürmte, sah ich meine Chance und ergriff sie. Meine Anziehsachen wie die Bettrolle eines Cowboys unter den Arm geklemmt, marschierte ich nach draußen.

Der maskierte Retter verließ die Stadt und ritt in den Sonnenuntergang hinein. Nur Gilda wusste, dass es sich bei dem Fremden um Clover Hobart handelte.

9. KAPITEL

Ich musste lange, lange im Wagen warten. Das ließ mir genug Zeit, um mich wieder anzuziehen und darüber nachzudenken, ob es im Universum so etwas wie eine Ordnung gab. Banküberfälle in stillen Vororten waren schließlich nicht an der Tagesordnung. Ich hatte mein vierundfünfzigstes Lebensjahr erreicht, ohne je in einen hineinzustolpern. War dies also mein neues Glück? Oder Pech? Um ehrlich zu sein, fühlte ich mich großartig, während ich das Ganze noch einmal wie einen Stummfilm Revue passieren ließ. Adrenalin rauschte durch meine unsichtbaren Adern. Früher hatte ich mich oft gefragt, wie es sein konnte, dass immer dann ein Banküberfall stattfand, wenn Superman gerade in der Nähe war, oder ein Handtaschendiebstahl vor dem Café, in dem sich Spiderman zufällig einen Latte genehmigte. Jetzt wusste ich, warum: Sie suchten die Gefahr. Und ich musste zugeben, es fühlte sich toll an, dem Guten zum Sieg zu verhelfen. Dass keiner wusste, dass ich es gewesen war, störte mich kaum. Ich konnte mir richtig vorstellen, wie ich von jetzt an nachts durch die verrufensten Bars zog und mir diejenigen herausfischte, die eins hinter die Ohren brauchten. Andererseits: Genau das hatten Lila und ich einen ganzen Tag lang an der Highschool getan, und das war irgendwann nur noch ermüdend gewesen. Vielleicht war das Unerwartete, das Überraschende ja der Spaß daran.

Als Gilda und Evie schließlich auftauchten, sahen sie aus wie durch den Wolf gedreht. Gilda ging gleich zur Beifahrerseite und gab mir die Autoschlüssel. «Du fährst.»

«Wie bist du aus der Bank rausgekommen?», fragte Evie und ließ sich erschöpft auf den Rücksitz fallen, «wir haben überall nach dir gesucht.»

«Ich bin einfach hinausspaziert und dachte, ihr wärt hinter mir. Dann hat die Polizei das Gebäude abgeriegelt, da war der Zug natürlich abgefahren.»

«Da warst du schlauer als wir», meinte Gilda. «Ich fand die Polizeiermittlung viel anstrengender als das Verbrechen selbst. Die haben uns ewig festgehalten. Wollten wissen, woher ich diese Waffe hatte.»

«Und was hast du gesagt?»

«Die Wahrheit», antwortete Gilda betont. «Dass ich den Kopf unten hatte, diese Pistole da plötzlich über den Boden auf mich zugeschlittert kam und ich sie gerade noch festhalten konnte. Hatte Glück, dass sie mir nicht an den Kopf geprallt ist.»

«Ich würde sagen, wir alle hatten mächtig Glück.» Und das stimmte. Wie viel hätte schiefgehen können! Doch am Ende war alles so gut ausgegangen, wie es nur ausgehen konnte.

«Aber die haben mir mein Handy nicht wiedergegeben!», jaulte Evie. «Es steckte in der Tasche von dem Typen, und sie haben gesagt, das ist ein Beweisstück, das können sie mir nicht geben. Ich meine, es ist pink! Und da steht Evie hinten drauf! Ist doch sonnenklar, dass das meins ist, oder? Sie meinten, er hat vielleicht jemanden damit angerufen. Einfach lächerlich! Wie hätte er telefonieren sollen, der war doch mit dem Ausrauben der doofen Bank beschäftigt. Sie haben mir nicht mal erlaubt, meine Nachrichten zu checken! Jetzt weiß ich nicht, wann Vlad kommt oder ob er überhaupt kommt. Vielleicht hat er ja wieder Schluss gemacht, und ich weiß es gar nicht.»

Ich kramte mein Handy hervor und warf es ihr zu. «Da hast du meins. Sims bis zum Abwinken.»

Evie keuchte entsetzt auf. «Aber da sind ja bloß Nummerntasten drauf!»

«Die Buchstaben sind unter den Ziffern, ganz wie in alten Zeiten. Es dauert einfach nur ein bisschen länger.»

«Nicht zu fassen, dass du so was noch benutzt!»

«Dein Vater und ich sparen, um unseren Kindern das Studium zu finanzieren.»

Bei der Erwähnung von Geld wandte Evie sich um und schaute sehnsüchtig aus der Heckscheibe auf den Shopping-Komplex, der hinter uns rasch kleiner wurde. «Ich dachte, wir wollten einkaufen gehen», sagte sie mit sehr kleiner Stimme.

«Nein!», riefen Gilda und ich gleichzeitig.

Evie drehte sich wieder zurück und ließ die Schultern hängen. Mehr zu sich selbst sagte sie: «Jetzt hab ich kein Handy mehr und nicht mal ein Outfit. Toller Ausflug. Da hätte ich gleich zu Hause bleiben können.»

«Wie wär's damit», gab ich zurück, «‹Mom! Gilda! Wir

sind nicht von einem tollwütigen Bankräuber erschossen worden! Ist das nicht spitze?›»

«So tollwütig war er auch wieder nicht», brummelte Evie.

«Er hat dir eine Pistole an den Kopf gehalten!», kreischte Gilda. «Clover, halt mal kurz an, ich will dein Kind schlagen.»

Versucht war ich schon, ganz ehrlich, aber noch mehr sehnte ich mich danach, nach Hause zu kommen.

Kaum hatten wir Gildas Haus erreicht, als Evie auch schon aus dem Wagen sprang und davonstürmte, um sich der Körperpflege zu widmen. Zuvor hatte ich sie darauf hingewiesen, dass sie ja nicht alle Klamotten ins College mitgenommen hatte, was schlicht unmöglich gewesen wäre. Sicher fände sich darunter etwas Nettes, das Vlad noch nicht an ihr kannte. Als sie weg war, ließen Gilda und ich uns in die Sitze zurücksinken. Ohne zu reden schauten wir eine ganze Weile nur hoch zu den kahlen Ästen der Bäume, die sich vor dem herbstlich grauen Himmel abzeichneten.

«Tässchen Tee?», fragte ich schließlich.

«Fläschchen Rotwein?», antwortete sie.

«Alkohol wäre, glaube ich, im Moment nicht gut für mich. Ich bin auf einmal so müde, ich könnte umkippen.» So müde, dass mir der Gedanke an ein Nickerchen gleich hier im Auto unwiderstehlich vorkam.

«Sie hat nichts gemerkt», sagte Gilda tonlos.

«Was meinst du?»

«Na, was du getan hast. Dass du dein Leben riskiert hast, um uns alle zu retten. Dass du unsichtbar bist. Sie hat überhaupt nichts gemerkt.» Traurig schüttelte meine Freundin den Kopf. «Ich hab deine Evie wirklich gern. Aber ich weiß nicht, wie du das aushältst, Clover. Ich an deiner Stelle wäre jetzt ganz schön deprimiert.»

Ich zuckte mit den Achseln, und die Schultern meines Blazers hoben und senkten sich. «Ich fühle mich eigentlich sogar sehr gut. Langsam merke ich, was es für Vorteile hat, unsichtbar zu sein. Vielleicht ist es mir ja bestimmt, Verbrechen zu bekämpfen. So schlecht wäre das doch gar nicht. Außerdem sind wir so ums Shoppen mit Evie rumgekommen.»

«So gesehen hast du recht.» Wieder saßen wir schweigend da. Keine von uns brachte die Energie auf auszusteigen. «Clover?»

«Hier.»

«Weißt du noch, unser kleiner Winterurlaub in Florida? Im ersten Jahr, als ihr hergezogen seid und wir uns gerade richtig gut angefreundet hatten?»

«Klar weiß ich das noch.» Wir waren nach Fort Lauderdale geflogen und in einem Hyatt-Hotel abgestiegen. Mann und Kinder hatten wir zu Hause gelassen. Das kam mir jetzt wie ein phantastischer Traum vor. «Erinnerst du dich an diesen Kerl an der Bar, der uns andauernd angemacht hat?» Eine Schönheit war er nicht gewesen, aber immerhin ein Mann.

«‹Kommt ihr Mädels von hier?›», zitierte Gilda lallend.

«Und du hast gesagt: ‹Hör zu, Freundchen, wir haben nur zwei Nächte hier in Florida, und wir werden nicht eine davon darauf verschwenden, höflich zu dir zu sein, kapiert?› Und ich dachte, Mann, da ist eine, die das Leben in die Hand nimmt.»

«Es sind dann aber doch nicht zwei Nächte geworden.» Gilda starrte aus dem Fenster, als hätte sie die schlechte Nachricht gerade erst bekommen. «Benny ist krank geworden, und Steve wollte, dass ich heimkomme.»

«Das ist das Los einer Mutter. Wir tun, was zu tun ist. Trotzdem hatten wir unseren Spaß.»

«So krank war er gar nicht.»

«Das konntest du nicht wissen.» Arthur hatte Benny mit in die Praxis genommen, um eine Zellkultur anzulegen. Streptokokken? Aber das war ja auch unwichtig.

«Was ich meine, ist: Wir haben uns geschworen, jedes Jahr wiederzukommen. Darauf haben wir auf dem Flughafen getrunken. Wir wollten jeden Winter nach Florida reisen …»

«Selbst wenn es nur wieder für eine Übernachtung wäre», ergänzte ich. Ja, daran erinnerte ich mich auch noch. Wir hatten mit Salty Dogs angestoßen.

Gilda schaute mich an. «Aber wir sind nie wieder hin, Clover. Wenn du fast bei einem Bankraub erschossen wurdest, dann machst du dir über so was Gedanken. Ich will mir endlich mal wieder die Zehennägel lackieren lassen. Ich will am Strand sitzen und irgendeine blöde Klatschzeitschrift lesen. Ist das zu viel verlangt, im Angesicht des Todes? Wohl kaum.»

«Meine Zehennägel kann ich mir nicht mehr lackieren lassen», bemerkte ich. Ich stellte mir die arme Kosmetikerin vor, wie sie verzweifelt nach meinen Zehen suchte, und musste lachen. Beide lachten wir plötzlich los.

«Musst du dich eigentlich noch mit Sonnenschutz eincremen?»

«Wenn ich nun braun werde, wie sähe ich dann aus? Immer noch unsichtbar, aber irgendwie beige?»

«Wie Smog!» Gilda kriegte sich kaum noch ein. Sie stupste meinen Arm. «Versprich mir, dass wir mal wieder zusammen Urlaub machen, wenn all das hier vorbei ist.»

«Ich versprech's. Aber vielleicht wollen wir gar nicht so lange warten.»

Ich betrat das Haus und ging sofort ins Bett. Alles, was ich wollte, war ein halbes Stündchen Schlaf. Nachdem der Adrenalinrausch erst mal verflogen war, erschien mir die Verbrechensbekämpfung anstrengender, als ich angenommen hatte. Aber Evie weckte mich andauernd auf, um mir ihre verschiedenen Outfits vorzuführen, eins süßer als das andere.

«Was hältst du davon?», fragte sie. Sie hatte eine unverschämt knappe Shorts an und ein Paar Ugg-Boots, die aussahen wie Aerobicstulpen. Dazu trug sie ein Tanktop und einen kastigen schwarzen Blazer mit hochgerollten Ärmeln. Eine atemberaubende Mischung aus Bedeckung und Blöße.

«Wo hast du den Blazer her?» Er kam mir irgendwie bekannt vor. Evies Stil war er eigentlich nicht.

«Aus Nicks Schrank.» Sie wandte sich zum Spiegel um und begutachtete ihr Hinterteil. «Er macht mich fett.»

«Das ist gar nicht möglich, mein Schatz», sagte ich. Ich konnte kaum noch die Augen offen halten.

«Warte kurz», antwortete sie. Als ob ich irgendwo hingehen wollte. Sobald sie weg war, zog ich mir die Decke über den Kopf und schlief ein. Daher kam es mir wie

Zauberei vor, als sie scheinbar nur eine Sekunde später in einer neuen Aufmachung vor mir stand. Sie rüttelte meine Schulter durch die Decke. «Mom?»

Diesmal hatte sie ein Kleid mit rosa Karos an, vorn mit einer durchgehenden Knopfleiste. Zu Highschool-Zeiten war das ihr Lieblingskleid gewesen. Einen Sommer lang hatte sie es fast dreimal in der Woche angezogen. Der Stoff war weich und ausgebleicht und schmiegte sich um ihren Körper. Ich hätte sie am liebsten in die Arme genommen und zum Schlafen zu mir ins Bett gezogen. «Süß.»

Evie drehte sich zum Spiegel, um meine Einschätzung zu überprüfen. «Ich hasse es.»

«Auch mit einem Gürtel?», fragte ich hoffnungsvoll.

Sie ließ sich auf die Bettkante sinken und schlug die Hände vors Gesicht. «Er liebt mich sicher nicht mehr. Wahrscheinlich kommt er gar nicht. Wahrscheinlich hat er bloß gesagt, dass er kommt, weil er weiß, dass ich dann rumlaufe wie ein aufgescheuchtes Huhn und was zum Anziehen suche, wo ihm doch klar ist, dass ich ohne Gepäck von der Schule abgehauen bin.»

«Glaubst du wirklich, dass er all das denkt?», meinte ich.

«Du verstehst das nicht.» Sie schwieg, als überlegte sie, ob sie mir begreiflich machen sollte, was genau ich nicht verstand. «Ich war nicht gerade nett zu ihm.»

Ich hob meine unsichtbare Hand und streichelte ihre zerzausten maisgelben Locken. «Das kannst du ja jetzt wiedergutmachen, wenn er kommt.»

Sie nahm einen Zipfel von der Bettdecke und wischte sich die Tränen ab. «Ich muss mich umziehen.»

«Ändre dein Verhalten, Kind Gottes, dein Outfit lass in

Ruhe. Du siehst phantastisch aus.» Sie ging, und ich dachte: Lieber bin ich unsichtbar als noch einmal zwanzig Jahre alt. Arme Evie, sie kam mir vor wie eine Prinzessin, die sich nicht entscheiden kann, welches Krönchen sie zum Ball aufsetzen soll.

Ich war gerade wieder eingeschlafen und hatte einen dieser unangenehmen Träume aus der Schulzeit, in dem man auf einer Fete landet und feststellt, dass man nackt ist. Da klingelte es plötzlich unten an der Tür. Red sprang wie aus der Pistole geschossen vom Bett und lief laut bellend nach unten. Evie folgte ihm dicht auf den Fersen. Sie bellte zwar nicht, aber sie rief: «Vlad! Vlad!»

Sie hatte wieder ihre Ohio-Trainingshose und das Ohio-State-T-Shirt an. Vlad war offenbar zwischen zwei Outfit-Anproben aufgetaucht. Nachdem die tränenreichen Umarmungen und gestammelten Bitten um Verzeihung abgeflaut waren, gab er mir die Hand. Vlad war groß wie ein Baum und bleich wie ein Gespenst. Er hielt seinen großen Schädel demütig gesenkt. Wie hatte er sie nur verlassen können? Seine hellgrünen Augen waren rot gerändert. Er wirkte unterernährt, übernächtigt und ungewaschen. Er biss sich in die rissige Lippe und warf mir einen bekümmerten Blick zu. Diese Trennung hatte ihn sichtlich mitgenommen.

«Vlad kriegt mein Zimmer», verkündete Evie, wobei sie mit beiden Händen seinen Ellbogen umklammerte. Sie ließ mir keine Zeit, die Augenbrauen zu heben, wie ich es eigentlich vorgehabt hatte – nicht dass es jemandem aufgefallen wäre. «Und ich schlafe auf der Couch im Wohnzimmer. Vlad ist zu lang dafür.»

Ich hätte sie gerne darauf aufmerksam gemacht, dass Vlad in ihrer Marienkäferbettwäsche wohl kaum ein Auge zukriegen würde oder dass ich mich nicht entsinnen konnte, ihn eingeladen zu haben. Aber selbst ich konnte sehen, dass man den armen Burschen heute nicht wieder dorthin zurückschicken konnte, wo immer er auch hergekommen war. «Mal sehen», sagte ich vage und ging in die Küche, um das Abendbrot zuzubereiten.

Ich machte einen Riesentopf Spaghetti und verwendete dazu jedes bisschen Gemüse, jedes Käsestückchen, das noch aufzutreiben war. Dabei folgte ich der Theorie, dass sich bestimmte Triebe – über die ich lieber nicht nachdenken wollte – durch Essen sublimieren ließen. Es war noch Brot im Gefrierschrank, und einen Salatkopf fand ich auch. Arthur kam nach Hause, Nick kam nach Hause. Beide waren erleichtert, Vlad zu sehen, auch wenn er für uns bis dahin nur «Vlad der Pfähler» gewesen war (er hätte allerdings ebenso gut «Atze die Ratte» oder «Bully das Schwein» heißen können). Im Grunde wollten wir nur, dass Evie endlich den Wasserhahn abdrehte. Nach drei Tagen Tränen konnten wir uns gut vorstellen, warum jemand in Versuchung geriet, mit ihr Schluss zu machen. Wir stießen auf die Versöhnung der beiden an.

«Viel Glück!», riefen wir im Chor und stießen klirrend die Gläser aneinander.

«Apropos Glück», sagte Arthur. «Habt ihr von dem Überfall auf die First United Bank gehört? Dieser Räuber hatte wohl eine Art Krampfanfall und hat seine Pistolen weggeworfen. Sie haben ihn festgenommen, und niemand wurde verletzt.»

«Ob wir davon gehört haben?!» Evie drehte sich eine Gabel Spaghetti auf. «Dad, wir waren selbst da. Hat Mom dich denn nicht angerufen?»

«Nicht dass sie durchgestellt worden wäre», bemerkte Nick trocken.

«Was meinst du, ihr wart da?», wollte Vlad wissen.

«Seid ihr an der Bank vorbeigefahren?», fragte Arthur.

«Wir sind nicht daran vorbeigefahren, wir waren *in* der Bank, als es passiert ist, Gilda, Mom und ich. Ich kann gar nicht glauben, dass sie dir nichts davon erzählt hat. Aber heute war so viel los. Daddy, der Typ hat mir mein *Handy* weggenommen!»

Arthur senkte den Kopf über seinen Teller und gabelte ein Stück Artischocke auf. «Ich weiß nicht, wovon sie redet.»

Ich musste lächeln. Wie er sich bemühte, nicht zu sehen, was sich vor seinen Augen befand. «Es ist so, wie sie sagt, Arthur. Wir waren gerade in der Bank, als der Überfall stattfand. Ich hätte es dir erzählen sollen.»

«Allerdings», antwortete Arthur grimmig.

«Alles war so schnell wieder vorbei», erklärte ich, «wahrscheinlich stehen wir einfach noch unter Schock.»

«Und dann ist Vlad gekommen», sagte Evie und hakte sich bei ihrem riesigen Tischnachbarn ein. «Und die Bank war auf einmal eine Million Jahre weg.»

Arthur, Nick und Vlad wollten trotzdem genau hören, was passiert war, und so erzählten Evie und ich die ganze Geschichte: wie wir eigentlich hatten einkaufen gehen wollen, wie wir noch kurz bei der Bank vorbeigeschaut hatten, Schecks ausschrieben, simsten, wie plötzlich jemand brüllte: «Runter! Auf den Boden!» (Evie gab diese Stelle mit besonderem Einsatz zum Besten), dann die Pistole, der Verlust des geliebten Handys, und wie plötzlich alles wieder vorbei war. Unsere Zuhörer waren beeindruckt, wie gefasst wir die Sache nahmen. Und wie eigenartig es war, dass der Räuber seine Pistolen weggeworfen hatte.

«Ich glaube, er hat es sich anders überlegt», meinte Evie. «Eigentlich fand ich ihn gar nicht so schlimm, wenn er mir nur nicht mein Handy weggenommen hätte.»

«Schade, dass du keine Reporterin mehr bist», sagte Nick zu mir, «das ist die Art von Story, die dich wieder aufs Titelblatt gebracht hätte.»

Ich schaute meinen Sohn an, und auf einmal wankte der Boden unter meinen Füßen, genau wie vorhin, als der Räuber die Waffe gezogen hatte. Ich war Reporterin. Und ich war Augenzeugin eines Banküberfalls geworden. Wieso hatte ich überhaupt nicht daran gedacht?

Nachdem die Geschichte und auch das Essen zur allgemeinen Zufriedenheit durchgekaut worden waren, verkündete Arthur, dass er sich zu seinem großen Bedauern losreißen müsse, denn er habe morgen einen langen Tag und müsse ins Bett. Nick sagte, er würde sich mit Miller ein Basketballspiel anschauen, Evie sagte, sie wolle ihr Zimmer aufräumen (sicher lagen überall Klamotten herum), und Vlad sagte, er wolle das Geschirr abwaschen.

Meine Familie, die schon im Gehen war, blieb verblüfft stehen und starrte ihn an.

«Das musst du nicht», sagte Evie und verzichtete großzügigerweise darauf zu erklären, dass sie dafür schließlich mich hatten.

Vlad erhob sich und begann, die Teller einzusammeln. Er hatte derart lange Arme, dass er das von seinem Platz aus erledigen konnte, ohne sich von der Stelle zu bewegen. «Ich wasche immer ab», verkündete er. «In meiner Familie hat jeder einen Job, und meiner ist das Geschirr.»

«Du solltest ihn heiraten», sagte Nick zu seiner Schwester, wünschte uns eine gute Nacht und ging.

Auch die übrigen Hobarts zerstreuten sich. Ich sammelte die Gläser ein und folgte Vlad in die Küche. Er stellte die Teller in die Spüle, dann griff er an mir vorbei, schloss die Tür und wartete einen Augenblick, bis sämtliche Schritte verklungen waren. Schließlich fragte er: «Wie lange schon?»

«Was meinst du?» Wie lange Evie schon weinte? Wie lange sie ihn vermisst hatte?

«Wie lange sind Sie schon unsichtbar?»

Verblüfft, fassungslos schaute ich zu diesem riesigen Jungen auf. Ich war noch überraschter als in der Bank. «Einen Monat etwa», flüsterte ich nur. «Ungefähr einen Monat.»

«Und keiner von ihnen weiß davon?»

Ich schüttelte den Kopf. «Nein, keiner.»

«Ich wollte schon was zu Evie sagen, aber dann dachte ich, wenn sie es gemerkt hätte, dann hätte sie es mir sicher erzählt. Sie erzählt mir fast alles.»

Ich war vollkommen sprachlos. Jetzt bist du auch noch stumm, schoss es mir durch den Kopf. Ich schluckte. «Ich bin dir dankbar, dass du nichts erzählt hast.» Er war selbst kaum erwachsen, ein durchschnittlicher junger Mann, hatte ich zumindest bis vor dreißig Sekunden geglaubt.

Und doch begriff er, was keiner von den Menschen bemerkte, die mich am meisten liebten. «Wie hast du es mitbekommen?»

Er musterte mich verwirrt. «Na, ich kann Sie nicht sehen», sagte er, als ob ich ein wenig schwer von Begriff wäre.

«Ja, aber das können die anderen auch nicht.»

«Und meine Mom ist unsichtbar.»

«Du machst Witze!»

«Schon seit einem Jahr. Mein Dad hat fast zwei Wochen gebraucht, ehe es ihm klargeworden ist. Da war sie schon so wütend auf ihn, dass sie am liebsten die Scheidung eingereicht hätte. So, wie ich die Sache sehe, sind Sie ziemlich verständnisvoll.»

«Ich hab meine schlechten Tage», gestand ich. «Wie lange hast du gebraucht, bis du gemerkt hast, dass deine Mom nicht mehr da ist?»

«Ich war in der Uni. Sie haben mich angerufen und es mir am Telefon erzählt. Darum kann ich nicht sagen, ob ich es von selbst gemerkt hätte, ich wusste es ja vorher. Und wenn man es weiß, ist es wirklich unübersehbar. Ich meine, Sie haben schließlich keinen Kopf. So was sollte einem doch auffallen.»

«Allerdings», konnte ich ihm nur beipflichten.

Er warf einen Blick zur Tür, als fürchtete er, dass sämtliche Hobarts draußen standen und lauschten. «Warum sagen Sie es ihnen nicht einfach? Wäre das nicht besser für alle?», fragte er leise.

«Das wäre es vielleicht. Bestimmt wäre es das. Aber irgendwann ist es eine Frage des Stolzes. Man fragt sich, wie weit das noch gehen kann.»

Er schlug sich mit der Hand an die Stirn. «Genau das hat meine Mom auch gesagt!»

«Haben sich deine Eltern wieder zusammengerauft?»

Er wiegte zweifelnd den Kopf. «Ganz ehrlich? Es würde riesig helfen, wenn ich den beiden von Ihnen erzählen dürfte. Wir leben nämlich auf einer Farm, wissen Sie. Dort sind wir ziemlich isoliert. Auch die Ortschaft ist klein, nicht so wie hier. Es gibt dort keine anderen unsichtbaren Frauen. Zumindest haben wir keine gesehen.»

Ich tätschelte seine Hand. «Sag's deiner Mom. Sie kann mich anrufen, wann immer sie will. Aber bitte erzähl Evie noch nichts. Ich werde deiner Mom alles erklären.»

Über Vlads Gesicht huschte ein frohes kleines Lächeln. Jetzt schien er nicht nur seine Beziehung gerettet zu haben, sondern vielleicht auch noch die Ehe seiner Eltern. Er drehte den Wasserhahn auf und spülte die Teller ab. «Sie wird sich riesig freuen. Ich hab das Hauptfach gewechselt und studiere jetzt Chemie, weil ich rausfinden will, woran es liegt. Das hört sich jetzt vielleicht albern an, aber ich sage das nicht bloß so. Ich will helfen, das ist mir ungeheuer wichtig. Eine Frau wird unsichtbar, und es scheint keinen zu kümmern. Aber das ist meine Mutter, verstehen Sie, und nun kommen auch noch Sie dazu, Evies Mutter. Ich werde was unternehmen.»

Da bekam ich einen Kloß im Hals, einen großen unsichtbaren Kloß. «Dafür wäre ich dir wirklich dankbar.»

«Das waren Sie heute in der Bank, oder? Sie haben diesen Überfall vereitelt.»

Nicht zu fassen. Diesem jungen Mann schien aber auch nichts zu entgehen. «Ja, das war ich.»

Er nickte. «Mom hat auch ein paar verrückte Sachen angestellt, nachdem sie unsichtbar geworden ist, Dad hat schreckliche Angst um sie. Er sagt, auf einmal ist sie vollkommen furchtlos.»

«Genau so ist es.» Ich begann, die Teller in die Spülmaschine zu räumen. Dabei dachte ich, wie froh ich wäre, wenn Evie mit Vlad durchbrennen würde und ich noch eine Unsichtbare in der Verwandtschaft hätte.

10. KAPITEL

Am nächsten Morgen rief ich als Erstes meinen Redakteur an. Ich schrieb ihm keine E-Mail, ich schickte keine SMS, ich griff zum guten alten Telefon. Ed wollte sofort wissen, was mir für die nächste Garten-Kolumne vorschwebe. Was ich vom Mulchen hielte?

«Vergessen Sie das Grünzeug», fuhr ich ihm dazwischen. «Ich hab Neuigkeiten. Ich war gestern in der First United Bank.»

«Sie sind nach dem Überfall hingefahren?» Er richtete sich interessiert auf – ich hörte seinen Stuhl knarren. Ed setzt sich nur auf, wenn ihn etwas interessiert.

«Ich war anwesend. *Während* des Überfalls. Ich lag dort auf dem Boden.»

«Und da melden Sie sich erst jetzt?», rief er erbost. «Sie hätten anrufen sollen, als sie noch auf dem Boden lagen.»

«Der Gangster hat uns keine Artikel einreichen lassen», entgegnete ich trocken.

«Clover, der Überfall war gestern. Gestern wäre das eine brandheiße Story gewesen, jetzt ist sie nur noch lauwarm.»

«Jetzt mal langsam, Ed. Ich schreibe seit Jahren nur noch Gartenkolumnen und Buchkritiken, da habe ich vorübergehend das Zeitgefühl verloren. Aber ich schreibe Ihnen einen erstklassigen Erfahrungsbericht. Ich werde eine Verbindung zwischen der derzeitigen Wirtschaftskrise und den Überfällen auf Banken herstellen. Ich werde erzählen, wie es ist, auf dem kalten Marmorboden zu liegen und in die Mündung einer Waffe zu starren. Diese Story erregt genug lokales Interesse, um auch noch einen zweiten Tag lang heiß zu sein, das wissen Sie ganz genau. Setzen Sie's auf die Titelseite, und man wird Ihnen die Zeitung aus den Händen reißen.»

Eine lange Pause trat ein. Ed war vierzig, hatte drei Kinder und einen Vierzehn-Stunden-Tag. Er wollte Zeitungen verkaufen, nur so konnte er seinen Job halten. «Sechshundert Wörter. Und ich will ihn bis drei haben.»

«Zwölfhundert Wörter», entgegnete ich. «Und ich habe Zeit bis fünf.»

«Achthundert Wörter, neunhundert höchstens, das hängt vom Layout ab. Und ich krieg den Artikel bis um vier. Erzählen Sie was über den Gangster. Es heißt, er habe seine Knarren einfach weggeworfen, und keiner versteht, wieso. Sein Pflichtverteidiger will ihn nicht mit uns reden lassen. Also berichten Sie wenigstens, wie es für Sie ausgesehen hat.»

«Ist gebongt.»

Ich hängte auf. Zur Abwechslung war ich froh, dass niemand mein Gesicht sehen konnte, denn mein Grinsen reichte mir sicher bis zu den Ohrläppchen. In all den Jahren, in denen ich den Verlust einer ausfüllenden Tätigkeit als Buchkritikerin und Redakteurin betrauerte, hatte ich ganz vergessen, dass ich ja einst selbst als Reporterin gearbeitet hatte. Ich hatte meine Zeit damit verschwendet, mir interessante Dinge über übrig gebliebene Christsterne auszudenken. In all der Sehnsucht nach einem Comeback hatte ich schlichtweg vergessen, was für ein Mensch ich einmal gewesen war.

Arthur war schon zur Arbeit gegangen, Nick, Evie und Vlad schliefen. Wenn sie aufwachten und ich dann noch da war, würde ich den ganzen Morgen Pfannkuchen und Rührei machen. Aber ich hatte den Hund ausgeführt und gefüttert, und alle anderen waren, was mich betraf, auf sich selbst gestellt. Ich legte maximale Bedeckung an, steckte meinen Laptop in die Tasche und fuhr zur Bibliothek.

Falls ich überhaupt ein Problem hatte, dann das, mich an die neunhundert Wörter zu halten. Ich brannte darauf zu schreiben! Kaum hatte ich den Computer aufgeklappt, als meine Finger auch schon über die Tasten flogen. Es war etwas seltsam, einen Erfahrungsbericht aus erster Hand zu schreiben, in dem ich lediglich als Beobachterin fungierte, dem zufolge ich wie alle anderen zitternd auf dem Boden lag und erlebte, wie der Räuber irgendwann scheinbar grundlos seine Pistolen von sich warf. Als Vierundzwanzigjährige hätte das mein journalistisches Gewissen sicherlich belastet, als Vierundfünfzigjährige scherte ich mich keinen Schnurz um den ethischen Zwiespalt. Je älter man wird, desto deutlicher erkennt man, dass die Wahrheit ein kompliziertes Gemisch aus Tatsachen und persönlichen Wahrnehmungen ist, aus dem, was gesagt werden kann und was nicht. Und das sieht jeder anders. Wieder und wieder las ich den Artikel. Ich schliff, ich feilte, ich polierte meine Verben auf. Ich überprüfte die Wortzahl siebzehn Mal. Dann lehnte ich mich seufzend zurück. Der Artikel war fertig, unwiederbringlich fertig, aber es war erst elf Uhr. Wenn ich jetzt abgab, würde Ed denken, ich hätte mir nicht genug Mühe gegeben, und er würde mich den Rest des Tages zwingen, vollkommen überflüssige Änderungen vorzunehmen. Also speicherte ich den Text ab und ging anschließend wieder ins Internet, um mich über Dexter-White schlauzumachen.

Es war, als wäre ich plötzlich wachgerüttelt worden. Wie war es möglich, dass eine Pharmafirma Medikamente vertrieb, die Frauen unsichtbar machten, wenn sie sie in Kombination einnahmen? Und wie war es möglich, dass man in dieser Firma nichts dagegen unternahm? Wie war es möglich, dass ich mich die ganze Zeit als Opfer der Industrie gefühlt hatte und nicht als zornige Reporterin, die aufsteht, um dem System den Kampf anzusagen? Hatte es wirklich diese eine beiläufige Bemerkung von Nick gebraucht, um mich aufzuwecken? Offenbar ja. Offenbar war ich genauso in der Lage wie alle anderen, das Offensichtliche zu übersehen.

Während der nächsten zwei Stunden grub ich mich durch Fallstudien, las mir das endlose Kleingedruckte zu den möglichen Nebenwirkungen durch (Überraschung! Eine fehlte) und sah mir Profile der Dexter-White-Manager an. Ich gab *Dexter + White + unsichtbar* in die Suchmaschine ein, ohne Erfolg. Überall im Land gab es unsichtbare Frauen, und sie alle kämpften allein im Dunkeln. Warum hatten wir uns nicht längst zu einer Protestbewegung zusammengefunden? Wieso nahm man uns nicht ernst? Vielleicht waren wir zu scheu und zu verletzt, weil wir uns schon wer weiß wie lange unsichtbar gefühlt hatten, bevor wir es wirklich wurden. Und wenn wir nicht mal den Mumm aufbrachten, es der eigenen Familie zu gestehen, wie konnten wir es da mit der Welt aufnehmen?

Ich fing an, eine Liste von Fragen zusammenzustellen, mit denen ich den Dexter-White-Chemiker konfrontieren wollte, wenn er endlich aufhörte, den Termin zu verschieben, und dabei musste ich gähnen. Letzte Nacht hatte ich nicht besonders gut geschlafen, war lange wach gelegen und im Kopf durchgegangen, was ich schreiben würde, wenn Ed mich nur ließe. Hier jedoch war ich einer Story von überregionalem Interesse auf der Spur, einer Story, die mein Comeback bedeuten konnte. Ich hatte angefangen, wieder wie eine Reporterin zu denken, und darum brauchte ich vor allem eins: Koffein. Also verließ ich die Bibliothek, schloss mein Notebook im Kofferraum ein und ging ein Stück bis zu einem kleinen Coffeehouse namens French Press, wo die jungen Leute ihren Latte tranken, Gedichte schrieben und sich gegenseitig anzubaggern versuchten. Ich stand an der Theke und bestellte mir gerade einen mittelgroßen Kaffee, als ich hinter mir ein Lachen hörte, das mir verdächtig bekannt vorkam. Ich drehte mich um. Da saß mein Sohn auf einem Barhocker vor seinem Laptop, und neben ihm befand sich Miller Kempton. Richtig oder falsch – ich entschied mich sofort, ließ meinen Kaffee auf einem der Tische stehen, ging zum Auto und zog mich dort aus. Die Wagenschlüssel versteckte ich auf dem linken Hinterreifen. Dann ging ich zurück ins French Press.

Nach dem Studium hatte Nick amerikanische Geschichte an einer Mittelschule in Chicago unterrichtet. Doch dann kamen die Kürzungen, und wer zuletzt eingestellt worden war, flog zuerst wieder raus. Er schickte Bewerbungen in alle Bundesstaaten, von Arizona bis Maine, an öffentliche Schulen wie an private, musste jedoch feststellen, dass er nur einer unter vielen hochqualifizierten, arbeitslosen jungen Lehrern war. Schließlich war er gezwungen, sein Apartment in Chicago aufzugeben. Ich wusste, wie sehr Nick sich nach Unabhängigkeit und nach einem eigenen Leben sehnte. Und vor allem nach einem Job. Ihm ständig in den Ohren zu liegen wäre sicher wenig förderlich, also verzichtete ich darauf. Aber ich war neugierig, und ich war unsichtbar. Manchmal benutzte ich meine Kräfte, um dem Guten zum Sieg zu verhelfen. Manchmal aber auch, um meiner Familie nachzuspionieren. Man ist schließlich bloß ein Mensch. Mein Kaffee stand glücklicherweise noch dort, wo ich ihn stehengelassen hatte. Ich steckte einen Strohhalm hinein, damit ich unauffällig hinter den beiden trinken konnte, während ich ihnen zuhörte.

«Ich finde immer noch, dass heute Abend besser wäre», sagte Miller gerade.

«Ja, weil du dich vorher besaufen willst», entgegnete Nick. «Aber ich mach das nicht bedröhnt und auch nicht im Dunkeln.»

Gut für Nick, was immer «das» auch sein sollte.

«Hier ist was», sagte Miller und deutete auf den Bildschirm, «Hundefriseur. Das könnten wir doch machen.»

«Braucht man dafür nicht Vorkenntnisse?»

Miller schüttelte den Kopf. «Wir üben an Red und verpassen allen Pudeln in der Nachbarschaft Bürstenschnitte.»

Nick scrollte weiter durch die Jobangebote. «Vielleicht sollten wir doch zum Militär gehen.»

Mir stockte das Mutterherz.

«Gute Idee, Kumpel, aber die USA sind gerade im Krieg, schon vergessen?», sagte Miller.

«Stimmt ja.» Plötzlich nahm Nick die Hand vom Trackpad und hob schnuppernd die Nase. Er drehte sich um und schaute direkt in meine Richtung, dann überflog er mit den Augen den Raum.

«Was ist?», fragte Miller.

«Ich dachte, meine Mutter wäre hier.» Nick schüttelte den Kopf, wie um den Gedanken wieder loszuwerden, doch kurz darauf glitt er vom Hocker und ging zu einem Mädchen, das zwei Tische weiter wegsaß. Sie trank einen Cappuccino und las einen Roman von Italo Calvino. Als Nick plötzlich an ihrem Haar schnupperte, schaute sie überrascht, aber nicht uninteressiert auf.

«Kann ich dir irgendwie helfen?», fragte sie.

Nick schüttelte erneut den Kopf. «Entschuldige, aber dein Parfüm hat mich abgelenkt.»

«Ich benutze kein Parfüm.»

«Dann dein Shampoo.» Er wandte sich wieder ab. «Oder ich verliere allmählich den Verstand.»

«Wär schade», bemerkte sie lächelnd, bevor sie sich wieder in ihr Buch vertiefte.

«Ich glaub wirklich, ich fange langsam an zu spinnen», sagte Nick, als er sich wieder neben Miller setzte.

«Irgendeine verwendet hier definitiv das Parfüm deiner Mom, aber ich denke nicht, dass wir deswegen an jedem Mädchen riechen sollten. Und ‹Du riechst wie meine Mutter› ist wohl nicht gerade der beste Anmachspruch. Hier, schau mal, das wäre doch was für dich. Anwaltsgehilfe. Ein gutes Sprungbrett fürs Jurastudium.»

«Aber ich kriege sowieso nie einen Studienplatz, weil alle anderen arbeitslosen Geschichtslehrer in Amerika sich bereits beworben haben, und wenn die fertig studiert haben, dann reißen sie sich um die fünfhundert Stellen als Anwaltsgehilfen, weil sie als Anwälte keinen Job finden.»

Nick wollte Jura studieren?

«Wie bist du denn drauf, Mann», bemerkte Miller gutmütig.

Plötzlich schlug Nick ihm auf den Arm. «Komm, wir gehen. Wir machen's jetzt gleich.»

«Bist du sicher?»

«Stocknüchtern und am helllichten Tag.»

Miller warf einen Blick auf seine Uhr. «Was glaubst du, ob in Tätowierstudios zur Mittagspause auch mehr Betrieb herrscht?»

«Ihr seid ja wohl …» Ich schlug mir die Hand auf den Mund. Wieder schaute Nick zum Shampoo-Mädchen, aber die schüttelte den Kopf.

«Mir wird's hier unheimlich», sagte Nick, und die beiden gingen nach draußen.

Diese Idioten! Klar, dass ich ihnen auf den Fersen blieb. Lässig schlenderten sie dahin, wie zwei Jungs, die mal eben zum Bolzplatz wollen. Als sie die Wagentüren öffneten, um ihre Computer und Rucksäcke auf den hinteren Sitzen zu verstauen, schlüpfte ich rasch hinein.

«Woher kennst du diesen Laden überhaupt?», wollte Nick wissen.

Himmel, dieser Saustall in seinem Auto! Auf dem Boden kollerten leere Coladosen herum, überall lagen CDs ohne Cover, in eine Ecke gestopft sah ich ein dunkelgrünes Kapuzenshirt, das eigentlich Arthur gehörte, dazwischen leere Burgerpackungen. Die Unordnung nervte mich jetzt schon.

«Ein Typ aus der Highschool, hat mal da gearbeitet. Hatte echt tolle Tattoos.»

«Hat er sie dort machen lassen?»

Miller zuckte die Achseln. «Keine Ahnung. Aber da wirst du kein Sterne-Rating finden, das ist schließlich ein Tattoostudio und kein Restaurant.»

Beide waren über einundzwanzig. Sie konnten tun, was sie wollten. Aber nur theoretisch. Immerhin hatte ich einen von den beiden unter Schmerzen geboren und danach großgezogen. Ich würde den Teufel tun und zulassen, dass dieses Fleisch von meinem Fleisch in einem Anfall von Torheit sich fürs Leben zeichnete. Ich war schließlich die Mutter. Und das sollte doch was zählen, oder?

«Ich schwör dir, ich riech es schon wieder», sagte Nick.

Miller lehnte sich schnüffelnd zurück. «Ich auch. Wahrscheinlich hat sie aus Versehen was von ihrem Parfüm auf deine Klamotten oder auf deinen Rucksack gespritzt.»

Nick überlegte. «Ja, kann sein. Das ist die einzige Erklärung, die ich mir vorstellen kann.»

Miller schnüffelte erneut. «Aber ich muss schon sagen, sie riecht echt gut, deine Mom.»

«Lass es, Mann.»

Wir befanden uns nun in dem Viertel, das Arthur als die Down Side of Town, die Schattenseite der Stadt, bezeichnete. Hätte es Eisenbahnschienen gegeben, wir hätten uns nun jenseits davon befunden. Ein Leihhaus neben dem anderen säumte die heruntergekommenen Straßen, daneben fanden sich dubiose Bargeldinstitute und Anzeigetafeln für Kautionsvermittler.

Miller suchte etwas auf seinem iPhone. «Dreiunddreißig, dreiundvierzig», sagte er, und schon fuhr Nick auf den Parkplatz vom Bleeding Heart Tattoostudio.

Ich saß hinten im Honda Accord und dachte an seinen ersten Tag im Kindergarten. Damals hatte ich ihn dort abgeliefert, und er hatte sich lächelnd und winkend von mir verabschiedet. Dann war ich mit Evie auf der Hüfte nach hinten gehetzt und hatte durchs Fenster geschaut, um zu sehen, wie es ihm erging. Ich war diejenige, die geheult hatte. Er war wie ein kleiner Politiker herumspaziert und hatte die anderen Kinder und was sie so machten in Augenschein genommen. Wie wunderschön er gewesen war! Das schönste Kind im ganzen Raum. Früher war er blond gewesen, mit großen dunklen Augen und makellos weißer Haut, kein einziges Tattoo. Nun schaltete er den Motor ab und griff hinter sich nach seinem Rucksack. Mir fiel gerade noch ein, mir sein Handy zu schnappen, das in der Außentasche seines Rucksacks steckte, dann waren sie auch schon draußen und gingen in den Laden. So schnell wie jetzt hatte ich noch nie eine Nummer gewählt.

«Nick?», meldete sich Gilda überrascht am anderen Ende der Leitung. «Stimmt was nicht?»

«Ich bin's», sagte ich, «und ob was nicht stimmt! Ich hab Nicks Handy. Greif zum Stift und schreib auf: Bleeding Heart Tattoostudio, 3343 Thompson Lane. Hast du das?»

«Wie willst du dich als Unsichtbare tätowieren lassen, Clover? Das ist doch Irrsinn.»

«Irrsinn allerdings, aber nicht meiner. Nick und Miller sind da drin. Ich sitze im Auto, aber ich werde gleich reingehen und versuchen, die Sache irgendwie zu verzögern, bis du da bist. Dann kannst du sie auffliegen lassen.»

«Miller will sich tätowieren lassen?», kreischte Gilda. «Vorher bring ich ihn um! Wer ist denn auf diese Schnapsidee gekommen?»

«Keine Ahnung, ich jedenfalls nicht. Ich hab sie nur zufällig in einem Café gesehen und belauscht, dann bin ich ihnen natürlich gefolgt. Das heißt, ich bin mit in Nicks Wagen geschlüpft.»

«Oh, Clover! Was für ein Glück, dass du unsichtbar bist. Im Ernst, wie sollen wir nur zurechtkommen, wenn du erst wiederauftauchst?»

Durchs Schaufenster konnte ich sehen, wie sich die beiden mit einem riesigen tätowierten Kerl unterhielten, der aussah, als wäre er aus dem Gefängnis ausgebrochen und dann eine Zeitlang in einem Zirkus untergetaucht. «Pass auf, ich muss los. Komm so schnell wie möglich, ja?»

Ich stieg aus und versuchte, die Autotür so leise wie möglich zuzuschlagen, dann blieb ich vor dem Schaufenster stehen und spähte hinein. Es sah aus wie beim Barbier: ein relativ kahler Raum mit zwei Drehsesseln, vergilbtem Linoleum-Fußbodenbelag, einer Spiegelwand und Bildern von Tattoos, die mit Heftzwecken an den Wänden befestigt waren. Ein brennender Dolch, eine sich windende Schlange, ein unverhältnismäßig aufwendiges keltisches Kreuz, das dem Abdruck von einem überkandidelten Waffeleisen glich. Besonderen Andrang zur Mittagspause gab es nicht, Nick und Miller waren die einzigen Kunden. Der bärtige Hüne trug ein graues Sweatshirt, dessen Ärmel an den Achseln abgeschnitten waren. Ein mächtiger Arm hatte offenbar ihm oder seinen Tattoobrüdern zum Üben gedient: Zwei Kettenglieder waren darauf abgebildet, eine ziemlich einfache Flagge, ein paar Namen in so schnörkeliger Schrift, dass sie unlesbar waren, sowie eine vollbusige Schöne in einem Martiniglas. Der andere Arm dagegen war ein richtiges Kunstwerk. Ein Baum zog sich den ganzen Arm entlang: Die Wurzeln reichten bis zu den Fingernägeln, der Stamm bis zum Ellbogen, danach verästelte sich die Krone, in der sogar ein Vogelnest steckte. Die obersten Zweige schauten am Hals aus seinem Ausschnitt hervor, vielleicht versteckten sich ein paar von den Vögeln in seinem Bart. Aber so kunstvoll dies auch sein mochte, es war nicht das, was ich mir für meinen Sohn vorstellte.

Niemand tauchte auf, mit dem ich hätte hineinhuschen können. Die Leute machen sich keine Gedanken darüber, wie schwierig es manchmal sein kann, wenn man unsichtbar ist. Beispielsweise sollte man keine Türen öffnen, wenn man unbemerkt bleiben will. Aber das war mir jetzt egal. Es galt, die Kinder aufzuhalten. Ich ging rein.

Bei meinem Eintreten bimmelte ein Glöckchen. Alle drei schauten sich um und schüttelten sich frierend im kalten Windstoß, der jäh hereinfegte. «Komisch», sagte der Tätowierhüne, «das ist noch nie passiert.» Er ging zur Tür, um sie noch einmal zu öffnen und zu schließen, wobei er mich fast über den Haufen rannte. «Muss ein tierischer

Wind sein da draußen.» Schulterzuckend kam er wieder zurück. «Also bloß das eine Wort, ja?»

«Ja, genau.» Nick tippte an seine Schulter. «Hier, auf den Oberarm.»

«Wie wär's mit 'nem blutenden Herzen? Die haben wir im Moment im Sonderangebot. Zwei für den Preis von einem.»

«He, das ist doch was, oder?», sagte Miller.

«Dann lass dir eins auf jeden Arm machen», sagte Nick, «ich will nur dieses eine Wort.»

«Habt ihr sonst noch was im Angebot?», wollte Miller wissen.

«Mutter», antwortete der Hüne mit seiner tiefen Stimme, «das gibt's immer zum halben Preis.»

«Warum?», fragte Miller.

«Weil man seine Mutter achten und ehren soll», brummte der Mann.

Dazu hätte ich eine Menge zu sagen gehabt, beherrschte mich aber.

«Hier, schaut da mal rein», sagte der Mann und schob ihnen zwei enorme Kataloge hin, die einem Hochzeitsplaner zur Ehre gereicht hätten. «Wenn du wirklich nur das eine Wort willst, dann solltest du dir die richtige Schrift dafür aussuchen.»

Nick schlug die Schwarte auf, blätterte zwei Mal und deutete auf eine Schrift. «Die da.»

Der Mann warf einen Blick auf das Schriftbild, das Nick sich so willkürlich ausgesucht hatte. «Bist du sicher? Ich meine, das hält für ein Leben.»

«Das nehme ich.»

Miller ließ sich mehr Zeit. Ausführlich studierte er den Katalog; gerade schaute er sich ein paar Frösche mit Krönchen an. Nick gab sich dagegen geschäftlich. Gilda würde vielleicht ihren Sohn retten können, meinen aber nicht mehr. Ich schaute mich hektisch um. Was konnte ich tun? Da erblickte ich so etwas wie eine Werkbank.

Der Mann blätterte weiter. «Hier sind deine Farboptionen.»

«Schwarz», sagte Nick, ohne hinzusehen.

Der Hüne nahm Nicks Handgelenk zwischen Daumen und Zeigefinger und begutachtete es prüfend. «Ich würde dir ein dunkles Marineblau empfehlen. Bei deinem Hautton wäre schwarz zu harsch, da sehen die Buchstaben von weitem aus wie Kakerlaken.»

«Sie sind der Boss», sagte Nick gleichgültig. Nicht gerade das, was man zu einem Tätowierer sagen sollte, aber Nick wirkte fast teilnahmslos, als wäre ihm alles egal.

Miller dagegen tippte nun auf einen kleinen Aztekengott. «Den finde ich ziemlich cool.»

Nick schaute hin. «Ja, wenn man Azteke ist, vielleicht. Aber das sind wir nicht. Wir sind arbeitslos.»

Auf der Werkbank stand eine Schachtel mit kleinen länglichen weißen Päckchen. So unauffällig wie möglich riss ich eins auf. Eine Nadel lag darin, eingebettet in eine winzige Plastikschale. Die Spitze war mit einem Plastikstöpsel gesichert. Wie steril das hier alles war. Alles Einmal-Nadeln. Die Tinte befand sich in winzigen einzelnen Patronen, und es gab Boxen mit Gummihandschuhen. Eigentlich hatte ich alle Nadeln zerbrechen wollen, musste nun aber einsehen, dass ich damit den ganzen Tag beschäftigt gewesen wäre. Außerdem hätte das dem Hünen sicher nicht gefallen, und womöglich hätte mein Sohn es ausbaden müssen. Immer wieder schaute ich durchs Schaufenster auf den Parkplatz. Wo blieb Gilda nur?

«Dann mach dich mal frei», forderte der Hüne Nick auf. Nick knöpfte gehorsam sein kariertes Flanellhemd auf, zog sich das T-Shirt über den Kopf und enthüllte seinen schlanken, makellos weißen Rücken. Das war zu viel. Ich musste an die kleinen Buben denken, wie sie mit nacktem Oberkörper bei meinem Mann auf der Untersuchungsliege gesessen hatten, während er ihnen die Brust abhörte. Der Mann reichte Nick einen Zettel. «Schreib's lieber auf, ich war noch nie gut in Ortho…, Ortho…, äh, Rechtschreibung.»

Nick schrieb das Wort in deutlichen Druckbuchstaben auf; ich hatte keine Mühe, es zu lesen: *ARBEITSLOS*.

«Das reicht.» Ich riss Nick den Zettel aus der Hand und zerknüllte ihn. «Nick, Miller, hopp, das war's. Zieh dich wieder an, und dann verschwindet ihr.» Eigentlich hatte ich mich im Hintergrund halten und auf Gilda warten wollen, aber die Worte sprudelten aus mir heraus wie unaufhaltsam marschierende Soldaten.

Nick zuckte zusammen und bekam eine Gänsehaut. «Mom?»

«Ja, genau – deine Mom. Ihr seid hier fertig. Ab die Post.»

Alle drei drehten sich langsam im Kreis und starrten hoch zu den Leuchtstoffröhren an der Decke. Es sah aus wie der Tanz der Schneeflocken aus dem *Nussknacker*.

«Deine Mom ist hier?», brummte der tätowierte Hüne und schaute sich suchend um.

«Hast du die Freisprecheinrichtung an?», fragte Miller, der ebenfalls zur Decke starrte.

Nick betastete seine Taschen. «Mein Handy ist weg», flüsterte er.

«Geht», sagte ich, «bitte geht. Und nicht in ein anderes Tattoostudio! Das könnt ihr vergessen, denn auch dort werde ich euch heimsuchen.»

Plötzlich kamen Nick die Tränen. «Ich hab sie schon seit einer ganzen Weile gerochen», sagte er leise, «weißt du noch, Miller? Erst im Café und dann auch im Auto.»

«Ist deine Mom tot, Mann?», fragte der Hüne mitfühlend.

«Mom?», sagte Nick erschrocken. «Bist du …» Er sprach das Wort nicht aus.

«Mir geht's gut. Keine Tattoos. Und jetzt geht schon, hopp, hopp.» Ich hielt die Tür auf, und die beiden gingen gehorsam durch.

Miller blieb kurz stehen und schaute dorthin, wo ich stand. «Hier», sagte er, «ich kann sie genau hier riechen.»

«Raus!», brüllte ich ihm ins Ohr, und da galoppierten sie los. Sie sprangen ins Auto und düsten davon.

Der Tattoo-Mann trat neben mich und kratzte sich am Bart. «Ist vielleicht auch besser so», meinte er, während er ihnen nachsah, «das war so ziemlich das deprimierendste Tattoo, das man je von mir verlangt hat. Außer denen, wo jemand den Namen von einem lieben Verblichenen haben will. Das hatten sie nicht nötig.»

«Wer hat denn so etwas nötig?»

Er zuckte mit den Schultern. «Betrunkene, Seeleute, frisch Verliebte, Menschen, deren Mutter kürzlich verstorben ist.» Darauf wandte er den Kopf in meine Richtung. «Sind Sie sicher, dass Sie nicht tot sind?»

«Ich denke schon.»

«Dann ist ja gut.»

In diesem Moment kam Gilda mit achtzig Sachen angeschossen und bog mit quietschenden Reifen auf den Parkplatz.

«Das ist für mich», bemerkte ich.

«Hab ich mir schon gedacht. Dann einen schönen Tag noch.» Für einen Mann, dem ich seine einzige Kundschaft vergrault hatte, war er ausgesprochen freundlich und hielt mir sogar noch die Türe auf.

11. KAPITEL

Du musst mich zurück zu meinem Auto bringen», sagte ich, «das habe ich bei der Bibliothek stehenlassen.»

«Sagst du mir jetzt, was los ist oder nicht?», fragte Gilda, die sich anstrengen musste, nicht zu schreien.

«Ich hab's vermasselt, das ist los. Ich hab sie angebrüllt und ihnen gesagt, sie sollen verschwinden. Dabei wollte ich auf dich warten, aber dann hat Nick sich ausgezogen, und der Tattoo-Mann war schon im Begriff, den Bohrer anzufeuern. Ich konnte nicht länger warten.»

«Dann wissen sie jetzt also, dass du unsichtbar bist. Na und? Sie hätten es früher oder später sowieso erfahren. Das Wichtigste ist doch, dass du gerade noch das Schlimmste verhindert hast.»

«Du hast recht. Ich weiß, du hast recht. Aber ich wünschte, ich hätte es Nick eher gesagt. In aller Ruhe, wie es eine gute Mutter getan hätte.» So wie Vlads Mutter. Auf einmal war ich fürchterlich niedergeschlagen. «Ich hätte ihn nicht so damit überfallen dürfen.»

«O doch, wenn du ihn so davon abhalten konntest, sich tätowieren zu lassen! Du hattest keine Wahl, Clover, du musstest Farbe bekennen.»

«Bitte versprich mir, Miller vorläufig nicht in die Mangel zu nehmen, zumindest nicht, bis ich es Nick erklärt habe.»

«Du meinst, ich soll heimfahren und ihn am Leben lassen?»

«Das halte ich momentan für das Beste. Es ist ja nichts passiert. Vielleicht kommt er gar nicht darauf, was meine Rolle in dem Spektakel war.» Ich sagte ihr nicht, warum Miller nichts wissen sollte. Denn wenn Miller erfuhr, dass ich unsichtbar war, dann erfuhr es auch Benny. Und dann hatte er vielleicht keinen Grund mehr, die Finger vom Hasch zu lassen. Aber das brauchte Gilda im Augenblick nicht auch noch zu wissen.

«Warum wollten sie sich überhaupt tätowieren lassen?», fragte Gilda aufgebracht. «Waren sie betrunken?»

«Nein, das nicht», entgegnete ich. «Eher depressiv, denke ich. Nick zumindest. Miller ist vielleicht nur so zum Spaß mitgegangen.»

«Was deprimiert sie denn?» Gilda raste an einem Stoppschild vorbei. Es war zwar weit und breit niemand zu sehen, aber trotzdem.

Beschwichtigend berührte ich ihren Arm. «He, bring uns nicht um, ja? Das hilft uns auch nicht weiter.» Ich hatte den Sitzgurt angelegt. Selbst ich fand es gruselig, ihn da so in der Luft schweben zu sehen. «Sie sind deprimiert, weil sie einfach keinen Job finden.»

«Haben sie das gesagt?»

«Nein.»

«Woher willst du es dann wissen?»

Ich seufzte. Wie gerne hätte ich ihr gesagt, dass sie sich «Mutter» in einem blutenden Herzen hatten stechen lassen wollen. «Sie wollten sich das Wort ‹arbeitslos› tätowieren lassen.»

Als Gilda das hörte, fuhr sie an den Straßenrand, holte tief Luft und ließ den Kopf aufs Lenkrad sinken. «Das ist zu viel», stöhnte sie. «Das kann ich nicht ertragen.»

«Ich weiß», sagte ich, «ich auch nicht.»

Nachdem Gilda mich bei meinem Auto abgeladen hatte, wollte ich eigentlich nach Hause fahren und mit Nick reden, musste aber feststellen, dass ich dazu einfach noch nicht bereit war. Ich zog einen Pulli an, setzte einen Hut auf und fuhr stattdessen zu Arthurs Praxis. Dieser Zirkus musste aufhören. Es wurde Zeit, Arthur beiseitezunehmen und ihm alles zu erzählen. Ich hatte heute eine wertvolle Lektion erhalten, und zur Abwechslung wollte ich gleich umsetzen, was ich gelernt hatte. Wir müssen endlich reinen Tisch machen, wir alle, das würde ich sagen. Ich weiß, dass du abends im Büro bleibst und dir stundenlang Seiten mit Booten, Rädern und Flugzeugen anschaust, Arthur. Und Nicky war heute in einem Tatoostudio und hätte sich beinahe tätowieren lassen, weil er keinen Job findet. Und Evie – Evie ist ein Kapitel für sich, die überspringen wir lieber. Und was mich betrifft, ich bin unsichtbar. Wir sind eine Familie, verdammt noch mal, wir sollten einander beistehen. Es sollte nicht jeder seine Probleme allein lösen müssen. Ich brauche deine Hilfe, würde ich sagen, wenn ich das durchstehen soll. Wir alle sollten einander helfen.

In der Parkgarage angekommen, zog ich mich wieder aus, dann ging ich nach oben. Irgendwie fand ich, wenn schon unsichtbar, dann ganz, wenn ich es Arthur sagte. Als ich die Praxis betrat, sah ich Arthur weiter hinten durch einen Korridor eilen. Ich eilte hinterher. Ich wollte ihn am Ärmel festhalten, aber da waren so viele Leute, Schwestern, Mütter und Kinder, Pharmavertreter und Lonnie, die die Krankenakten vorbeibrachte. Arthur flitzte in ein Behandlungszimmer, und ich schlüpfte gerade noch hinterher, bevor Mary die Tür schloss. Eine junge Mutter mit ihrem Baby erwartete uns. Sie hatte große, runde blaue Augen und dicke braune Haare, die sie sich hinter die Ohren gestrichen hatte und die ihr glatt auf die Schultern fielen. Auch sie hatte heute einen schlechten Tag, sie weinte. Arthur nahm ihr sanft das Baby aus den Armen und gönnte sich einen Augenblick Zeit, sein Köpfchen zu streicheln und zu sagen, wie hübsch es sei. Dann legte er den Kleinen auf die Decke vom Behandlungstisch. Der Junge war vielleicht sechs Monate alt, er schrie leise und kläglich, hörte aber bald erschöpft auf. Arthur horchte seine Brust ab, legte prüfend die Hand auf seine Stirn. Er beugte sich vor, um dem Baby in die Ohren zu schauen. Da lehnte auch ich mich vor und berührte sanft seinen Rücken mit meiner Stirn. Ich atmete den sauberen Wäscheduft seines gestärkten weißen Kittels ein und ließ mich von der Wärme und Ruhe trösten, die er verströmte. Nein, ich würde gar nichts von ihm verlangen. Ich würde ihn nicht zwingen zu merken, was mit mir geschehen war, zumindest nicht jetzt. Dieses Baby war krank. Selbst ich konnte das sehen.

Ich machte die Tür auf und ging hinaus. Das war egal, hier war sowieso ein ständiges Kommen und Gehen. Ich ging zurück zum Auto, zog mich an und fuhr heim.

Nick erwartete mich am Küchentisch. Er war noch nie jemand gewesen, der sich vor was drückte. «Der Hund vom Dünnen Mann», sagte er, als ich zur Tür hereinkam.

«Also wirklich! Das weißt du doch selber. Mr. Asta.»

«Natürlich weiß ich das», gab Nick zurück und trug die Antwort ins Kreuzworträtsel ein, «aber da war ich nun mal gerade.»

Einen Moment dachte ich schon, ich wäre aus dem Schneider und er würde die Geschichte nicht zur Sprache bringen, aber dann redete er doch weiter.

«Ich komme auf zwei Möglichkeiten», sinnierte er, immer noch unverwandt über sein Kreuzworträtsel gebeugt. «Die erste ist: Ich verliere langsam, aber sicher den Verstand, was ziemlich beängstigend wäre. Das Einzige, was mich davon abhält, das zu glauben, ist, dass dann Miller auch den Verstand verliert, und zwar zur gleichen Zeit wie ich und auf dieselbe Weise. Und das ist ziemlich unwahrscheinlich. Ich mag Miller, aber so viel gemeinsam haben wir nicht. Das bringt mich zur zweiten Möglichkeit, und die wäre, dass meine Mutter mir irgendwie heimlich nachspioniert. Sie folgt mir in Coffeeshops und Tattoostudios, um zu sehen, was ich den ganzen Tag treibe. Wenn das der Fall ist, dann streite es bitte nicht ab, denn sonst bleibt mir nur noch Möglichkeit eins, und davor graut mir.»

War es möglich, dass er es noch immer nicht begriffen hatte? Nach alldem? Natürlich hatte ich wieder etwas angezogen, weil ich ja mit dem Auto unterwegs gewesen war, aber als Tarnung konnte man das nicht gerade bezeichnen. «Okay», sagte ich, «es ist Möglichkeit zwei. Darf ich mich auch verteidigen?»

Er blickte kurz auf, dann vertiefte er sich wieder in sein Rätsel. «Nein, ich denke nicht.»

«Ich werde es aber trotzdem tun. Du wolltest die Wahrheit hören, also kriegst du sie jetzt auch.» Ich warf die Autoschlüssel auf den Tisch und setzte mich. Red kam in die Küche geschossen und sprang auf meinen Schoß. Er leckte mir begeistert das unsichtbare Gesicht ab, leider stank sein Atem nach Fisch. «Ich habe dir nicht nachspioniert, zumindest hatte ich das nicht vor. Weil ich mir einen Kaffee holen wollte, bin ich zufällig ins French Press gegangen. Ich wusste nicht, dass du auch da warst.»

«Das glaube ich dir nicht. Da bin ich doch immer.»

«Mein Sohn, es mag dir schwerfallen, das zu glauben, aber ich war in dem Moment mit den Gedanken ganz woanders. Ich hatte in der Bibliothek gearbeitet, und ich war müde und wollte mir einen Koffeinstoß besorgen, das ist alles. Aber dann sah ich dich und Miller und hörte euch reden.» Ich schüttelte den Kopf und versuchte es noch mal von vorn. «Stell dir Folgendes vor: Sagen wir, ein Tattoo wäre das Letzte, was du je im Leben gewollt hast, aber du hörst zufällig, wie Gilda und ich uns darüber unterhalten. Du kriegst mit, dass wir uns tätowieren lassen wollen. Würdest du dir da nicht auch Sorgen machen und uns vielleicht sogar nachfahren, um sicherzugehen, dass uns nichts passiert?»

Nick schloss kurz die Augen. «Ich wäre euch gar nicht erst nachgeschlichen und hätte euer Gespräch belauscht.»

«Ich bin dir nicht nachgeschlichen, ich war zufällig auch da.»

«Aber ich hab dich nicht gesehen.»

«Du wusstest aber, dass ich da war, weil du mich gerochen hast.»

Und da öffnete Nick endlich die Augen.

«Ich habe mich auf den Rücksitz von deinem Auto geschmuggelt und bin mitgefahren. Du hast doch mitbekommen, wie die Tür von dem Tattoostudio plötzlich aufgegangen ist.»

Er beugte sich vor. «Mom», flüsterte er, «wo ist dein Kopf?»

Red bellte zwei Mal, und ich kraulte ihm die Ohren. Nick beobachtete, wie sich das Fell unter meinen Fingern senkte und wieder aufstellte.

«Du bist zu mir ins Zimmer gekommen», sagte er langsam, «und du hast gefragt: ‹Kannst du mich sehen?›»

«Da hat alles angefangen.»

Er schluckte. «Aber – das ist schon eine ganze Weile her.»

«Ich hätte es dir sagen sollen.»

«Wie ist das passiert? War es ein Stromschlag? Oder hat jemand was Grässliches über dir ausgeschüttet?»

«Nicht doch. Es hat mit einer Pharmafirma namens Dexter-White zu tun, und mit den Medikamenten, die ich eingenommen habe. Ganz genau weiß ich das selbst noch nicht.»

«Wissen es alle anderen? Habt ihr, du und Dad, einfach beschlossen, es mir nicht zu sagen?»

Ich berührte sein Handgelenk. «Ach nein, Nicky, ganz bestimmt nicht.» Als ich merkte, dass ihm meine Berührung unheimlich zu sein schien, zog ich meine Hand wieder zurück. «Dad weiß es gar nicht, Evie auch nicht.

Ich laufe den ganzen Tag so herum, und niemand merkt etwas, es ist wirklich erstaunlich. Keinem scheint was aufzufallen.»

«Dad weiß es gar nicht?»

«Anfangs habe ich gehofft, dass er es von selbst merkt, und dann war irgendwie nie der richtige Zeitpunkt, um es ihm zu erzählen.»

«Er dachte, du hättest Depressionen. Wir haben darüber geredet.» Nick schüttelte fassungslos den Kopf. «Ja, wer weiß dann eigentlich, dass du …» Er sprach das Wort nicht aus, weil er nicht konnte oder nicht wollte.

«Gilda und Granny wissen es. Die haben es sofort gesehen. Ich gehe jetzt regelmäßig in eine Selbsthilfegruppe für unsichtbare Frauen, die sich im Sheraton treffen. Dort habe ich neue Freundinnen gefunden. Weißt du noch, Mrs. Robinson, deine Lehrerin aus der zweiten Klasse Grundschule?»

«Du meinst *And here's to you, Mrs. Robinson*?», fragte Nick, sang es aber nicht.

«Sie geht auch hin, weil sie unsichtbar geworden ist.»

Nick schüttelte langsam den Kopf, wie ein Pendel, hin und her, hin und her. Red, der ihn dabei beobachtete, schwang ebenfalls den Kopf. «Sonst noch jemand?»

«Wieso, was macht das für einen Unterschied?»

«*Wieso?* Weil ich mir vorkomme wie der größte Volltrottel, deshalb. Und ich frage mich, wer nicht ganz so blöd ist wie ich.»

«So kannst du das nicht sehen. Die Leute schauen sich eben einfach nicht mehr richtig an. Oder sie schauen Frauen wie Evie an oder das Shampoo-Mädchen, an dessen

Haaren du geschnuppert hast. Du solltest das nicht zu persönlich nehmen.»

In diesem unglücklichen Moment betrat unser Hausgast die Küche, Gott sei Dank ohne Evie. Er musterte uns prüfend, erst Nick, dann mich, und schien gleich zu merken, was los war. Ich verzog das Gesicht zu einer wortlosen Bitte, jetzt bloß die Klappe zu halten. Natürlich nützte das nichts.

«Sie haben es ihm erzählt», stellte er fest.

Ich ließ den Kopf auf die Tischplatte sinken.

«Du hast es Vlad gesagt?!», rief Nick fassungslos. «Er ist grade mal einen Tag hier, und *er* weiß, dass du unsichtbar bist?»

Vlad griff nach hinten und schob die Tür hinter sich zu. «So war das nicht.»

Nick sprang so heftig auf, dass sein Stuhl umkippte. «Warum sagst du's mir dann nicht, wie es war, du Bauerntrampel?»

Vlad, der, wie sich herausgestellt hatte, der Star der Ohio-State-Hockeymannschaft war, hob beschwichtigend seine großen Hände. «Ganz ehrlich, Mann, ich weiß genau, wie du dich fühlst.»

Und das war's. Nick holte aus und versetzte Vlad, der viel größer und breiter als er selbst war, einen Faustschlag. Er traf Vlad am Hals, und es machte ein dumpfes, klatschendes Geräusch. Im nächsten Sekundenbruchteil hatte Vlad auch schon ausgeholt, um zurückzuschlagen, doch dann beherrschte er sich und ließ den Arm sinken. Er trat zurück und verzichtete darauf, meinen Sohn umzubringen. Zum zweiten Mal dachte ich, wie glücklich sich meine

Tochter schätzen könnte, wenn sie so einen Mann heiratete. Unglücklicherweise stürzte Red sich nun auf Vlad und biss ihm ins Bein – zum Glück zerriss er nur die Jeans und drang nicht bis zur Haut vor.

«Red!», brüllte ich, und er ließ von Vlad ab. Ich packte Nick von hinten am Hemd und zerrte ihn zurück. «Seine *Mutter* ist auch unsichtbar, verdammt noch mal», stieß ich zwischen zusammengebissenen Zähnen hervor. «Ich hab's ihm nicht gesagt, er hat es von alleine gemerkt.»

Vlad rieb sich den Hals. «Fuck», sagte er mit Gefühl. Dann: «Entschuldigen Sie.»

«Keine Ursache», antwortete ich.

Nick schüttelte schon wieder den Kopf, als könnte er gar nicht mehr damit aufhören. «Oh Mann», sagte er, «Mann, tut mir leid.»

«Ich wollte auch jemanden verprügeln, als ich es erfahren habe, aber ich hab's sein lassen. Schlag nie wieder jemanden auf den Hals», sagte Vlad.

«Weiß es Evie?», wollte Nick wissen.

Vlad hob abwehrend die Hände. «Also, ich hab ihr nichts gesagt. Und nach der Erfahrung von eben werd ich den Teufel tun und es irgendjemandem erzählen. Ich denke, wir sollten uns erst mal wieder abregen. Das Ganze verdauen.» Er schaute Nick an. «Wenn das für dich okay ist.»

«Ich finde, wir sollten …» Nick brach ab. «Ach, ich weiß nicht, was wir sollten. Ich weiß gar nichts mehr.»

Vlad öffnete den Gefrierschrank und füllte eine Riesenpranke Eiswürfel in ein Geschirrtuch. «Dann werde ich euch beide jetzt am besten in Ruhe lassen. Ich geh nach oben, da ist es sicherer.»

«Was willst du Evie erzählen?» Nick deutete auf Vlads Hals.

«Ich werd ihr sagen, dass es ein Knutschfleck ist.» Und damit ging er.

Danach saßen Nick und ich da und schauten uns an. Zugegeben, für mich war das leichter. «Das ist wirklich irre.»

«Nicht ganz so irre, wie sich das Wort ‹arbeitslos› in die Haut stechen zu lassen», bemerkte ich.

«Wen interessiert das denn jetzt noch!»

«Mich. An das andere konnte ich mich inzwischen schon ein bisschen gewöhnen.»

Nick lachte – genau das hatte ich gebraucht. «Ist alles eine Frage der Perspektive, oder? Heute Vormittag dachte ich noch, es wäre eine tolle Idee, sich ‹arbeitslos› auf die Schulter tätowieren zu lassen, als meinen Solidaritätsbeitrag zum Leid der Massen. Die Verbrüderung mit dem einfachen Mann. Jetzt tue ich mir schon um einiges weniger leid.»

«Weil ich dir jetzt leidtue?»

Nick nickte ernst, obwohl er immer noch schmunzelte. «Ja, weil du mir jetzt leidtust.»

«Na, wenn das bedeutet, dass du jetzt auf dieses Tattoo verzichtest, dann habe ich nichts dagegen. Wirst du es Evie und Dad erzählen? Und Miller?»

«Wem du es sagst, ist deine Sache. Ich werde doch nicht meine eigene Mom outen. Allerdings hoffe ich, dass du wiederum Dr. Dad unseren Ausflug ins Tattoostudio verschweigst.»

«Abgemacht.»

Nick gähnte. «Vlad hat recht, erst mal brauche ich eine Pause, um das alles zu verdauen. Ich bin fix und fertig.»

Ich warf einen Blick zur Wanduhr über der Spüle. Schon fast vier. Zeit, das Abendessen zu kochen. Da fiel mir noch etwas ein, das ich vollkommen verschwitzt hatte. «Nick, mein Artikel!»

«Was für ein Artikel?»

«Deshalb war ich doch heute in der Bücherei. Ich habe einen Artikel für die Zeitung über den Banküberfall geschrieben und vergessen, ihn abzugeben.» Ich rannte zum Auto und fischte mein Notebook aus dem eisgekühlten Kofferraum. Wie kalt konnte ein Computer werden, bevor die Daten verloren gingen?

«Hattest du was mit diesem Überfall zu tun?», fragte Nick zögernd.

«Ich habe dem Typen die Knarren abgenommen, mehr nicht.»

«Gott sei Dank», sagte er und schloss die Augen. «Immer noch besser, als eine Mom zu haben, die zur Bankräuberin geworden ist.»

Eine Fußnote zum Verlauf des Nachmittags: Ed fand den Artikel spitze. Zwölf Minuten, nachdem ich ihm den Text per E-Mail geschickt hatte, rief er mich an und sagte, ich könne alle neunhundert Wörter behalten, er wolle nichts streichen. «Schicken Sie mir ruhig mehr solche Sachen», meinte er, «und Sie kriegen jeden Tag die Titelseite.»

«Leider gibt es nicht jeden Tag einen Banküberfall. Oder besser gesagt: zum Glück.»

«Irgendwas ist immer, glauben Sie mir.»

Und das tat ich.

Als Arthur an dem Abend nach Hause kam, fand ein etwas steifes Abendessen statt. Vlad und Nick vermieden es geflissentlich, sich gegenseitig anzusehen, und schauten stattdessen viel zu oft zu mir. Evie quasselte pausenlos über ihr Cheerleading und dass sie morgen zur Uni zurückfahren müssten, wegen des Trainings. Arthur, der von nichts eine Ahnung hatte, erzählte von einer Mutter, die heute in seiner Praxis gewesen war und sich weigerte, ihr Kind gegen Polio zu impfen, weil sie im Internet gelesen habe, dass diese Krankheit inzwischen ausgestorben sei. Er schüttelte den Kopf. «Die Menschen verhalten sich manchmal so dumm», sagte er, «lasst euch das eine Lehre sein, Kinder.»

«Ich versuche es», antwortete Nick. «Dafür habe ich ein gutes Beispiel erhalten.»

Vlad erhob sich und nahm meinen Teller. «Ich mach das Geschirr», verkündete er.

Evie legte ihre Gabel weg. «Das ist nicht fair! Du hast gestern schon abgespült. Niemand sollte das zweimal hintereinander tun müssen.»

«Mom macht das jeden Abend, du dumme Nuss», sagte Nick zu seiner Schwester. Vlad blieb stehen und schaute Nick bedeutsam an. Daraufhin presste Nick die Lippen zusammen und nickte, stand auf und sammelte ebenfalls Teller ein. «Ich helfe Vlad.»

«Und was soll ich dann machen?», fragte Evie beleidigt.

«Du kannst die Töpfe abwaschen», sagte Nick, «na komm, ist doch ein irrer Spaß.»

Evie war hin- und hergerissen zwischen Neugier und Schmollen. Dann erhob sich unsere Tochter, sammelte zögernd die Gläser ein und folgte den Jungs in die Küche.

«Na, das gab es noch nie», bemerkte Arthur beeindruckt. Wir beide saßen auf einmal ganz allein am Tisch.

«Vlad hat einen guten Einfluss auf sie.»

«Kannst du laut sagen.» Arthur schaute zerstreut zur Küchentür. «Glaubst du, dass sie je gehen?»

«Vlad ist doch gerade erst angekommen, und so lange ist Evie auch noch nicht da.»

Arthur schüttelte den Kopf. «Das meine ich nicht. Glaubst du, sie werden jemals alle auf einmal aus dem Haus sein?»

«Geht es wieder um Nick und seine Jobsuche?»

Arthur wiegte den Kopf hin und her, als könnte er selbst nicht so recht den Kern der Frage benennen. «Nick wird schon einen Job finden, aber dann wird Evie ihren Abschluss machen und arbeitslos sein und wieder bei uns wohnen wollen. Und dann wird sie Vlad vermissen, dann wird der auch herziehen, Nick wird irgendwann wieder seinen Job verlieren, und Evie wird schwanger werden ...»

«Was hast du denn auf einmal?»

«Versteh mich nicht falsch», sagte mein Gatte, «wir werden dieses Kind lieben, unser erstes Enkelkind.»

«Arthur, im Ernst, ist heute in der Praxis irgendwas passiert?»

Er seufzte. «Manchmal wünschte ich, wir hätten mehr Zeit für uns, nur wir beide.»

Am liebsten hätte ich jetzt den Arm ausgestreckt und ihm tröstend die Hand gedrückt. Ich musste daran denken, wie er abends noch in der leeren Praxis vor dem Computer saß. Ich musste an das kranke Baby denken. Wie erledigt er abends manchmal sein musste. «Die Kinder werden ihren Weg gehen und sich von uns lösen, und wir werden sie schrecklich vermissen», sagte ich mit einer Stimme, die ich früher für Gute-Nacht-Geschichten verwendet hatte. «Irgendwann werden wir uns ungläubig an diese Unterhaltung zurückerinnern und meinen, wie glücklich wir doch waren, sie so lange bei uns gehabt zu haben.» Ob das stimmte, wusste ich nicht, hoffte es aber.

«Weiter», sagte er.

«Sie werden uns fehlen, aber wir werden kaum Zeit haben, ihnen nachzutrauern, weil wir so ein interessantes Leben führen.»

«Was machen wir denn?» Arthur blickte noch immer in Richtung Küche, als fürchtete er, es könnte jeden Moment jemand hereinplatzen und diesen Moment stören.

«Wir werden uns eine alte Flussbarke kaufen und sie herrichten. Und dann werden wir den Rhein hinunterschippern.» Da wurde ich wenigstens nicht seekrank, hoffte ich.

«Aber wie sollen wir sie auf den Rhein kriegen?», fragte Arthur, der inzwischen angefangen hatte zu lächeln.

«Frag nicht so viel, das macht die Geschichte kaputt.» Mit gesenkter Stimme fuhr ich fort: «Wir werden zwei Fahrräder mitnehmen, und zwischendurch machen wir irgendwo fest und radeln zum nächsten Dorf oder Städtchen. Da kaufen wir uns herrliches Schwarzbrot und Rotwein und Käse. Und dann picknicken wir am grünen Ufer, auf irgendeiner grasigen Böschung.» Die Räder und das Boot hatte ich eingearbeitet, vor den Flugzeugen schreckte ich zurück, damit hätte ich vielleicht zu viel verraten.

«Wir werden den Kindern Postkarten schicken und

ihnen schreiben, wie sehr wir sie vermissen, gleich dort, auf den grasigen Böschungen», ergänzte Arthur.

«Ganz genau. Aber jetzt», und nun flüsterte ich, «möchte ich ins Bett. Es war ein langer, anstrengender Tag.»

«Klingt wie Musik in meinen Ohren», sagte Arthur und erhob sich. «Wenn ich mich nicht gleich hinlege, schlafe ich am Tisch ein.»

Aber als wir schließlich im Bett lagen und das Licht ausgeschaltet hatten, die Kinder unten in der Küche sich selbst überlassen, flüsterte Arthur mir zu: «Heute hatte ich ein unheimlich starkes Gefühl, dass du bei mir warst, Clover. Als ob ... ich weiß nicht, ich konnte deine Präsenz spüren. Als ob du mit mir im Raum gewesen wärst.»

«Hmm», machte ich, weil mir nichts Besseres einfiel.

Arthur schmiegte sich an meinen Rücken und zog mich an seine Brust. Er küsste meinen Nacken. «Das war ein schönes, tröstliches Gefühl.»

«Dann sollte ich wohl öfter vorbeikommen», bemerkte ich. Und weil die Schlafzimmertür zugesperrt war und Kinder sowieso nie glauben, dass ihre Eltern dazu noch fähig sind, und ich auf einmal gar nicht mehr so schläfrig war, drehte ich mich um und küsste ihn.

12. KAPITEL

Dienstags fand immer ein Frühmeeting um 7:30 Uhr im Sheraton statt. Weil mir bisher keine Ausrede eingefallen war, warum ich so früh schon aus dem Haus musste, war ich nie hingegangen (man musste vor halb acht da sein, um sich noch ausziehen und die Sachen im Schließfach verstauen zu können). Aber heute früh brauchte ich einfach ein Meeting. Selbst wenn ich nur dasaß und zuhörte, ich brauchte die Gesellschaft anderer unsichtbarer Frauen. Arthur erzählte ich, dass ich zur Early-Bird-Yogastunde seiner Mutter wollte.

«Grüß Mom von mir», rief er mir aus der Dusche zu.

Irene hatte sicher nichts dagegen, als mein Alibi herzuhalten.

Ich hetzte in die Umkleide, zog mich aus, stopfte alles in ein Schließfach und eilte dann zum Aufzug, den ich gerade noch erwischte, bevor sich die Türen schlossen. Ganz mit den Gedanken beim kommenden Meeting, merkte ich erst zwei Stockwerke höher, dass Gilda neben mir im Aufzug stand. Sie trug Rock und Blazer, was für ihre Verhältnisse ziemlich aufgebrezelt war.

Ich berührte sie an der Schulter. «Gilda?», stieß ich verblüfft hervor.

Sie fuhr zusammen. «Herrgott noch mal, Clover, musst du mich immer so erschrecken?»

Mir raste das Herz vor Angst. Wenn Gilda hier war, musste etwas geschehen sein. «Was ist passiert?»

«Nichts ist passiert.» Der Lift machte ping, der vierte Stock war erreicht, und die Türen glitten auf. «Ich hatte einfach Lust auf ein Meeting.»

«Was soll das heißen, du hattest Lust auf ein Meeting? Du bist doch nicht unsichtbar.»

«Das bin ich wohl, in vielerlei Hinsicht sogar», antwortete sie philosophisch und ging mir voran Richtung Magnoliensaal. «Meine Kinder nehmen mich kaum noch wahr, lassen sich tätowieren, und Steve liebt sein iPhone mehr als mich.»

Ich nahm sie beim Arm und zog sie auf die Seite. «Du kannst da nicht rein.»

«Clover, hör zu, du bist nicht die Einzige, die ein wenig Unterstützung gebrauchen könnte. Wir sind Freundinnen. Freundinnen machen Dinge gemeinsam. Wenn das hier gut für dich ist, dann ist es auch gut für mich. Warum solltest du etwas dagegen haben?»

«Warum ich was dagegen haben soll? Das weißt du sehr genau, denn sonst hättest du mich gestern gefragt, ob du mitkommen kannst, und wir wären zusammen hergefahren. Dann hättest du dich nicht im Aufzug an mich ranschleichen müssen.»

«Ich war zuerst im Aufzug!», rief Gilda empört, doch dann besänftigte sich ihr Gesichtsausdruck, auch wenn sie auf eine Stelle zu weit links neben meiner Schulter blickte. «Jetzt sei nicht so, Clover, nimm mich mit. Ich möchte deine unsichtbaren Freundinnen kennenlernen. Ich werde dich nicht blamieren, ich versprech's.»

Mehrere Kleenex waren bereits an uns vorbeigeschwebt, und ich warf einen Blick auf Gildas Uhr. «Na gut», gab ich mich geschlagen, «aber es ist keine gute Idee, glaub mir. Und nächstes Mal fragst du mich vorher.»

Gilda nickte geradezu feierlich. «Ich schwör's.»

Also hielt ich die Luft an, nahm sie bei der Hand, und zusammen gingen wir hinein. Unsichtbare Frauen sind schüchtern und nachgiebig, redete ich mir ein. Die werden uns schon nicht fressen. Als wir den Saal betraten, wandten sich uns sämtliche Taschentücher zu. Ich räusperte mich. «Hallo, allerseits!», sagte ich, munterer, als mir zumute war, «ich bringe euch heute einen Gast mit. Das ist meine Freundin Gilda.»

Keine Reaktion. Niemand winkte, niemand rührte sich. Nur eine Kaffeetasse sank langsam auf den Buffettisch zurück.

«Nun kommt schon», sagte ich bemüht fröhlich und nicht allzu flehentlich. «Sie wollte mich so gern einmal begleiten. Sie ist meine beste Freundin und war mir eine Riesenstütze.»

«Aber sie ist nicht unsichtbar», sagte Jo Ellen abweisend.

Gilda nickte. «Ja, das weiß ich.»

«Dies ist ein Meeting für …»

«… unsichtbare Frauen», fiel Lila ihr ins Wort und winkte mit ihrem Kleenex. «Na und? Wenn sie eine Freundin von Clover ist …»

«Die ganze Welt steht ihnen offen», hörte ich eine Stimme, die ich nicht einordnen konnte, «können sie uns da nicht wenigstens ...»

Gilda wandte sich mir zu. Wir hielten uns noch immer bei den Händen. «Das ist komplizierter, als ich es mir vorgestellt hatte.»

«Nein, ist es nicht», meldete sich nun Laura Worthington mit einem Kleenex-Winken. «Wir alle sind noch nicht lange unsichtbar und werden hoffentlich irgendwann wieder sichtbar sein. Dann will ich nicht erleben müssen, dass man mich aus unseren Treffen schmeißt.»

«Du kannst immer zu den Meetings kommen», meinte Jo Ellen, «einmal unsichtbar, immer ...» Sie brach ab.

Keine sagte etwas. Alle standen am Buffet oder saßen bereits auf den Stühlen. «Es tut mir leid», stieß ich mühsam hervor, «dann gehen wir jetzt wohl besser.»

«Wir stimmen ab!», rief Alice mit lauter, klarer Stimme. «Alle, die dafür sind, dass Clovers Freundin Gilda als Ehren-Unsichtbare dableiben darf, hoch mit dem Kleenex!»

Es dauerte zwar ein paar Sekunden, aber schließlich gingen eins nach dem anderen elf Kleenex hoch. Nur zwei blieben unten.

«Eine überwältigende Mehrheit», stellte Lila zufrieden fest, «bitte, setzt euch.»

«Pass auf, wo du dich hinsetzt», flüsterte ich Gilda zu, «bloß nicht auf ein Kleenex!»

Gilda war blass geworden. Sie hielt meine Hand so fest umklammert, dass es mir den Blutkreislauf abschnitt. «Ich könnte mich erschießen», flüsterte sie mir zu.

«Ich weiß», sagte Alice zu ihr, «aber das gibt sich wieder.»

«Jetzt haben wir wohl unsere kleine Aufregung gehabt, dann können wir ja anfangen», befand Jo Ellen. «Wer möchte etwas erzählen?»

Schweigen. Schließlich meldete sich Roberta. «Hi, ich bin Roberta, und ich bin unsichtbar.»

«Hi, Roberta!», antworteten alle im Chor, einschließlich Gilda.

«Ich bin seit sieben Monaten unsichtbar, und ich muss sagen, am Anfang war ich ganz schön am Ende. Ähm ...» Sie räusperte sich verlegen. «Ich hab mich nicht mehr aus dem Haus getraut, nicht mal mehr zum Einkaufen. Ich wollte nicht mehr Auto fahren. Ich verlor meinen Job als Krankenschwester, aber ob es wegen meiner Unsichtbarkeit war oder weil ich die ganze Zeit geheult habe, kann ich nicht sagen. Es war mir so fürchterlich peinlich – ich dachte, jeder starrt mich an! Und ich konnte es niemandem erklären, ich weiß ja immer noch selbst nicht, was mit mir passiert ist.»

«Da fällt mir ein», sagte Jo Ellen, «was gibt's Neues von der Dexter-White-Front? Trifft sich dieser Pharmazeutiker nun mit uns?»

«Könntest du sie erst mal ausreden lassen?», sagte eine.

«Das macht nichts», antwortete Roberta, «das passt ganz gut zu dem, worüber ich rede.»

«Er verschiebt es andauernd», meldete sich Rosemary, «er sagt, er sei beschäftigt, aber ich glaube, er ist nervös.»

«Nur nicht lockerlassen, Rosemary, und halte uns auf dem Laufenden. Sorry, Roberta, was wolltest du sagen?», meinte Jo Ellen.

Roberta versuchte es erneut. «Mein Mann und meine Kinder merkten nicht, dass ich unsichtbar geworden war. Ich bat sie, mir was vom Supermarkt mitzubringen, und das taten sie. Ich verließ das Haus praktisch gar nicht mehr. Ich putzte, saugte, wusch, bügelte, räumte auf. Alles war tipptopp. Ich striegelte den Hund, bis sein Fell glänzte, und ich kochte aufwendigere Mahlzeiten. Die Familie war zufrieden. Klar fiel ihnen auf, dass irgendwas anders war, aber soweit es sie betraf, war es eine Verbesserung. Wer beklagt sich da schon. Tja, Ende der Geschichte.»

«Du machst Witze, oder?», fragte Gilda. Sie hatte sich vorgebeugt und schaute dorthin, wo die Sprecherin saß. «Ich meine, das ist doch schrecklich. Ich dachte, dass Clovers Familie nichts mitbekommen hat, wäre eine Ausnahme, dass sie zu beschäftigt, zu begriffsstutzig sind. Wollt ihr mir weismachen, dass diese Art von absichtlicher Ignoranz die Regel ist?»

«Mehr oder weniger», antwortete jemand.

Gilda schüttelte fassungslos den Kopf. Ihre Miene sprach Bände. Sie war voller Mitgefühl für Roberta, für uns alle. Das zu sehen tat gut. Vielleicht hatten wir die ganze Zeit schon wenigstens ein sichtbares Gruppenmitglied gebraucht, als «visuellen Anker», wie Jo Ellen es bezeichnet hätte. «Entschuldigung», sagte Gilda, «ich habe dich unterbrochen. Aber ich möchte deine Geschichte hören. Wie ging es weiter?»

«Erst mal hatte ich jede Menge Zeit. Ich fing an, die Zeitung von vorne bis hinten durchzulesen, alles, den Wirtschaftsteil, den Sportteil, die Kleinanzeigen.»

«Die Kleinanzeigen!», riefen wir.

«Übrigens, Clover, toller Artikel über diesen Banküberfall. Wir sind alle froh, dass dir nichts passiert ist.»

«Danke», sagte ich aufgeregt. Ich hatte die Zeitung von heute noch gar nicht gesehen.

«Sie war einfach toll!», wisperte Gilda erregt.

«Und so fand ich schließlich zu euch hier», fuhr Roberta fort. «Beim ersten Mal kam ich mit dem Bus. Ich setzte eine Perücke auf und trug eine Sonnenbrille, mit der sich nicht mal Jackie Onassis auf die Straße getraut hätte, so groß waren die Gläser. Heute kann ich kaum noch glauben, dass ich mal diese Person gewesen bin. Schaut mich an – ich rede hier vor euch. Ich bin splitternackt. Und das alles habe ich nur euch zu verdanken. Ihr Frauen habt mir buchstäblich das Leben gerettet. Und jetzt, dank des wunderbaren Beispiels von Lila Robinson, arbeite ich wieder im Krankenhaus. Sie wissen zwar noch nichts davon, aber ich bin da. Ich achte darauf, dass die Infusionsschläuche nicht verstopfen, ich massiere den Kranken die Füße. Jetzt weiß ich wieder, warum ich Krankenschwester werden wollte: Ich wollte den Menschen helfen. Und nicht nur die Befehle der Stationsschwester erfüllen. Natürlich würde ich gern wieder bezahlt werden, aber …»

«Aber das kommt noch», sagte Lila, und ihr Kleenex schoss hoch, «bei Gott, die werden uns bezahlen!»

«Ich glaube, du hast recht, Lila», stimmte Roberta ihr zu. «Also, jedenfalls, Dank an alle.»

«Danke, Roberta», antworteten wir im Chor.

Gilda nahm mein Kleenex und wischte sich die Augen. «Nicht zu fassen. Ihr seid so tapfer! Warum wart ihr nicht längst bei *Oprah*?»

«Wir sind nicht besonders telegen», erklärte Laura Worthington trocken.

«Noch jemand?», fragte Jo Ellen.

Ein Kleenex schoss hoch. «Ich bin's, Patty Sanchez.»

«Hi, Patty.»

«Ich wollte euch nur berichten, dass ich jetzt Klavierstunden nehme. Vor ein paar Wochen habe ich eine Frau in unserer Nachbarschaft angerufen, die Klavierunterricht gibt. Meine Jungs waren früher auch mal bei ihr. Ich hab sie gefragt, ob sie mich unterrichten würde, allerdings sei ich unsichtbar. Ob ihr das etwas ausmache?»

«Das hast du gesagt? Einfach so?», platzte Gilda heraus. Sie strahlte. Gilda hat ein wunderbares Lächeln. «Toll!»

«Warum nicht? Sie war interessiert, hatte aber zuerst ein paar Fragen. Zum Beispiel wollte sie wissen, ob es ansteckend ist.»

«Wirklich?», fragte ich. «Was dachte sie denn, dass man sich das holt wie einen Schnupfen?»

«Die Leute wissen es nicht besser», sagte Patty, «woher auch? Und das ist unsere Schuld. Wenn wir unsichtbaren Frauen ein wenig ...»

«... sichtbarer wären», ergänzte Alice.

Alle lachten. «Wie auch immer», redete Patty weiter, «mir war's lieber, sie sagt, was sie denkt, als mich mit fadenscheinigen Ausflüchten abzuweisen. Ich sage euch, Klavierspielen ist toll! Keine Ahnung, ob es an meinem Alter oder der Unsichtbarkeit liegt, aber ich bin vollkommen hemmungslos. Wenn ich zu Hause bin, übe ich stundenlang, und es ist mir egal, wie es klingt. Das ist meine Chance. Wann hätte ich sonst Zeit, Klavierspielen zu lernen?»

Auch Patty bekam Applaus.

«Sonst noch jemand?» Jo Ellen hörte gern pünktlich auf.

Mein Kleenex schoss hoch. «Hi, ich bin's, Clover.»

«Hi, Clover!»

«Ich mache es kurz, aber ich wollte euch mitteilen, dass ich gestern zufällig meinem Sohn in einem Café über den Weg gelaufen bin. Und ich habe mitgehört, wie er und ein Freund – Gildas Sohn – planten, sich tätowieren zu lassen.»

Die Teilnehmerinnen stöhnten auf; dies war der Albtraum einer jeden Vorstadtmutter.

«Ich bin heimlich mit ins Auto gestiegen und zum Tattoostudio mitgefahren. Da hab ich sie hochgehen lassen und heimgeschickt.»

Wie? Wie? Wie? Alle wollten es wissen.

«Sie ist einfach reingegangen und hat ihnen gesagt, sie sollen die Beine in die Hand nehmen», sagte Gilda stolz; sie hatte ganz rote Wangen vor Aufregung. «Sie hat erkannt, was nötig war, und sie hat es einfach getan, ohne zu zögern. Diese Frau ist unheimlich mutig, sag ich euch. Sie ist eine Heldin! All dieser Mist über den Banküberfall, dass die Kerle ihre Waffen von sich geschmissen haben, ist Kokolores. Das war Clover.» Sie deutete auf meinen Stuhl. «Ich war dabei. Meine Freundin Clover Hobart hat die Banditen entwaffnet!»

Daraufhin brach die Gruppe in einen donnernden Applaus aus, anerkennende Pfiffe, Jubelgeschrei, die Frauen wollten sich gar nicht mehr beruhigen. Sie waren so laut, dass der Hotelmanager auftauchte, aber nichts vorfand außer einem unregelmäßigen Kreis aus vierzehn Stühlen und einer Gilda, die ihr Handy hochhielt. «Hab gute Nachrichten gekriegt!», sagte sie und grinste in sein erschrockenes Gesicht. Dann stand sie auf und stolzierte aus dem Saal.

Nach dem Meeting musste Gilda zur Zahnreinigung – noch ein menschliches Ritual, das ich mir nun sparen konnte. Als ich heimkam, saßen die Jungs am Küchentisch und hatten die Köpfe über ihre Computer gebeugt. Vlad trug einen handgestickten Pulli und einen dicken, handgestrickten Schal, obwohl es so kalt auch wieder nicht war. Das Einzige, was ihm für einen Auftritt in *La Bohème* fehlte, waren eine Mütze und fingerlose Handschuhe. Vermutlich wollte er uns den Anblick seines Halses ersparen.

«Wo ist Evie?», erkundigte ich mich.

Beide schauten auf und schüttelten mit identischen Mienen die Köpfe. Ich blickte zur Wanduhr; erst kurz nach neun. «Und was macht ihr schon auf?»

«Ist dir klar, wie viele Verfahren zurzeit gegen Dexter-White laufen?», wollte Nick anstelle einer Antwort wissen.

«Keine Ahnung.» Ich schenkte mir einen Kaffee ein. Gute Jungs, sie hatten gleich eine ganze Kanne aufgebrüht.

«Wenn sich sämtliche Unsichtbaren zusammenschließen würden, dann gäbe das die Sammelklage des Jahrhunderts!», schwärmte Nick, die Nase am Bildschirm. «Allerdings müsstet ihr warten, bis ich mit dem Jurastudium fertig bin, damit ich sie einreichen kann. Wie viele seid ihr eigentlich?»

«Auch keine Ahnung. Aber reich will ich damit gar nicht werden, mein Sohn. Ich wäre schon froh, wenn ich mal wieder meine Hände sehen und dazu beitragen könnte, dass das in Zukunft nicht noch mehr Frauen zustößt.»

«Wir haben beschlossen, uns die Recherche aufzuteilen», verkündete Vlad, «ich kümmere mich um die medizinische Seite und Nick um die juristische. Ich hab Mom angerufen, sie wusste nichts von Dexter-White, aber sie hat mir eine Liste ihrer Medikamente gegeben.» Er hielt einen Zettel hoch.

Ich musste ihn gar nicht lesen. «Premacore, Ostafoss und Allsing», erklärte ich.

Vlad klappte der Unterkiefer herunter.

«Wahrscheinlich hat sie auch irgendwann mal eine Botox-Injektion bekommen, aber das hat sie vielleicht nicht erwähnt.»

«Du hast dir Botox spritzen lassen?», fragte Nick ungläubig.

«Nur einmal. Und deine Kommentare kannst du für dich behalten.»

«Wir müssen unbedingt an jemanden aus dieser Firma rankommen», sagte Vlad, sichtlich geschockt. «Einen Insider, der bereit ist, mit uns zu reden.»

«Den haben wir bereits. Rosemary, eine aus der Gruppe, hat ihn aufgestöbert. Grundsätzlich würde er sich mit uns treffen, kriegt aber im letzten Moment immer kalte Füße und verschiebt die Termine wieder. Wir stecken sozusagen in einer Warteschleife.»

«In einer Warteschleife?», fragte Nick ungläubig, «seit wann sitzt du herum und wartest darauf, dass deine Informanten dich zurückrufen? Ich dachte, du bist Reporterin.» Er schob die Zeitung über den Tisch, und da war er, mein

Text, zwar auf der Hälfte unter dem Knick, aber immerhin. «Netter Artikel, übrigens.»

Ich nahm die Zeitung zur Hand. *VOM BODEN AUS GESEHEN von Clover Hobart.* Es fühlte sich toll an.

«Wenn Sie jemanden kennen, dann sollten wir hin», sagte Vlad.

«Wir?»

«Na klar», meinte Nick, «wir sind doch jetzt ein Team.»

Ich gab meinem Sohn einen Kuss aufs Haar, und weil ich schon dabei war, bekam Vlad auch einen. «So dankbar ich euch bin, Jungs, aber das ist eine Sache für die unsichtbaren Frauen. Wir wollen den Kerl doch nicht verschrecken, wer weiß, was er uns nützen könnte. Du bist der Anwalt und Vlad der Mediziner, und ich mache die Reporterin. Dies gesagt, wäre ich dir dankbar, wenn du mir alle Informationen überlassen könntest, die du hast.»

«Mom wird ausflippen, wenn sie das alles erfährt», flüsterte Vlad.

Nach diesem dezenten Fußtritt von Seiten der Jungs kramte ich die Adresse von Jane, Irenes ehemaliger Schülerin, die nach New York gezogen war, aus meiner Yogatasche. Ich rief sie an und erklärte, wer ich war und wie die Dinge standen. «Du bist nicht zufällig wieder sichtbar geworden?», fragte ich hoffnungsvoll.

«Ich bin so klar wie eine Herbstnacht», antwortete sie. «Wer ist dieser Dexter-White-Typ, der sich mit euch treffen will?»

«Er heißt Wilhelm, glaube ich. Rosemary aus unserer Gruppe hat mit ihm geredet.»

«Einen Wilhelm kenne ich nicht, aber an eurer Stelle würde ich nicht weiter rumsitzen und warten, bis er sich endlich mit euch im Cheltenham Target trifft. Kommt, nehmt ein Flugzeug, und ich fahre euch hin. Mit diesen Leuten darf man nicht lange fackeln, wenn man mal einen Fuß in der Tür hat.»

«Du meinst, du würdest uns zum Target bringen?»

«Gott, nein. Ich bringe euch zu Dexter-White. Das ist ein gigantisches Firmengelände. Maile mir den Nachnamen des Herrn, und ich finde raus, wo er sein Büro hat. Das Überraschungselement ist unser größter Vorteil. Besser, wir stürmen die Festung, wenn sie nicht mit uns rechnen. Ich terrorisiere die Dexter-White-Belegschaft jetzt schon seit geraumer Zeit – und ehrlich gesagt, könnte ich eine frische Perspektive gut gebrauchen.»

«Wann sollen wir kommen?», fragte ich, «ich muss das natürlich auch noch mit Rosemary ausmachen.»

«Morgen», sagte Jane prompt, «am besten gleich morgen. Ich wollte sowieso hinfahren. Kommt so früh wie möglich. Ich kann euch vom Flughafen in Philadelphia abholen.»

«Was, schon morgen?»

«Klar. Wir dürfen keine Zeit verlieren», erklärte Jane, «ein Angestellter bei Dexter-White, der bereit ist, mit uns zu reden, wird sich nicht lange halten können, glaub mir. Sag mir Bescheid, wann ihr ankommt. Ich werde bei Gepäckkarussell drei auf euch warten. Ich bin die Unsichtbare in der roten Jeans.»

Jane legte auf. Ich stand noch einen Augenblick wie bedeppert mit dem Hörer in der Hand da. Seit Wochen wartete ich darauf, nach Philadelphia zu fliegen, doch nun kam ich mir vor, als wäre eine wichtige Prüfung vorverlegt worden, und ich hätte noch gar nichts gelernt.

«Morgen?», prustete Rosemary, als ich sie anrief.

«War nicht meine Idee.»

«Morgen ist ausgeschlossen. Am Vormittag muss ich arbeiten, und am Nachmittag hat Katy einen wichtigen Zahnarzttermin. Ihre Spange wird angezogen, sie grault sich schon seit Wochen.»

«Dann wird sie sicher jubeln, wenn du den Termin verschiebst.»

«So einfach ist das nicht! Diese Termine kriegt man nicht alle Tage», widersprach Rosemary, «und abends feiern meine Schwiegereltern ihren Hochzeitstag. Wir haben ihnen noch nicht gesagt, dass ich unsichtbar bin, also habe ich keine Ausrede, um nicht hinzugehen.»

Ich hätte ihr eine ganze Liste von Ausreden geben können. «Was für ein Hochzeitstag?», wollte ich wissen.

«Der zweiundfünfzigste, aber was spielt das für eine Rolle?»

«Weil man den zweiundfünfzigsten auslassen kann, bloß den fünfzigsten nicht. Außerdem sind wir bis dahin wahrscheinlich längst wieder zurück.»

«Das Risiko will ich nicht eingehen», wehrte Rosemary ab.

Ich seufzte. Wer weiß, vielleicht war ich sogar erleichtert. «Na gut, dann sag ich ihr eben, dass wir es verschieben müssen. Morgen war sowieso arg kurzfristig. Schau in deinen Kalender und sag mir ...»

«Nein!», rief Rosemary, fast ein wenig zu laut. «Es muss

morgen sein, Jane hat ganz recht. Wir haben es schon viel zu lange aufgeschoben.»

Sie schien froh zu sein! Zumindest aber war sie erleichtert. «Du willst, dass ich allein gehe? Rosemary, der Mann ist dein Kontakt. Du hast mit ihm gesprochen.» Meine Phantasie eilte mir voraus: allein an der Flughafen-Security vorbei? Nackt ins Flugzeug?

«Ich hab doch erst ein Mal mit ihm geredet. Dem ist es egal, ob er mit mir spricht oder mit jemand anderem, und selbst wenn nicht, könnte er uns nicht auseinanderhalten. Außerdem hast du ja Jane, ihr seid also trotzdem zu zweit.»

«Aber nicht im Flugzeug.»

«Hast du Flugangst?»

«Jedenfalls nicht beim letzten Mal, aber da hatte ich ein Ticket und einen Koffer. Bist du schon geflogen, seit du unsichtbar geworden bist?»

Eine lange Stille trat ein. «Hör zu», sagte sie dann, «Jo Ellen hat mich dem Dexter-White-Komitee zugeteilt, und irgendwie bestand das Komitee dann nur aus mir. Ich bin Bibliothekarin, Clover, im Recherchieren bin ich unschlagbar. Meinen Job habe ich nur noch, weil es keinen kümmert, ob man eine Bibliothekarin sehen kann oder nicht. Aber ich bin nicht wie du. Wenn ich den Leuten Fragen stellen soll, werde ich schrecklich nervös. Um die Wahrheit zu sagen: Mir ist jedes Mal ein Stein vom Herzen gefallen, wenn Wilhelm abgesagt hat. Donnerstag hätte ich sowieso schlecht gekonnt!, hab ich fast gejubelt. Selbst wenn ich mit euch mitkäme, würde ich euch wahrscheinlich nicht viel nützen. Im Gegenteil, vielleicht würde ich alles verpatzen.»

So beschlossen wir, dass ich allein nach Philadelphia fliegen würde, ohne Kleidung, ohne Ticket, ohne Geld, ohne Ausweis, ohne Handy. Was mich seltsamerweise am meisten beunruhigte, war, dass ich kein Buch mitnehmen konnte. Wie oft hatte ich in Flugzeugen neben Menschen gesessen, die überhaupt nichts zu lesen dabeigehabt hatten; ich konnte mir einfach nicht vorstellen, wie das auszuhalten war.

«Ich maile dir alle meine Daten», versprach Rosemary, bevor wir auflegten, «dann weißt du alles, was ich weiß.»

Und ich gab die Informationen wiederum an Nick und Vlad weiter, die dabei waren, die wichtigsten Fakten für mich zusammenzustellen. Die würde ich bis morgen auswendig lernen und sie dann zurücklassen, denn mitnehmen konnte ich ja nichts (außer meinem Verstand). Ich kam mir vor wie eine Geheimagentin, die noch mal alle Details für ihre neue Identität paukt, bevor man sie in den Einsatz schickt.

«Erklär mir bitte noch einmal, warum ich nicht mitkommen soll», sagte Gilda am nächsten Morgen auf dem Weg zum Flughafen.

«Zunächst mal hast du kein Ticket.»

«Du doch auch nicht.»

«Und zum anderen bist du nicht unsichtbar. Was willst du denn machen, nach Philadelphia mitfliegen und im Auto warten? Den ganzen Tag?»

«Wenn's hilft.»

Gilda! Ich hatte sie wirklich von Herzen gern. Es war ihr ernst. Sie hätte tatsächlich den ganzen Tag im Wagen gewartet und es nicht für Zeitverschwendung gehalten. Nick und Vlad hatten ebenfalls mitkommen wollen, aber ich hatte ihnen verschwiegen, dass der Flug um 6:30 Uhr ging. Sie schliefen noch.

«Was willst du machen, wenn du in Schwierigkeiten gerätst?»

«Dann rufe ich dich an, per R-Gespräch. Du lässt dein Handy an und gehst ran, egal, ob du die Nummer kennst oder nicht.» Das hatten wir gestern Abend hundertmal durchgekaut.

«Und wenn du kein Telefon findest?»

«Dann ‹borge› ich mir das Handy von jemandem.» Wir hatten beschlossen, dass das akzeptabel war, vorausgesetzt, ich gab es hinterher wieder zurück. «Könnten wir bitte aufhören, darüber zu reden, was alles schiefgehen könnte? Mir passiert schon nichts.»

«Hast du *Der ewige Gärtner* nicht gelesen? Pharmafirmen können die gefährlichsten Orte auf der Welt sein.»

«Da müssten sie mich zuerst finden.» Wir bogen in die Spur für die Abflüge ein und blieben vor dem Terminal stehen. «Da wären wir.»

Gilda beugte sich zu mir und umarmte mich, obwohl sie sonst große Hemmungen hatte, mich zu berühren, wenn ich nackt war. «Ich werde um zehn nach sieben hier auf dich warten, wenn ich nichts anderes von dir höre. Bitte, pass gut auf dich auf.»

Wie üblich war ich eine Stunde vor dem Abflug am Flughafen, wie es sich gehörte, aber wie sich herausstellte, war das nur für sichtbare Menschen notwendig. Die Fliegerei ist ein Kreuz, aber wie ungeheuer kompliziert und erniedrigend diese ganze Prozedur ist, wurde mir erst klar, als ich beiseitetreten und Beobachterin spielen konnte. Die Passagiere wurden herumgescheucht wie eine Schafherde, wurden angeraunzt und herumkommandiert, gerügt, zurückgeschickt, herumgeschickt. Keiner traute sich, etwa danach zu fragen, wo denn Höflichkeit und gute Manieren geblieben waren, aus Angst, aus der Schlange geworfen zu werden. Überall mussten sie anstehen: erst am Schalter der Airline, um sich den Boarding Pass ausstellen zu lassen, dann an einem neuen Kontrollpunkt für Boarding Pass und Ausweis, um für würdig befunden zu werden, sich in die Schlange jener einzureihen, deren Boarding Pass und Ausweis nun tatsächlich geprüft wurden. Erst hinterher durften sie ihr Handgepäck ausräumen, Flüssigkeiten abgeben, Computer aus den Taschen nehmen, Gürtel abschnallen, Boarding Pass und Ausweis nicht vergessen, Schuhe und Pullover ausziehen und in eine Plastikwanne legen und dann wieder warten, bis sie durch eine Sicherheitsschleuse gehen durften, wo selbst die Zahnfüllung durchleuchtet wurde. Nach alldem wurden sie dann noch abgetastet. Der reinste Horror. Ich beschloss hier und jetzt, falls ich je wieder sichtbar wurde, das Fliegen aufzugeben.

Im Gegensatz zu den anderen schwamm ich ungehindert stromaufwärts einen Gang entlang, der für ankommende Passagiere reserviert war, vorbei an dem Wachmann, der nur in die Richtung sah, aus der er jemanden erwartete. Ich ging in die Buchläden und las die Cover sämtlicher Zeitschriften. Wie viel Zeit ich hatte! Ich fand einen Zwanzig-Dollar-Schein, hastete damit zur Toilette und steckte ihn einer Inderin, die die Klos putzte, in die Kitteltasche. Ich kitzelte ein Baby, das in seinem Buggy saß und schrie, während die Mutter ihren dreijährigen Zwillingen hinterherhetzte. Ich hob Papierbecher auf und warf sie in den Abfalleimer. Ich versuchte, mich nützlich zu machen.

Dem Rat meiner unsichtbaren Schwestern folgend, betrat ich als Letzte das Flugzeug, kurz bevor der junge Stewart die Tür zuschob. Zum Glück war der Flug nicht ausgebucht. Es gab noch einen leeren Platz in der ersten Klasse, aber als ich mich gerade hinsetzen wollte, legte der Mann daneben sein zusammengefaltetes Jackett darauf wie eine Kostbarkeit. Zwar hätte ich nicht davor zurückgeschreckt, mich auf ein fremdes Jackett zu setzen, aber vielleicht befand sich ja eine Lesebrille oder ein Handy darin, und das konnte unangenehm, wenn nicht sogar schmerzhaft werden. Also ging ich weiter zur Touristenklasse. Dort waren noch mehrere Plätze frei. Aber welchen nehmen? Wo hatte ich die besten Chancen, nicht eine Tasche auf den Schoß gestellt zu bekommen? Auch interessierte mich, was die Sitznachbarn lasen. Nach einem Ausschlussverfahren entschied ich mich schließlich für Sitz 7B. Auf 7A saß eine etwas ältere Dame in einem hübschen grauen Kostüm mit einem fliederfarbenen Seidenschal. Ausschlaggebend war jedoch, dass sie den neuen Roman von Philip Roth dabei hatte und das Architekturmagazin *Dwell*, beides Lektüren, die ich gerne über ihre Schulter mitzulesen bereit war. Anschnallen konnte ich mich natürlich nicht, aber mal ehrlich, was nützte einem das, wenn man am Boden zerschellte. Alles in allem war es besser gelaufen, als ich gedacht hatte. Sobald wir in der Luft waren, dachte ich darüber nach, demnächst mal nach Paris rüberzuhuschen – jetzt, wo es so leicht für mich war. Wie herrlich, einfach durch die Passkontrolle und durch den Zoll zu marschieren! Ich war seit meinem ersten College-Jahr nicht mehr in Paris gewesen. Aber Arthur und ich hatten immer darüber gesprochen, dass wir zusammen hinfliegen würden.

Meine Sitznachbarin schlug ihr Magazin auf, und ich beugte mich so weit zu ihr, wie es gerade noch schicklich war. Sie hatte einen Artikel über Bambus-Badewannen aufgeschlagen, den ich schrill, aber interessant fand.

«Unsichtbar?», flüsterte die Frau.

Ich zuckte zurück.

«Vielleicht spinne ich ja», sagte sie leise, «aber normalerweise kann ich das ganz gut beurteilen.»

«Das können Sie», bestätigte ich.

Sie nickte. «Dachte ich's mir. Komisch, dass Sie sich ausgerechnet diesen Platz ausgesucht haben, nicht?»

«Ich wollte den Roth-Roman lesen», gestand ich.

«Das wird leichter gehen, wenn wir die Sitze tauschen.» Sie klappte ihre Armlehne hoch, stand auf, und ich wechselte auf ihren Fensterplatz. Dann legte sie mir den Roman auf den Schoß, nicht dass ich ihn aufgeschlagen hätte.

«Schon besser», sagte sie. «Jetzt sieht es wenigstens nicht mehr ganz so aus, als wäre ich eine verrückte Alte, die sich mit einem leeren Sitz unterhält.»

«Wie haben Sie es gemerkt?», flüsterte ich.

«Ich war früher selbst unsichtbar», erklärte sie, «nach einer Weile spürt man die Anwesenheit einer Leidensgenossin.»

Mir klopfte das Herz bis zum Hals. «Sie sind wieder sichtbar geworden? Nicht zu fassen. Ich glaube, keine von uns hat je eine kennengelernt, die ...»

Die Frau schüttelte den Kopf. «Wir sind so unorganisiert. Was uns fehlt, ist eine zentrale Anlaufstelle. Wir unsichtbaren Frauen müssen uns endlich zusammenfinden.»

«Wie haben Sie es geschafft? Was haben Sie gemacht?»

Sie zuckte die Achseln. «Alles Mögliche. Und alles Mögliche gleichzeitig. Ich weiß selbst nicht genau, was den Ausschlag gegeben hat. Viele Leute haben mir Ratschläge gegeben, und die meisten habe ich angenommen. Ich habe mich beurlauben lassen und bin für drei Monate in einen Ashram gegangen – ich habe gesagt, ich wolle mich selbst finden, und es den anderen überlassen, ihre eigenen Schlüsse zu ziehen. Ich habe viel Weizengras getrunken, habe Vitamin D in hohen Dosen genommen, ich bin an die Duke University gegangen und habe die Reisdiät gemacht, ich habe Anabolika ausprobiert. Ich wollte unbedingt wieder sichtbar werden.»

«Dann haben Sie es also überstanden? Sie sind geheilt?»

Plötzlich legte sich ein Ausdruck großen Unbehagens über ihr Gesicht. Ich entschuldigte mich sofort, falls meine Frage zu persönlich gewesen sei. «Das ist es nicht», sagte sie, «aber wenn man einmal unsichtbar gewesen ist, dann kann man nie mehr sicher sein, was die eigenen Moleküle betrifft, verstehen Sie? Anfangs ging ich immer wieder an und aus, dann verblasste ich gelegentlich über einen gewissen Zeitraum hinweg. Aber seit sechs Monaten bin ich ziemlich stabil, toi, toi, toi.» Sie schaute sich nach Holz um, auf das sie klopfen konnte, aber es gab keins. «Natürlich weiß keine von uns, was passiert, wenn wir schlafen oder gerade nicht aufpassen.»

«Das stimmt», sagte ich (wenn ich sichtbar gewesen wäre, hätte ich lediglich genickt).

«Ich wünschte, ich hätte alles besser dokumentiert, wäre die Sache geordneter angegangen, hätte eins nach dem anderen ausprobiert. Dann hätte ich eher sagen können, was wirkt. Vielleicht war's der Ashram, aber vermutlich ist dessen Wirkung erst Monate später eingetreten. Das Vitamin D habe ich auf Empfehlung meines Arztes die ganze Zeit über eingenommen. Es könnte auch sein, dass bei jeder von uns was anderes hilft. Damit will ich sagen, mein Weg ist vielleicht nicht der Ihre. Da kommt die Stewardess. Möchten Sie etwas trinken?»

«Nein, danke.»

Die Frau schüttelte den Kopf, als die Flugbegleiterin an uns vorbeikam. «Ich führe jetzt ein ziemlich vorsichtiges Leben, kein Alkohol, kein Weißzucker, kein Fleisch. Wenn ich wüsste, was mich geheilt hat, würde ich mir weniger Sorgen machen. Aber ich weiß ja nicht mal, warum ich überhaupt unsichtbar geworden bin.»

«Im Ernst, das wissen Sie nicht?»

Die Frau schüttelte den Kopf. Sie hatte kurze, silbergraue Haare, richtig hübsch. Vielleicht hatte sie aufgehört, sie zu färben, weil sie fürchtete, es könnte an der Haartönung liegen. «Sie haben drei bestimmte Medikamente eingenommen, alle von Dexter-White.» Ich nannte ihr die Namen. «Und wahrscheinlich haben Sie mindestens einmal Botox verwendet.»

Sie keuchte so laut auf vor Schreck, dass sich der Mann

auf der anderen Seite des Gangs zu ihr beugte und besorgt fragte, ob alles in Ordnung sei. «Bloß ein bisschen Asthma», antwortete sie, «ich habe meinen Inhalator bei mir.»

«Wollen Sie damit sagen, dass nur unsere kleine Sheraton-Gruppe das herausgefunden hat?», flüsterte ich.

Meine Sitznachbarin hatte zu zittern angefangen, und ich strich ihr beruhigend über den Rücken. «Tief durchatmen», riet ich ihr, «Sie haben doch nicht wirklich Asthma?»

Sie schüttelte den Kopf. «Außer, ich bekomme es jetzt gerade.»

«Sie nehmen diese Medikamente nicht mehr, oder?»

«Nein, natürlich nicht», sagte sie, «sonst wäre ich wohl kaum hier. Wie sind Sie darauf gekommen?»

«Das ist schon passiert, bevor ich zur Gruppe gestoßen bin. Jedes neue Mitglied muss einen Fragenkatalog beantworten, nicht gleich, denn wir haben im Hotel keine Möglichkeit zu schreiben, sondern hinterher online. Dort werden alle möglichen Fragen gestellt – zu Shampoos, Teppichreinigern, Waschmitteln, Nähe zu Stromkraftwerken. Die einzige Übereinstimmung gab es bei diesen drei Medikamenten, in derselben Dosis eingenommen. Aber einen allgemeingültigen Charakter hat diese Studie wohl kaum. Die Gruppe trifft sich erst seit zwei Jahren, und wenn wir vollzählig sind, kommen wir vielleicht auf fünfzehn Mitglieder.»

«Ich hatte nie eine Gruppe», erklärte sie, «zwar begegne ich gelegentlich unsichtbaren Frauen, und wir unterhalten uns, aber es ist schwer, den Kontakt zu halten.» Sie seufzte. «Ich lebe in Princeton, das liegt fast vor der Haustür von Dexter-White.»

«Ich weiß, dort fliege ich gerade hin. Ich treffe mich mit einer anderen Unsichtbaren, und wir wollen sehen, was wir herausfinden können. Wir haben einen Kontakt bei Dexter-White, einem Chemiker. Ich heiße übrigens Clover. Clover Hobart.»

«Erica Schultz.» Wir schüttelten uns die Hände. «Warten Sie, ich gebe Ihnen meine Karte.»

«Keine Taschen, fürchte ich», sagte ich, «aber ich schreibe Ihnen meine Adresse auf.»

Nach der Landung begleitete mich Erica, mit der ich inzwischen per Du war, zum Gepäckkarussell drei, um Jane zu treffen. Jane war in ihrer roten Jeans leicht zu erkennen. Es ist schon beeindruckend, eine bekleidete unsichtbare Frau anzutreffen. Eigentlich seltsam, dass die Leute nicht schreiend vor Jane davonliefen, aber so war es. Jane freute sich, Erica kennenzulernen, und wir standen eine Weile beisammen und unterhielten uns. Dann verabschiedeten wir uns mit Umarmungen von Erica und schauten ihr nach, bis wir sie nicht mehr sehen konnten.

«Als wäre man jemandem begegnet, der Pompeji überlebt hat», bemerkte Jane.

13. KAPITEL

Also, in einen Ashram würde ich gehen, kein Problem», sagte Jane im Auto zu mir. «Und Vitamin D würde ich auch nehmen und Reis essen. Aber Weizengras? Das schmeckt, als würde man seinen Rasen trinken.»

«Irene trinkt ihren Rasen», bemerkte ich.

«Da hast du's: Irene ist die stärkste Person, die mir je begegnet ist und die beste Yogalehrerin, die ich je hatte. Die würde alles schaffen, was sie sich vornimmt.»

«Manchmal mache ich mir Sorgen», sagte ich, sprach aber nicht weiter. Ich hielt meinen Arm hoch und schaute durch ihn hindurch auf den Verkehr draußen auf der Interstate.

«Worüber?»

«Manchmal mache ich mir Sorgen, dass ich – gern unsichtbar bin.» Ich ließ meine Finger flattern. Nichts. «Ich meine, manches davon ist schrecklich, und ich muss wirklich endlich mit meinem Mann reden. Aber bevor es passiert ist, hatte ich alle Nachteile meines jetzigen Zustands, nur nichts von den Vorteilen. Jetzt erkenne ich, wie viel man tun kann, wenn einen niemand sieht. Das ist wie eine Befreiung!»

«Na, diese Freiheit kannst du behalten», sagte Jane, «ich persönlich möchte wieder in den Spiegel schauen und dabei etwas sehen.»

«Das verstehe ich ja. Aber vielleicht zum ersten Mal, seit ich vierzehn war, ist es mir egal, wie viel ich wiege. Es ist mir egal, was ich anziehe und wie ich darin aussehe, denn ich ziehe ja kaum noch etwas an. Dass ich alt werde, kümmert mich auch nicht mehr, oder dass mein Hals faltig wird. Auf einmal kann ich Gutes tun in dieser Welt, ich kann was bewirken. Es ist lange her, dass ich mich so gefühlt habe.»

«Bei allem Respekt», sagte Jane, «spar dir diese Gefühle für später, hier sind wir nämlich auf dem Parkplatz von Dexter-White. Und falls sie eine Pille haben, die uns wieder sichtbar macht, brauchst du sie ja nicht zu nehmen.»

«Andererseits versuche ich vielleicht ja nur, mich auf eine Enttäuschung gefasst zu machen.»

«Falls nichts dabei rauskommt, werde ich dich jeden Morgen anrufen, und du kannst mir diese kleine Rede halten. Wenn ich schon mein Leben lang unsichtbar bleiben muss, will ich wenigstens versuchen, das Positive daran zu sehen.» Jane schaltete den Motor ab und fing an, sich auszuziehen.

Ich schaute mich um. Über uns hing ein großes Schild mit scharf formulierten Anweisungen, wer hier parken durfte und wer nicht. «Ähm, glaubst du wirklich, wir können uns so einfach auf den Personalparkplatz stellen?»

«Sicher, das überprüfen die nie», sagte Jane und stieg aus.

Der Eingang zum Dexter-White-Gelände führte durch

ein Wachgebäude, das zwar nicht so groß war wie der Flughafen, dessen Sicherheitsvorkehrungen mir aber mindestens ebenso drakonisch vorkamen. Die paar Leute vor uns gingen durch einen Metalldetektor und ließen sich in die Aktenmappen und Handtaschen schauen. Die Besucher mussten Ausweis oder Führerschein vorzeigen und einen ganzen Stapel von Fragen beantworten, was sie hier wollten, dann wurden sie von denjenigen, die sie erwarteten, abgeholt. Wir dagegen segelten einfach durch.

«Was stellen sie denn hier her? Uranium?»

«Die Sicherheitsmaßnahmen sind immer der beste Hinweis», erklärte Jane. «Diese Leute haben Geheimnisse, und sie haben Feinde. Eine sichtbare Frau mit einer Beschwerde gegen Dexter-White würde nicht mal durch die erste Schleuse kommen. Die Öffentlichkeit hat hier keinen Zutritt. Als ich herausgefunden hatte, dass Dexter-White hinter unserem Problem steckt, habe ich angerufen und versucht, einen Termin bei jemandem zu bekommen. Unmöglich. Die haben nie zurückgerufen. Eines Tages habe ich gedacht, geh doch einfach hin, aufhalten können sie dich ja schlecht.»

«Und, hast du inzwischen mit jemandem geredet?»

«Mit sehr vielen sogar. Sie können sehr höflich sein, wenn sie merken, dass du im Raum bist. Aber passiert ist nie etwas. Sie glauben, weil ich unsichtbar bin, kann ich sowieso nichts gegen sie ausrichten.»

Das riesige Firmengelände, über das wir nun gingen, erinnerte mich an ein Filmset: lauter künstliche Gebäude, Fabriken, Parks. Leute fuhren in Golfwagen an uns vorbei oder gingen in schwatzenden Grüppchen die Wege entlang. Sie wirkten weder unglücklich noch finster, sondern smart und zufrieden.

«Es ist nicht das Reich des Bösen», bemerkte Jane, «sie stellen hier auch eine Menge guter Medikamente her, die der Menschheit dienen. Das Problem ist der hohe Profit. Es würde schon genügen, wenn sie nur eins der drei Medikamente vom Markt nehmen, Ostafoss oder Allsing, bis sie das Problem mit der Wechselwirkung in den Griff bekommen haben. Aber damit würden sie zugeben, dass etwas nicht stimmt, und das wiederum würde Gerichtsverfahren nach sich ziehen und wer weiß wie viele Millionen oder Billionen Dollar Wiedergutmachung. Sie sind nicht mal bereit, in einer Anzeige vor der gleichzeitigen Einnahme zu warnen, denn damit würden sie eingestehen, dass sie von dem Problem wissen. Im Moment stecken sie einfach die Köpfe in den Sand und tun nichts, weil das die kostengünstigste Lösung ist.»

Je weiter wir kamen, desto deutlicher wurde, warum die Leute in Golfwagen herumsausten: Das Gelände war riesig. Als Angestellter hätte man zu Fuß viel zu lange gebraucht, um von einem Ort zum andern zu kommen. «Wie hast du dich hier bloß zurechtgefunden?», fragte ich Jane.

«Das hat lange gedauert», gestand sie, «ich konnte ja niemanden nach dem Weg fragen. Ich bin so oft hergekommen, dass mein Mann schließlich vorschlug, wir sollten nach New York ziehen, weil das näher bei Dexter-White liegt. Die ganze Fliegerei war sowieso nichts für mich. Wenn man einen Sitzplatz hat, geht es, aber oft musste ich auf dem Fußboden sitzen. Hatte schon einen permanenten Abdruck auf dem Po von der Auslegeware. Unsere Kinder sind längst groß und aus dem Haus, und mein Mann ist selbständiger Berater, der kann von überall aus arbeiten. Wir haben auch überlegt, direkt nach Philadelphia zu ziehen, aber das wollten wir dann doch nicht, das war mir zu nah. Manchmal frage ich mich, was sie da aus diesen Schornsteinen in die Luft blasen.»

Ich schaute hinauf zu zwei Schornsteinen, die im Moment jedoch nichts hinauspusteten. «Und was hast du früher gemacht, ich meine, bevor das alles passiert ist?»

«Ich bin Malerin.»

«Ach!», sagte ich, «das ist doch gut, oder? Eine der Tätigkeiten, die man nicht aufgeben muss, weil man unsichtbar geworden ist.» Mir fiel auf, dass die Gebäude immer höher wurden. Offenbar näherten wir uns dem Herzen des Imperiums.

«Aber das Schlimme ist, ich *habe* es aufgegeben. Das hier nimmt mich vollkommen in Anspruch, ich kann mich auf nichts anderes mehr konzentrieren. Außerdem ist meine Malerei sehr realistisch, und alles, was ich malen möchte, sind Unsichtbare, was ja wohl schlecht geht.»

«Das geht sogar sehr gut», widersprach ich, weil ich die entsprechenden Bilder förmlich vor mir sehen konnte. «Du könntest Familienporträts malen, mit einer Lücke dort, wo die Mutter sein sollte. Oder du malst Bilder von uns, bevor wir unsichtbar wurden. Je mehr ich darüber nachdenke, desto überzeugter bin ich, dass wir davor auch schon unsichtbar waren.»

Jane schwieg so lange, bis ich irgendwann fürchtete, wir könnten uns verloren haben. Das durfte auf keinen Fall passieren. «Jane?»

«Entschuldige», sagte sie, «ich habe bloß über das nachgedacht, was du gesagt hast. Das ist wirklich keine schlechte Idee. Du erinnerst mich sehr an Irene. Aber das hörst du sicher oft.»

«Nö, eigentlich nie», antwortete ich, «aber trotzdem danke, das freut mich.»

«Tja, du kannst deinem Mann ausrichten, er hat ein Mädchen wie seine Mutter gefunden. Und du? Was hast du früher getan?», wollte sie wissen.

Es war ein düsterer, wolkenverhangener Tag. Zwar regnete es nicht, war aber grau und kalt. Die Bäume standen in ordentlichen Reihen und reckten die kahlen Äste in den Himmel, kein einziges Blatt war zu sehen. «Ich war Reporterin, aber das ist schon eine Weile her.»

«Eine Reporterin!», rief sie erstaunt aus «Na, kein Wunder, dass du gerne unsichtbar bist.»

Wir traten durch die zweiflügelige Tür eines großen Gebäudes. Drinnen saß wieder ein Wachmann hinter einem Empfangstresen und überprüfte die Ausweise derjenigen, die hineinwollten und die bereits zehn Sicherheitsstufen hatten passieren müssen, um überhaupt einen solchen Ausweis zu bekommen.

«Bloß nichts dem Zufall überlassen», sagte ich im Vorbeigehen zu dem Wachmann. Er nickte, ohne sich darüber zu wundern, wer das gesagt hatte.

«Wilhelm Holt ist im fünften Stock», sagte Jane, «dort kommt man nur mit einer Schlüsselkarte hin. Wir müssen also kurz warten, bis jemand den Aufzug benutzt.»

Es dauerte nicht lange, und zwei Herren in grauen Anzügen tauchten auf und drückten auf den Aufzugknopf: die

Liftboys unserer Träume. Zu viert betraten wir den Fahrstuhl. Einer der Männer hielt seine Schlüsselkarte an den Scanner und drückte auf die Taste für den sechsten Stock.

«Fünfter, bitte», sagte Jane.

Der Mann hielt ohne zu fragen sofort seine Karte an den Scanner und tippte auf die Fünf. «Tony, ich muss sagen, du riechst gut», bemerkte er dabei.

«Danke», sagte der andere und schaute mit einem verlegenen kleinen Lächeln auf seine blankgeputzten Schuhspitzen.

Im fünften Stock glitt die Tür auf, und wir traten hinaus.

«Was war *das* denn?», wollte ich wissen.

«An einem Tag stand ich fast eine Stunde lang im Lift, und keiner kam rein, der in mein Stockwerk wollte. Ich habe nichts gegen Aufzüge, aber da war ich drauf und dran, verrückt zu werden. Da habe ich dann einfach gesagt, was ich möchte, und keiner hat mit der Wimper gezuckt. Im Aufzug schaut keiner den anderen an. Und übrigens: Es ist nicht Tony, der gut riecht, das bist du», sagte Jane.

Wir gingen einen Gang entlang und blieben schließlich vor Wilhelm Holts Büro stehen. Da fiel mir ein, Jane zu fragen, ob wir einen Plan hätten.

«Eigentlich nicht», antwortete sie leise. «Aber wenigstens weiß er schon, dass unsichtbare Frauen existieren, also wird er wohl kaum einen Herzinfarkt kriegen. Wir stellen einfach ein paar Fragen und versuchen herauszufinden, was er weiß. Dabei sollten wir ihn nicht zu sehr verängstigen.»

Wir drehten am Türknauf und stießen ganz langsam die Tür auf.

Wilhelm Holt war ein kleiner Mann mit Glatze und einem grau melierten Haarkranz über den Ohren. Er trug eine Nickelbrille und einen weißen Laborkittel, bei dessen Anblick mir automatisch, sozusagen als Pawlow'scher Effekt, warm ums Herz wurde. Sein Büro war nicht sonderlich groß, ein Schreibtisch stand darin, mit einem Stuhl dahinter und zweien davor. An einer Wand standen Bücherregale, an der anderen hingen eine Reihe eingerahmte Diplome. Er arbeitete konzentriert, nahm aber trotzdem wahr, dass sich die Tür wieder schloss und sich nun offenbar jemand im Raum befand. «Können Sie nicht anklopfen?», fragte er, ohne den Kopf von seiner Arbeit zu heben.

«Sie haben recht», sagte Jane, «aber wir wollten nicht zu viel Aufmerksamkeit auf uns lenken.»

Er legte den Stift weg und blickte auf. Als er nichts sah, kehrte er einfach zu seiner Arbeit zurück.

«Dr. Holt?»

«Ja?», sagte er, schon wieder in seine Aufgabe vertieft.

«Mein Name ist Clover, und das hier ist Jane. Wir kommen von der Unsichtbarengruppe aus Ohio. Sie haben mit meiner Bekannten gesprochen, Rosemary, und auch ein paar Mails mit ihr ausgetauscht, wenn ich recht verstehe. Sie wollten sich im Target Store von Cheltenham treffen? In der Shampoo-Abteilung.»

Jetzt besaß ich seine volle Aufmerksamkeit. Er hob den Kopf und schaute sich mit verengten Augen um, als könnte er uns sehen, wenn er sich nur genug anstrengte. «Sie hätten nicht herkommen sollen», sagte er. Er war blass geworden, aber noch lange nicht so blass wie wir.

«Auch da haben Sie recht», stimmte ich zu, «aber weil

Sie die Verabredungen mit uns schon mehrmals abgesagt haben, ist uns die Geduld ausgegangen.»

«Wie sind Sie hier reingekommen?»

«Wir sind unsichtbar», sagte Jane, «strengen Sie Ihr Gehirn an.»

«Ich wollte Ihnen, oder vielmehr Ihrer Bekannten Rosemary, helfen, das stimmt.»

«Spitze», freute ich mich, «denn wir wollen auch, dass uns geholfen wird. Und um Rosemary machen Sie sich mal keine Gedanken. Ihre Tochter hatte einen wichtigen Zahnarzttermin, deshalb konnte sie nicht kommen. Aber wir unsichtbaren Frauen sind beinahe austauschbar. Helfen Sie einer, helfen Sie allen.»

Er schraubte seinen Füller zu und lehnte sich zurück. «Ich werde nicht gern so überfallen. Sie haben mir gar keine Zeit gelassen, mich vorzubereiten.»

«Jetzt haben Sie doch Zeit», erwiderte Jane, «wir können warten.»

«Es ist nicht meine Schuld, dass Sie unsichtbar geworden sind», sagte Dr. Holt. Nun war er nicht mehr blass, sondern wurde zunehmend röter. Unser Besuch kam ihm offenbar ungelegen, und man konnte sehen, wie er allmählich sauer auf uns wurde.

«Nein, Ihre Schuld ist es nicht», bestätigte ich, «aber es ist Ihre Verantwortung. Sie arbeiten für eine Firma, die Medikamente herstellt, welche in einer bestimmten Kombination Frauen unsichtbar machen. Wir haben angerufen, wir haben geschrieben, wir sind sogar hergekommen, aber nichts geschieht. Wir möchten, dass diese Medikamente schleunigst vom Markt genommen werden, bevor es noch mehr Frauen trifft. Und Sie müssen natürlich versuchen, ein Gegenmittel zu entwickeln, um uns wieder zurückzubringen.»

«Allsing wird nie vom Markt genommen. Das ist Amerikas am häufigsten verschriebenes Antidepressivum.»

«Ich finde es ziemlich deprimierend, unsichtbar zu sein», sagte Jane, «trotzdem würde es mir nicht einfallen, Allsing zu nehmen, nach dem, was es bei mir angerichtet hat. Sie verstehen? Clover hier hat mehr Energie als ich, sie wird wahrscheinlich nicht zögern, sich an Ihre Fersen zu heften und sich nachts zu Ihnen auf die Bettkante zu setzen. Das ist für uns kein Problem. Wir sind wie Bettwanzen, wie Läuse, uns werden Sie so leicht nicht wieder los. Wer sich einmal unsichtbare Frauen eingefangen hat, der wird seines Lebens nicht mehr froh.»

«Sie drohen mir?»

«Ja und nein», erwiderte Jane. «Ich sage nur, wie's ist. Will ich Sie heimsuchen? Nein, ich bin schließlich kein Gespenst. Werde ich es tun, wenn Sie mir keine andere Wahl lassen? Ganz bestimmt. Wissen Sie, ich kann zwar meine Kinder und meinen Mann sehen, aber es wäre schön, wenn auch sie mich mal wieder sehen könnten. Etwas muss getan werden. Diese Firma hat uns körperlichen Schaden zugefügt und drückt sich nun vor den Konsequenzen.»

«Aber wieso ich?», rief er in heller Aufregung. «Wieso fallen Sie ausgerechnet über mich her?»

«Offen gestanden, weil Sie nett genug waren, Rosemarys Anruf anzunehmen», erklärte Jane. «Keine gute Tat bleibt ungestraft, Dr. Holt. Indem Sie mit ihr geredet haben, haben Sie zumindest eingestanden, dass Sie etwas von diesem Problem wissen. Sie haben gehört, dass Frauen unsichtbar geworden sind und dass es eine Verbindung zu den Medikamenten von Dexter-White gibt. Damit ersparen Sie es uns, jeden kleinen Laborratten quälenden Chemiker durchzuschütteln, zumal die wahrscheinlich eh nichts wissen. Sie können uns natürlich gern eine Liste Ihrer Vorgesetzten überlassen, dann werden wir die sieben Plagen Ägyptens über die bringen, die unser Leben ruinieren, und Sie in Ruhe lassen. Aber eins sollten Sie wissen: Jemanden werden wir zur Verantwortung ziehen, und zwar bald.»

«Ich werde die Wache rufen», sagte er und griff zum Telefon, «Sie bedrohen und belästigen mich!»

«Lassen Sie das lieber», wiegelte Jane ab, «die würden uns nicht mal in Ihrem kleinen Büro finden.»

«Sind Sie verheiratet, Dr. Holt?», erkundigte ich mich. Auf seinem Schreibtisch standen Bilder mit ihm und einer Frau, die einen Kopf größer war als er. Beide sahen nicht sonderlich attraktiv aus, schienen aber glücklich zu sein.

«Mein Privatleben geht Sie nichts an», entgegnete er brüsk.

«Oh, ich denke schon. Wissen Sie, wie einfach es ist, sich auf den Rücksitz Ihres Autos zu schmuggeln und Ihnen nach Hause zu folgen?» Ich nahm eins der Fotos und hielt es ihm hin. «Diese Frau da», fuhr ich fort, «nehmen wir an, Sie sind mit ihr verheiratet. Nehmen wir an, sie befindet sich gerade in den Wechseljahren und leidet unter quälenden Hitzewallungen. Sie geht zum Arzt, und der verschreibt ihr Premacore. Außerdem stellt er fest, dass ihre Knochendichte zu niedrig ist, also gibt er ihr auch noch Ostafoss. Sie ist ein wenig depressiv, und wer kann ihr das verübeln? Sie durchlebt die Menopause, und Sie arbeiten die ganze Zeit. Also verschreibt er ihr ein bisschen Allsing, nur eine kleine Dosis, um sie etwas aufzumuntern.»

«Clover, du erzählst meine Geschichte!», sagte Jane.

«All diese Mittel hat Ihre Frau den Wundern der modernen Chemie zu verdanken. Sie bekommt sie verschrieben, sie sucht sie sich nicht selbst aus. Dann, eines Morgens, wachen Sie auf, und Sie halten nur noch ein Nachthemd in den Armen. Ist es das, was Sie wollen, Dr. Holt? Finden Sie das in Ordnung? Glauben Sie nicht, dass Ihre Frau ein wenig Hilfe verdient hätte? Oder denken Sie, bloß weil sie unsichtbar geworden ist, hat sie keine Rechte mehr? Würden Sie die Sache einfach unter den Teppich kehren und Ihrer Frau sagen, sie soll sich nicht so anstellen? Ihre Frau wurde vergiftet, Dr. Holt, von Ihrer Firma. Sie wurde ihres Daseins beraubt. Würden Sie zu *ihr* sagen, sie soll verschwinden?» Ich reichte ihm das Bild. Er blickte es lange an.

«Wir arbeiten daran», sagte er schließlich und seufzte. «Es ist uns nicht gleichgültig.»

«Woran arbeiten Sie?», hakte Jane nach.

«An einem Gegenmittel.» Dr. Holt stellte das Bild der Frau wieder zurück.

«Ein Gegenmittel ist gut, danke. Aber das genügt nicht», sagte Jane. «Sie müssen mindestens eins dieser Medikamente vom Markt nehmen. Sie können nicht unzählige Frauen unsichtbar machen und dann versuchen, sie mit Ihrem Gegenmittel wieder zu heilen, bloß weil das besser fürs Geschäft ist. Das kann für uns gar nicht gut sein.»

«Aber es handelt sich nicht um unzählige Frauen. Unsere Anfangsstudien haben gezeigt, dass nur ein sehr geringer Anteil ...»

«Wie bitte?!», fiel ich ihm ins Wort.

«Sie haben es von Anfang an gewusst?», fragte Jane.

«Wenn jede Frau unsichtbar würde, die diese drei Medikamente einnimmt, dann würden wir in jeder Stadt, in jedem Viertel Frauen verlieren. Dies sind äußerst populäre Medikamente: Man könnte sogar behaupten, essenzielle. Es gibt keinen Aufschrei, weil nicht genug von Ihnen verschwunden sind. Sie wollen einen Aufschrei? Dann versuchen Sie mal, Allsing zu verbieten.»

«Großer Gott», sagte ich. Ich ließ mich auf einen der Stühle vor seinem Schreibtisch fallen. «Es gibt keinen Aufschrei, weil zu wenige der Frauen wissen, dass Dexter-White dahintersteckt.»

«Würden Sie zulassen, dass Ihre Frau diese drei Medikamente gleichzeitig einnimmt?»

Dr. Holt nahm seine Brille ab und rieb sich müde die Augen. «Nein, natürlich nicht.»

«Und was schlagen Sie vor, was wir jetzt tun? Werden Sie mit uns nach oben gehen und uns Ihrem Vorgesetzten vorstellen?»

«Wissen Sie, wie lange es dauert, bis man ein neues Medikament auf den Markt bringen kann? Wir brauchen mehr Zeit.»

«Ein vorhandenes Medikament aus den Regalen zu nehmen braucht überhaupt keine Zeit. Damit würden wir uns fürs Erste schon zufriedengeben.»

«Ich brauche mehr Zeit», beharrte er. «Ich werde versuchen, Druck auszuüben. Aber wenn ich Sie jetzt mit nach oben nehme, wird man mich bloß entlassen. Das bedeutet für Sie, dass Sie den einzigen Menschen verlieren, der auf Ihrer Seite steht. Und glauben Sie mir, meine Damen, ich bin auf Ihrer Seite.»

«Die anderen nicht?», erkundigte sich Jane.

«Hier geht es ums Geschäft», erklärte er, «dies ist ein gigantisches, multinationales Unternehmen. Da ist es unwichtig, ob sich ein paar Frauen im Spiegel sehen können oder nicht. Ich würde gern mit Ihnen in Verbindung bleiben. Tatsächlich könnten Sie von unschätzbarem Wert für unsere neuen Studien sein. Wir sind dabei, ein neues Medikament zu entwickeln, aber dafür brauchen wir freiwillige Unsichtbare, die bereit sind, es für uns zu testen.»

«Sie wollen uns als Versuchskaninchen benutzen?», fragte Jane fassungslos.

«Sie wollen, dass wir noch ein Dexter-White-Medikament einnehmen? Warum? Damit wir riskieren, noch mehr zu verlieren? Unser Augenlicht? Unsere Stimme?» Ich zitterte vor Wut. Am liebsten hätte ich seinen Schreibtisch umgeworfen, die Kraft dazu hätte ich vermutlich gehabt.

«Wir würden Sie niemals in Gefahr bringen», sagte er mit einer eigenartig beruhigenden Stimme.

«Zu spät. Sie haben achtundvierzig Stunden», erklärte ich, «sagen Sie es, wem immer Sie wollen. Sie haben genau achtundvierzig Stunden, um eine Lösung zu finden, dann kommen wir zurück.»

«In achtundvierzig Stunden kann ich gar nichts ausrichten. Das reicht nicht einmal, um eine Konferenz einzuberufen», widersprach er.

«Aber es ist genug Zeit für mich, um zu überlegen, was ich mit Ihnen und mit jedem Ihrer Kollegen anstellen werde, wenn Sie nicht sofort in die Gänge kommen.» Ich hätte ihm die Augen auskratzen können, ihn in den Hintern treten. Mit solchen Gefühlen hatte ich seit der Schulzeit nicht mehr zu kämpfen gehabt.

Die Tür schwang auf, und ich nahm an, dass Jane hinausging. Blind vor Wut folgte ich ihr durch den Gang zum Aufzug. Sie wussten es! Sie wussten es! Der Fahrstuhl stand offen, und ich trat ein. Zum Runterfahren brauchte man keine Schlüsselkarte, nur zum Hochfahren. Ich stürmte durch die Lobby, am Wachmann vorbei und durch die Doppeltür, kaum konnte ich mich beherrschen.

«Sie wussten es!», rief ich, viel zu laut. Mir liefen vor Wut die Tränen über die Wangen. Ich musste an all die Frauen denken, die darunter zu leiden hatten, und keiner scherte sich um sie. «Für die sind wir nichts. Ein kalkulierbarer Verlust. Eine zu vernachlässigende Randgruppe. Unsichtbar zu sein ist eine Sache. Aber zu wissen, dass dir das jemand angetan hat und sich einen Dreck dafür interessiert, weil es um den Profit geht, eine ganz andere.» Ich stieß die Luft aus, konnte nur den Kopf schütteln. «Komm», sagte ich, «lass uns gehen. Ich will bloß noch weg von hier.»

Nichts. Weiter hinten liefen ein paar Leute einen Hügel hinauf. Ich stand auf einem Rasenstück, etwa zehn Meter vom Eingang entfernt. Alles war so sauber und ordentlich wie in Singapur. Nicht mal ein Kaugummipapier verunreinigte die geleckten Wege.

«Jane?»

Wieder nichts.

Unsichtbare dürfen einander nicht verlieren, das ist das oberste Gebot. Wenn wir es doch tun, sind wir so hilflos wie blinde neugeborene Kätzchen. «Jane?», wiederholte ich, dann lauter: «Jane? Jane? Jane?»

War ich durch die richtige Tür rausgekommen? Ich ging zurück ins Gebäude. Der Wachmann hob den Kopf, als die Tür aufging, ohne dass jemand hereinzukommen schien. Auf der anderen Seite der Eingangshalle stand ein zweiter Tresen mit einem Wachmann, dahinter eine zweite Glastür, die nach draußen führte, zu einem makellosen Stück Rasen und einer kerzengeraden Reihe kahler Bäume. Ich blieb in der Mitte stehen, in gleicher Entfernung zu beiden Männern. An den Wänden hingen riesige abstrakte Gemälde, und von der hohen Decke baumelte ein Caldereskes Mobile oder vielleicht sogar ein Calder-Mobile, sicher Überbleibsel aus den achtziger Jahren, als die großen Firmen noch großformatige Kunst angekauft hatten.

Den Kopf in den Nacken gelegt, rief ich: «Jane?» Die Wachmänner drehten sich um. Ich verließ das Gebäude durch die andere Tür. «Jane? Jane?», rief ich in den Wind.

Ich musste daran denken, wie ich einmal Evie in der Damenabteilung von einem großen Kaufhaus verloren hatte. Zuerst dachte ich, sie spielt nur. Sie kroch gerne unter die Kleiderständer und versteckte sich dort. Ich lief die Reihen ab, hob die Kleider, schaute darunter, rief immer wieder: «Evie?» Je weiter ich kam, desto höher wurde meine Stimme, desto wilder klopfte mein Herz. Ich konnte sie nicht finden. Jetzt hatte ich genau dasselbe Gefühl. Ich weiß noch, wie verloren ich mich fühlte, wie ich dachte, ich würde sie nie wiederfinden und für immer verloren sein. Jemand hatte meine Tochter mitgenommen, weil ich mir ein neues Kleid für eine Dinnerparty kaufen wollte. Ich schnappte mir eine vorbeikommende Verkäuferin. Mittlerweile war ich in Tränen aufgelöst. Es dauerte keine zwei Minuten, bis der Lautsprecher Evies Namen ausrief. Im ganzen Kaufhaus wurde es still. Und dann kam eine junge Frau in einem schwarzen Kostüm die Rolltreppe hinaufgefahren, meine Tochter an der Hand. Wie sich herausstellte, war Evie allein die Rolltreppe runtergefahren und hatte nicht mehr gewusst, wie sie zurückkommen sollte. Weinend und durcheinander war sie zur Chanel-Theke gelaufen, vier Jahre alt, meine Evie, und schon unwiderstehlich von den Lippenstiften angezogen. Die Chanel-Dame brachte sie mir wieder zurück.

«Jane!», brüllte ich.

Ich lief im Uhrzeigersinn um das Gebäude herum und rief dabei immer wieder wie ein Mantra Janes Namen. Wie seltsam es doch war, dass ich nicht einmal wusste, wie Jane überhaupt aussah. Wenn ich je heil hier rauskomme, dachte ich, wenn ich sie je wiederfinde, dann werde ich zu Hause eine Party geben und alle unsichtbaren Frauen bitten, ihre Lieblingssachen anzuziehen und Fotos mitzubringen, damit ich zumindest eine Vorstellung habe, wie sie aussehen. Wenn sie sie nun oben im fünften Stock festhielten? Wenn sich unter Dr. Holts Schreibtisch ein Knopf befand und er heimlich die Wache gerufen hatte? Sie könnten ein Laken über sie werfen oder sie mit einem Netz einfangen. Schreckliche Bilder schossen mir durch den Kopf, wie die arme Jane sich zappelnd gegen ihre Peiniger wehrte. Ich ging erneut in das Gebäude zurück, und diesmal waren die Wachen ernstlich konsterniert. Ich beschloss, wieder in den fünften Stock zu fahren und Dr. Holt zu zwingen, mir zu sagen, was sie mit Jane angestellt hatten. Ungeduldig stand ich vor dem Aufzug und wartete darauf, dass jemand nach oben fahren wollte. Jetzt wünschte ich, die gute Gilda würde im Auto auf mich warten, wie sie es angeboten hatte. Oder auch Nick und Vlad. Irgendjemand, der uns helfen konnte.

Und dann, als ich mir vorstellte, wie sich die drei, Gilda, Nick und Vlad, hinten in den Wagen zwängten, fiel mir ein, was ich meinen Kindern früher immer eingeschärft hatte: «Geht zurück zum Auto.» Sie mussten sich jedes Mal einprägen, wo das Auto stand, bevor wir irgendwo hingingen. Falls sie sich hoffnungslos verirrten, sollten sie zurück zum Auto gehen und dort warten, hatte ich ihnen immer eingeschärft. Ich wandte mich ab, verließ das Gebäude und machte mich auf den Weg zum Wagen.

Ich hatte keine Ahnung, wie spät es war, ich vermisste meine Armbanduhr. Es sah aus, als würde allmählich der Abend hereinbrechen, aber das konnte täuschen, vielleicht lag es nur am trüben Wetter. Ich begann zu rennen. Immer wieder rief ich nach Jane. Fast hatte ich den Parkplatz erreicht, als ich eine rote Jeans und ein weißes T-Shirt in meine Richtung kommen sah.

«Clover!», rief die Erscheinung.

«Jane!» Ich rannte auf sie zu.

«Clover!»

Ich warf mich ihr an den Hals, so froh war ich, sie wiederzusehen, selbst wenn ich sie gar nicht sehen konnte. Seit der Sache mit Evie war ich nicht mehr so erleichtert gewesen.

«Was ist passiert?»

«Er hat mich noch mal reingerufen. Ich hatte schon die Tür geöffnet, und du bist wohl gleich nach draußen gegangen. Er wollte wissen, wie er uns erreichen kann. Da warst du wahrscheinlich schon beim Aufzug. Als ich unten ankam, warst du weg.» Sie hielt mich am Arm. Auch ich klammerte mich an sie. So gingen wir zurück zum Auto.

«Willst du mit zu uns kommen?», fragte sie. «Mein Mann würde sich riesig freuen, dich kennenzulernen. Du willst doch jetzt sicher nicht heimfliegen, nach alldem. Wir könnten noch ein bisschen reden, Pläne schmieden.»

«Ich muss nach Hause», widersprach ich, «mein Mann weiß nicht einmal, dass ich weg bin.»

Also fuhr Jane mich zum Flughafen. Zum Reden waren wir sowieso zu müde. «Ich rufe dich morgen an», versprach ich, «in ein paar Tagen komme ich wieder.»

«Wir sind ein gutes Team», sagte sie.

Wir verabschiedeten uns, dann eilte ich ins Flughafengebäude. Es war spät, und die Schlangen vor den Schaltern waren lang. Hätte ich durch die Sicherheitskontrollen gemusst, ich hätte meinen Flug verpasst. Diesmal war das Flugzeug voll besetzt, und eine Zeitlang kauerte ich mich auf den Boden vor den Toiletten, aber als andauernd jemand dorthin musste, wechselte ich den Platz und hockte mich in einen der Gänge. Da wollten aber die Flugbegleiterinnen ständig mit ihren Wägelchen durch, um ihre Limonaden zu verteilen. Ich hätte mich auf die Gepäckablage schwingen können, aber auch die war voll mit Handgepäck. Mir blieb nichts anderes übrig, als mich während des Flugs in immer andere Ecken zu drücken, damit niemand auf mich drauftrat. Ich war müde und tat mir selbst ziemlich leid. Wie schön es gewesen wäre, wenn ich ein Ticket gehabt hätte und einen ordentlichen Sitzplatz, wenn ich mir ein Glas billigen Rotwein in einem Plastikfläschchen hätte bestellen können. In dem Moment gingen die Bitte-Anschnallen-Lämpchen an, und der Flugkapitän verkündete, dass wir in Kürze landen würden. Ich wappnete mich – nicht nur vor der Landung, sondern vor allem, was da sonst noch kommen mochte.

14. KAPITEL

Die gute Gilda! Treu wie Gold erwartete sie mich am Flughafen. Ich erzählte ihr in groben Zügen, was geschehen war; in die Einzelheiten ging ich nicht, dazu war ich viel zu demoralisiert.

«Aber was jetzt?», wollte sie wissen, als wir bei mir zu Hause ankamen.

«Weiß ich nicht», entgegnete ich, «das muss ich mir erst überlegen. Denkst du auch darüber nach? Irgendwas wird uns schon einfallen.»

Gilda beugte sich über mich und schaute zum Haus. «Sitzt da jemand auf deiner Veranda?»

Ich spähte in die Dunkelheit. «Ich kann niemand sehen.» Doch dann entdeckte ich etwas: ein winziges orangerotes Glühen, das aufflammte und wieder ausging.

«Da!» Gilda zeigte hin. «Da raucht wohl jemand eine Zigarette.»

«Dann wird es ein Freund von Nick sein.»

«Ich warte hier», sagte sie. «Oder soll ich mitkommen?»

«Nein, du fährst schön heim. Wenn ich mit Bankräubern fertigwerde, werde ich ja wohl noch jemandem die Zigarette wegnehmen können.»

Gilda hielt das ebenfalls für möglich, also sagten wir einander Gute Nacht, und sie fuhr weiter. Es war stockdunkel. Gewöhnlich bin ich diejenige, die am Abend das Licht anmacht, draußen vorm Haus und drinnen im Wohnzimmer. Es schien niemand zu Hause zu sein, bis auf die rauchende Person auf den Verandastufen. Ich glaubte, ein Paar Schuhe zu erkennen, eine Jacke, aber es war so dunkel, dass ich mir nicht sicher sein konnte. An jedem anderen Abend hätte ich vielleicht einen Schreck bekommen, aber heute war es nur ein Problem unter vielen.

«Hallo?», rief ich vorsichtig.

Die Zigarette erhob sich. «Sie sind Mrs. Hobart», sagte eine Stimme, es war weniger eine Frage als eine Feststellung. Sie hatte einen Akzent, den ich nicht einordnen konnte. Das orangerote Licht glühte noch einmal kräftig auf, dann segelte es zu Boden, wo es unter einem Schuh zerdrückt wurde.

«Ja, die bin ich.»

«Ich bin Ariana Sawyer, Vlads Mutter. Mein Sohn sagt mir, Sie sind unsichtbare Frau.»

«Ach, Mrs. Sawyer», sagte ich erleichtert, «tut mir leid, dass Sie warten mussten. Ich war in Philadelphia. Vlad hat gar nicht erwähnt, dass Sie kommen.»

«Ich habe Vlad nicht gesagt. Ich erzähle Vlad, er sagt, Mutter, bleib zu Hause, belästige nette Leute nicht. Verzeihen Sie, Mrs. Hobart, aber ich muss belästigen. Ich nicht länger ertrage, dass ich einzige Unsichtbare bin, die ich kenne.»

Ich ergriff ihre Hand. Meine Augen hatten sich mittlerweile an die Dunkelheit gewöhnt, und ich konnte sehen, dass sie von Kopf bis Fuß bekleidet war. Sie trug sogar einen Hut und Wollstrumpfhosen. «Ich bin froh, dass Sie hier sind. Kommen Sie, gehen wir hinten ins Haus, die Tür ist nicht abgeschlossen.»

Als wir an der Garage vorbeikamen, ging der Bewegungsmelder an. Mrs. Sawyer blieb stehen und musterte mich. «Sie sind sehr unsichtbar», bemerkte sie, «mehr unsichtbar als ich. Alles unsichtbar.»

«Ich habe nichts an», erklärte ich, «ich bin nackt.»

Sie ließ abrupt meine Hand los. «Das ist verwirrend.»

«Weil ich verreisen musste.» Ich seufzte. «Das ist eine lange Geschichte. Aber ich musste ein Flugzeug nehmen, und dazu braucht man seinen Ausweis, der mir nicht mehr viel nützt, weil ich dem Passbild nicht mehr ähnlich sehe.»

«Nackt», wunderte sie sich. Mrs. Sawyer hatte einen Koffer dabei, den ich ihr abnahm, während wir das Haus durch die Hintertür betraten.

«Mein Mann arbeitet wohl noch», sagte ich und schaute mich suchend um. Red kam aus der Dunkelheit geschossen und bellte mich ein, zwei Mal scharf an, weil er schnöde allein gelassen worden war. Ich tröstete ihn mit einem Hundekeks. «Weiß auch nicht, wo die anderen sind.»

«Das ist süßer Hund.» Red wedelte mit dem Schwanz. «Vlad und Evie sind wieder zur Schule gefahren. Als ich hier ankam, ich hab angerufen. Er war entsetzt. Sagte, ich muss sofort wieder heimfahren. Ich antworte, nicht, ehe ich nicht gesehen hab andere Unsichtbare. Jetzt ich könnte heimfahren, Mrs. Hobart, wenn Sie sehr müde sind, aber lieber würde ich erst mit Ihnen reden.»

«Wo wohnen Sie denn, wie weit ist das?», wollte ich wissen.

«In Cookville, vier Stunden mit Auto.»

«Dann müssen Sie heute bei uns übernachten», erklärte ich. Es war zwar nicht gerade der ideale Zeitpunkt für einen Hausgast, aber da war er nun mal, also musste man tun, was sich gehörte.

«Vielen Dank», sagte sie, «und dürfte ich bitten vielleicht um ein Glas Rotwein? Entschuldigen Sie, dass ich frage, aber meine Nerven sind schwach. Ich habe wieder angefangen zu rauchen. Ich habe nicht mehr geraucht, seit ich junges Mädchen in Russland war. Nie in Amerika, nie, bis jetzt.»

«Ach», sagte ich, «Russland.»

«Unsichtbar sein ist schlimm, anstrengend. Ich wollte mich von meinem Mann scheiden lassen. Ich wollte einiges. Meine Kinder sagen, ich bin nicht richtig bei Verstand. Ich sage nicht, um Angst zu machen. Sie wissen, wie Unsichtbare denken. Sie sind, wie sie sind.»

Ich holte einen Korkenzieher und machte den Wein auf. Dann schenkte ich jeder von uns ein Glas ein. Wir prosteten uns zu. «Da haben Sie recht», sagte ich.

«Vlad sagt, Sie sind zu Dexter-White gegangen und haben sie konfrontiert. Vlad sagt, Sie sind sehr mutige Frau.»

«Es ist leichter, mutig zu sein, wenn man nicht gesehen werden kann.»

«Ich habe das auch festgestellt. Haben Sie Firma dazu gekriegt, uns wieder richtig zu machen?»

«Das wollen sie, aber sie wissen noch nicht so recht,

wie. Und sie scheinen es auch nicht sonderlich eilig damit zu haben.»

«Das ist, weil sie Unsichtbare nicht sehen können. Was du nicht siehst, das du nicht beachtest. Mein Mann ist Beweis. Ich bin zwei Wochen unsichtbar, und er merkt nichts.»

«Da kann ich Sie noch übertreffen.» Ich nahm einen kräftigen Schluck Wein. «Es gibt einige in meiner Gruppe, bei denen es noch länger gedauert hat. Sie sollten morgen mit zum Meeting kommen, da ist ein ganzer Haufen unsichtbarer Frauen.»

«Sie sind sehr verständig, sehr mitleidig zu Ehemann. Das ist nicht russische Art.»

«Ist Ihr Mann auch Russe?»

«Er ist hirnloser Farmer, mit Familie, die schon seit Erschaffung der Welt auf Farm in Ohio lebt.»

«Wie haben Sie ihn dann kennengelernt?»

«Ich habe Anzeige in Zeitschrift getan, und er hat mich bestellt. Das war 1982. Damals waren russische Bräute großes Geschäft. Wir alle dachten, wir werden von Millionären nach New York geholt und mit Champagner und Seidenbettwäsche verwöhnt. Das war Irrtum. Aber mein Leben hier war trotzdem besser als in Russland. Ich kann hart arbeiten. Wir waren nicht unglücklich, bis ich unsichtbar geworden bin. Du kommst ins Land, du lernst die Sprache von Ehemann. Ehemann hat nicht Russisch gelernt, kein einziges Wort, nicht mal Guten Tag oder Auf Wiedersehen. Ich schenke ihm drei Kinder. Ich koche ihm Essen, ich putze Haus, ich füttere Hühner. Ich stricke ihm Pullis. Ich arbeite als Sekretärin bei Farmerversicherung und zahle jeden Gehaltsscheck auf gemeinsames Konto. Alles, was ich tue, ich tue für ihn. Und als ich verschwinde, er merkt nicht mal.»

«Ja, das ist nicht leicht», musste ich ihr zustimmen, «aber ich sage mir, es liegt daran, weil er mich so gut kennt. Er sieht mich selbst dann, wenn ich nicht zu sehen bin.»

«Ist sehr schöner Gedanke, Mrs. Hobart, sehr romantisch. Aber ich glaube, ist Quatsch.»

«Bitte, nennen Sie mich Clover.»

«Und Sie mich Ariana. Und Du, wenn du willst.» Sie kippte den restlichen Inhalt ihres Weinglases in einem Zug hinunter, dann stellte sie es mit einem entschlossenen Klirren auf den Tisch. «So, Clover, unsere Ehemänner sind uninteressant. Wir müssen uns zuwenden der großen Sache.»

«Dexter-White behauptet, an der Entwicklung von Medikamenten zu arbeiten, die uns wieder sichtbar machen. Aber uns bereitet mehr Sorgen, dass man die schädlichen Medikamente noch immer nicht vom Markt genommen hat. Dexter-White sperrt sich dagegen, weil sie ihm so viel Geld einbringen und angeblich ohnehin nur eine sehr geringe Anzahl von Frauen unsichtbar geworden sind.»

«Geringe Anzahl?», spottete sie. «Eine schon zu viel!»

«Da bin ich ganz deiner Meinung. Aber bei Dexter-White sieht man das anders.»

«Also was willst du tun?»

«Darüber muss ich nachdenken. Dexter-White ist eine sehr große Firma, und unsichtbare Frauen sind schwer zu finden.»

Ariana streckte den Arm aus und griff nach der Weinflasche. «Als ich dachte, ich bin einzige Unsichtbare auf der ganzen Welt, und als ich nicht wusste, woran es liegt, ich dachte, das Problem ist riesig. Aber jetzt, ich sehe dich, und ich höre, du hast andere unsichtbare Freundinnen, ich glaube, es ist kein Problem mehr.»

«Doch, das ist es wohl», widersprach ich.

«Du denkst, du bist Tschetschenien und Dexter-White ist mächtiges Russland. Aber du irrst dich. Sie sind Tschetschenien, und wir sind mächtige Mutter Russland. Wir sind Panzer und Maschinengewehre, wir sind historische Macht. Wir zerquetschen sie unter unseren Absätzen wie kleine Käfer.»

«Was um Himmels willen meinst du damit?»

«Ich hab angefangen zu studieren Empowerment und Visualisierung. Glaub mir, wir sind Russland. Wir werden mit unseren Tankern nach Philadelphia rollen, Stadt der brüderlichen Liebe, und wir werden sie plattmachen. Du weißt nicht, wie du Unsichtbare findest. Wir finden sie wie alles auf Welt: im Internet. Wir suchen sie mit Facebook. Wir suchen sie mit Twitter. Wir blasen zum Angriff.»

«Damit kenne ich mich nicht aus.»

«Deshalb wir haben Kinder geboren. Kinder können das. Wir rufen an Oprah. Oprah wird unsichtbare Frauen an Busen drücken. Wir rufen an Talkshow *Regis und Kelly* und *New York Times*. Vlad sagt, du arbeitest bei Zeitung.»

«Für eine Gartenkolumne.»

«Wir müssen aufstehen und Lärm machen, großen Lärm, und wir müssen alle Schwestern aus ganzem Land rufen. Und dann marschieren wir mit aller Macht von

Mutter Russland auf Dexter-White und zwingen Pharmaleute in Knie. Sie werden nicht wissen, wie viel wir sind. Wir sind unsichtbar. Wenn wir hundert sind, wir sagen, wir sind tausend. Wenn wir tausend sind, wir sagen, wir sind zehntausend. Wo es Straßen gibt, wir marschieren, wo es Mikrophon gibt, wir reden.»

«Lieber Himmel», staunte ich, «das alles hast du dir schon überlegt?»

«Nein», antwortete sie, «ich wusste nicht, wogegen ich kämpfe. Ich dachte, ich kämpfe gegen Ehemann. Jetzt hast du mir gegeben Dexter-White, und ich verspreche dir, ich bin gekommen, sie zu zerstören.»

In diesem Moment kamen Arthur und Nick durch die Hintertür und fanden eine fremde Frau am Küchentisch vor, die zu viel anhatte und Wein aus zwei Gläsern trank.

«Äh ... hallo?», sagte Arthur zögernd. Er wusste nicht, ob er es mit Besuch oder mit einer Einbrecherin zu tun hatte.

«Wo wart ihr denn?», fragte ich.

Arthur seufzte erleichtert. Ich war da. Dann war ja alles in Ordnung.

«Ich wusste, dass du heute dieses wichtige Meeting hattest», sagte Nick, «und da sind Dad und ich essen gegangen.»

Nick deckte mich; das war wirklich lieb von ihm. «Das ist Ariana Sawyer, Vlads Mutter. Sie ist gekommen, um ihn zu sehen, hat ihn aber knapp verpasst.»

Arthur bot ihr seine Hand, und sie begrüßten sich. «Ich freue mich, Sie zu sehen, Mrs. Sawyer. Vlad ist uns schon richtig ans Herz gewachsen.»

«Er wollte mit Evie Schluss machen. Ich sage zu ihm:

Idiot! Wann wird dich so ein Mädchen je wieder anschauen?»

Nick gab sich alle Mühe, Ariana nicht anzustarren, und auch Arthur schien zu merken, dass irgendetwas an ihr nicht stimmte. «Wir sind froh, dass sie sich wieder versöhnt haben. Junge Leute können so …» Er brach ab und starrte sie an. Dann versuchte er es noch einmal: «Junge Leute können …» Er blinzelte. «Clover? Könnte ich kurz mit dir reden, im Wohnzimmer? Sie entschuldigen uns, Mrs. Sawyer, es geht um etwas Berufliches.» Er machte ein merkwürdiges Gesicht und schien auf einmal unter Atemnot zu leiden.

«Gehen Sie nur, gehen Sie», winkte Ariana ab. Dann wandte sie sich Nick zu. «So, du bist also Evies Bruder. Vlad hat gesagt, du hast ihn gehauen wegen Missverständnis über Mutter.»

«Das bedaure ich sehr», sagte Nick.

«Nicht bedauern! Keine Schande, Mutter zu verteidigen.»

Arthur war schon im Wohnzimmer. «Clover!», rief er.

«Ich bin hier, Arthur. Alles in Ordnung mit dir?»

«Wo hier?»

«Hier.» Ich nahm seine Hand. «Komm, setz dich kurz. Du siehst nicht gut aus.»

«Hast du nicht gesehen? Diese Frau in der Küche?»

«Ariana», sagte ich.

«Ich kann sie nicht sehen! Du kannst sie anscheinend sehen, und Nick kann sie sehen, aber sie hat weder Kopf noch Hände! Ich habe ihre Hand geschüttelt, aber ich konnte die Hand nicht sehen.»

Eine andere Frau wäre jetzt vielleicht gekränkt gewesen. Meine Unsichtbarkeit hatte er seit einem Monat nicht bemerkt, aber kaum betrat eine andere unsichtbare Frau unser Haus, fiel ihm sofort auf, dass etwas nicht stimmte. Aber Arthur war Arzt. Und Ärzte haben eine Antenne dafür, wenn mit anderen Leuten etwas nicht stimmt. Was mich betraf, ging er davon aus, dass es mir gutging. «Ich weiß», sagte ich.

«Dann kannst du sie auch nicht sehen?»

«Nein.»

«Und das stört dich gar ... Clover? Clover, wo bist du?»

«Ich sitze hier neben dir», erklärte ich und drückte seine Hand. Ich liebte ihn. Jetzt, in diesem Moment der Panik und der Erkenntnis, in diesem Moment, den ich mir so oft ausgemalt hatte, liebte ich ihn mehr, als ich es je für möglich gehalten hätte.

Es dauerte eine Weile, bis ich das Nötigste erklärt hatte. Arthur wollte vieles wissen, und ich erwähnte die wichtigsten Details. Dann musste ich ihn aber darauf hinweisen, dass wir einen Gast hatten und dass weder Ariana noch ich etwas zu Abend gegessen hatten, ganz zu schweigen davon, dass das Bett in Evies Zimmer frisch bezogen werden musste. Arthur bewegte sich wie ein Schlafwandler durch den Rest des Abends, nicht in seinem üblichen, erschöpften Zustand, sondern wie jemand in Trance. Er machte uns Spiegeleier auf Toast und befahl uns mit schwacher Stimme, am Küchentisch sitzen zu bleiben, und er schenkte uns mehr Wein ein. Nick ging nach oben, um das Bad zu putzen.

«Das ist ausgezeichneter Ehemann», erklärte Ariana, «ich kann sehen, warum du ihn entschuldigst. Mein Mann war beleidigt, als er endlich gemerkt hat. Er hat gesagt, ist meine Schuld, weil ich es ihm nicht gesagt habe. Er hat sich leid getan. Dein Mann dagegen ist traurig, weil er dich vernachlässigt hat.» Sie redete, als ob Arthur gar nicht anwesend wäre.

«Ja», sagte Arthur und setzte jeder von uns einen Teller vor, «Sie haben den Nagel auf den Kopf getroffen.»

«Morgen starten wir Kampagne», verkündete sie. «Ich sage, wir müssen schnell sein, großen Vorstoß machen. Du musst Artikel schreiben für Zeitung von morgen.»

«Für morgen ist es zu spät», sagte ich bedauernd.

«Du rufst Redakteur an, jetzt gleich. Du sagst ihm, du bist unsichtbar, dass dich niemand sehen kann. Er wird Artikel heute noch annehmen. Und morgen machen wir Schilder und Plakate und T-Shirts. Wir übernehmen Internet. Wir brauchen Slogan. Flotten Slogan.»

«*Invisible – Indivisible*, unsichtbar – unteilbar», verkündete Nick, der wieder zu uns gekommen war und gerade eine Pfanne abwusch.

Wir alle schauten ihn verblüfft an. «Wie klug er ist», flüsterte Ariana.

Ich entschuldigte mich und ging nach oben, um den Artikel zu schreiben.

«Wie ist es bloß möglich, dass ich nichts gemerkt habe?», fragte Arthur später, als wir im Bett lagen und ich den Artikel eingereicht hatte.

«Du bist nicht der Einzige. Den meisten fällt nichts auf.

Ich hätte es dir sagen müssen und dich nicht so einer Prüfung unterziehen dürfen.»

«Prüfung? Du bist unsichtbar», widersprach er, «das ist nicht so, als würdest du die Hauptstädte der fünfzig Bundesstaaten abfragen. Ich kann mir nicht vergeben, dass du das allein durchstehen musstest.»

«Ganz allein auch wieder nicht. Ich hatte ja Gilda und deine Mutter, und die Unsichtbarengruppe.»

«Wir werden juristischen Beistand brauchen, wenn wir es mit Dexter-White aufnehmen wollen», überlegte er, «mit denen ist nicht zu spaßen. Es ist toll, dass du Flugblätter verteilen willst, aber wir brauchen mehr als das.»

«Das Problem ist, dass ich mich bisher immer für Tschetschenien gehalten habe», bemerkte ich.

«Was?»

«Ich dachte, ich wäre Tschetschenien.»

«Du?», lachte Arthur. «Tschetschenien? Nicht einmal ansatzweise. Du bist Russland. Du warst immer Russland.»

«Das weiß ich jetzt auch», sagte ich und nahm ihn in die Arme.

15. KAPITEL

Am nächsten Morgen tauchten Vlad und Evie wieder auf; Ariana hatte ihnen eine SMS geschickt.

«Aber die Vorlesungen fangen heute wieder an», protestierte ich.

«Wir sind unsichtbar», sagte Ariana, «das ist wichtiger als Schule. Sag unsichtbaren Frauen, dass Meeting jetzt gleich hier stattfindet. Sag allen, sie sollen Laptop und Handy und Papier mitbringen. Und Freunde und erwachsene Kinder. Und Ehemänner, wenn sie was taugen.»

Ich schaute mich im Wohnzimmer um. «Ich weiß nicht, ob wir alle hier reinpassen.»

«Sie können stehen. Wir geben ihnen Aufgaben, dann gehen sie wieder.»

Arthur rief in der Praxis an und meldete sich krank. Das war noch nie vorgekommen. Er ging immer in die Praxis, selbst wenn er wirklich einmal krank war. Hatte er eine Magenverstimmung, entschuldigte er sich höflich beim Patienten, ging raus zur Toilette und erbrach sich. «Darfst du das denn überhaupt», fragte ich, «dich krankmelden?»

«Erstens: Ich liebe dich», erklärte er. «Dies ist ein entscheidender Moment in deinem Leben, und da möchte ich bei dir sein. Und zweitens: Ich will mich lieber nicht von dieser Frau erwischen lassen, wie ich zur Arbeit gehe.»

«Guter Punkt.»

Irene stand in der Küche und machte haufenweise vegane Karotten-Muffins und kübelweise grünen Tee. «Ich habe heute früh einen Tweet verschickt», erzählte sie und drückte mir eine Tasse Tee in die Hand, «einen Aufruf an alle unsichtbaren Frauen, sich morgen Mittag auf dem Gelände von Dexter-White einzufinden und ihnen das Heft aus der Hand zu nehmen.»

«Du kannst twittern?», fragte ich erstaunt.

«Evie hat es mir beigebracht.»

Arthur und Evie betraten die Küche. Mein Mann nahm sich einen Muffin und gab seiner Mutter einen Kuss. «Ich kann verstehen, dass Clover es mir nicht sagen wollte, aber du? Meine eigene Mutter?», sagte er kauend.

Irene zuckte die Schultern. «Als du klein warst, wolltest du, dass ich deine Naturwissenschaftsprojekte für dich erledige, aber auch da hab ich mich geweigert.»

Verblüfft schaute Arthur sie an. «Was hat das eine mit dem anderen zu tun?»

«Ich habe deine Projekte nicht gemacht, weil ich wollte, dass du dich selbst damit auseinandersetzt oder beim Versuch ehrenhaft untergehst. Und jetzt sieh dich an: Aus dir ist ein brillanter Arzt geworden! Ich habe dir nicht gesagt, dass Clover unsichtbar geworden ist, weil du es selbst herausfinden musstest. Diese Reise konntest nur du allein machen, die konnte dir niemand abnehmen.»

«Glaubst du also, dass aus mir auch noch ein brillanter Ehemann wird?»

Irene tätschelte ihm liebevoll die Wange. «Das wünsche ich mir für dich.»

«Wenn's jemandem eingefallen wäre, es *mir* zu sagen», meinte Evie schmollend, «dann hätten wir nicht den ganzen Weg zur Uni und wieder zurückfahren müssen.»

«Du hattest andere Dinge um die Ohren», sagte ich und umarmte sie, «damit wollte ich dich nicht zusätzlich belasten.»

«Mutter, du bist *unsichtbar*. So narzisstisch bin ich nun auch wieder nicht.»

Es freute mich, das zu hören.

Gildas Mann Steve blieb ebenfalls zu Hause; beide kamen mit Benny und Miller zu uns und nahmen die Hälfte unseres unsichtbaren Teams zu sich ins Haus, damit man hier weniger Gefahr lief, auf jemanden draufzutreten. Ich trug, so wie jede, einen Haftzettel mit meinem Namen auf dem T-Shirt: *HI! ICH BIN CLOVER*.

Benny kam mir in den Korridor nachgeschlichen. «Aufgeflogen!», flüsterte er, dann verschwand er grinsend.

Wer hatte Verbindungen? Wer kannte Anderson Cooper vom CNN? In unserem Hauptquartier summte es wie in einem Bienenstock. T-Shirts wurden bei einer Firma bestellt, die sich mit Last-Minute-Aufträgen auskannte. Nick mietete einen Bus. Arthur besorgte die Zeitung und kam triumphierend winkend damit zurück. Wie Ed versprochen hatte: Front, obere Hälfte, über dem Knick:

> *AUFRUF AN ALLE UNSICHTBAREN FRAUEN, von Clover Hobart: Morgen um die Mittagszeit werden alle unsichtbaren Frauen aus dem Schatten treten und die*

Hallen von Dexter-White stürmen, dem multinationalen Pharmakonzern mit Sitz in Philadelphia, dessen Medikamente für eine unübersehbare Anzahl von Frauen zum Albtraum wurden.

Das Telefon klingelte. Das Handy klingelte. Nicks Handy klingelte. Es ging zu wie in Arthurs Praxis.

«Die *Associated Press* hat die Story für ihren Nachrichtenticker aufgegriffen», berichtete Ed am Telefon, «sie bringen es überall. Diese Sache ist riesig, Clover. Es ist erst neun Uhr, aber wir sind komplett ausverkauft, jeder Stand in der Stadt. Ich möchte, dass du dranbleibst und bis ins letzte Detail berichtest. Du wirst jede Minute abdecken!»

Evie schickte einen Tweet an die American Cheerleader Association, und Vlad postete einen Aufruf auf der Facebook-Seite der American Hockey League, die ihn seit Monaten zu rekrutieren versuchte. Wir schickten E-Mails an Oprah, an die *Ellen DeGeneres Show* und an *The View*. Alle drei Talkshow-Produzenten riefen innerhalb von zehn Minuten zurück. Lila, Alice und Jo Ellen nahmen die Anrufe entgegen. Ich war hinten im Garten und telefonierte mit dem nationalen Radiosender NPR.

«Ich glaube, zuerst stand ich einfach unter Schock», erzählte ich Nina Totenberg, die für Steve Inskeep einsprang, «und danach schämte ich mich vermutlich. Ich wusste ja nicht, was mir zugestoßen war. Ich wusste nicht, wie ich darüber reden sollte.»

«Das scheint sich inzwischen geändert zu haben», bemerkte Nina Totenberg.

«Allerdings. Es war ein typischer Fall: Wir mussten zur

rechten Zeit zusammenkommen und beschließen, für unsere Rechte und für die Rechte anderer Frauen zu kämpfen. Sobald wir diese Koalition eingegangen waren, gab es kein Zurück mehr. Diese Medikamente müssen vom Markt genommen werden. Eine einzige unsichtbare Frau ist schon eine zu viel.»

Nina Totenberg teilte den Hörerinnen und Hörern noch mit, wo sie im Internet mehr Informationen über die morgige Demo und über das Problem der Unsichtbarkeit finden konnten. Sie nannte auch unsere Kontaktadresse.

Dexter-White ließ durch einen Sprecher mitteilen, dass man keinen Kommentar abgeben wolle.

Das Handy klingelte. Es war Wilhelm Holt. «Sie hatten mir achtundvierzig Stunden versprochen», beschwerte er sich.

«Es werden auch achtundvierzig Stunden vergangen sein, wenn wir wieder bei Ihnen auftauchen.» Ich trat ans Fenster und betrachtete den Betrieb draußen auf dem Rasen. Inmitten des Trubels stand Irene auf einem Bein und brachte einer Unsichtbaren in Jeans und Fleece-Pulli die Baum-Stellung bei.

«Sie wollen also eine ganze Firma ruinieren, ohne sich vorher an einen Tisch zu setzen und darüber zu reden?»

«Wir haben geredet. Ich war bei Ihnen im Büro. Ich hätte mit jedem aus der Firma geredet. Wie lange wissen Sie schon Bescheid, Dr. Holt? Seit wann wissen Sie, dass Dexter-White Medikamente herstellt, die Frauen unsichtbar machen, und haben nichts getan, als zu reden?»

Wilhelm Holt legte auf.

Evie hatte uns eine eigene Facebook-Seite eingerichtet, und Patty Sanchez und Laura Worthington wurden von Anfragen anderer unsichtbarer Frauen nur so überschwemmt. Sie erklärten, wie man Flugzeuge, Züge und Busse benutzte, wo wir uns treffen würden.

«Liebe Güte», rief Laura Worthington aus, «ich muss los. Channel Four will die Nachrichten um zwölf und um siebzehn Uhr mit mir bringen.»

«Dein alter Sender!», freute sich Alice, und alle applaudierten.

«Unsichtbare Frauen in Fernsehen», sagte Ariana und wischte sich gerührt die Tränen ab, «dass ich das erlebe!»

Der nächste Tag übertraf unsere kühnsten Erwartungen. Viele Frauen beschwerten sich bei uns, die Demo sei zu kurzfristig anberaumt worden und sie hätten nicht rechtzeitig kommen können. Aber ich fand, dass Ariana recht hatte: Wir hatten die Energie des Augenblicks genutzt. Indem wir uns so rasch versammelten, schickten wir eine Botschaft an die Welt, dass wir nicht länger bereit waren, stillzuhalten und so zu tun, als wäre alles in Ordnung. Wir stürmten buchstäblich den Campus von Dexter-White, in nichts als weißen T-Shirts mit der Aufschrift *INVISIBLE – INDIVISIBLE*. Wir hakten uns ein, Jane zu meiner Rechten, Lila zu meiner Linken, und wir sangen den alten Phil-Collins-Song aus den Achtzigern: *Against All Odds*. Die Leute weinten, und damit meine ich die Sichtbaren, die als unsere Unterstützer mitgekommen waren: sämtliche Kemptons und Arthur und Nick und Evie und Vlad und auch Bob, Vlads Vater, der auf den letzten Drücker eingetroffen war. Und Tausende andere. Wir hatten den

Ort in uns gefunden, an dem wir leuchteten. Und wie wir leuchteten!

Gibt es ein Happy End? Das hängt wohl davon ab, was einen glücklich macht. Dexter-White klappte zusammen wie ein Kartenhaus. Premacore und Ostafoss wurden noch in derselben Woche vom Markt genommen. Allsing blieb weiterhin erhältlich. Gerichtsklagen wurden eingereicht, doch die überließ ich anderen. Man hört, dass sie große Fortschritte bei der Entwicklung eines Gegenmittels machen, aber ich werde bestimmt nicht die Erste in der Schlange sein, die noch einmal ein Dexter-White-Präparat zu sich nimmt. Da verlasse ich mich lieber auf Erica Schulzs Methode. Sie leitet mittlerweile Seminare und hat einen Bestseller mit dem Titel *Wieder sichtbar* geschrieben. Wie sich herausstellte, befand sich unter den Demonstrantinnen auch die Cheflektorin eines bedeutenden New Yorker Verlags, die selbst seit längerer Zeit unsichtbar war und die, als sie mit Erica redete, sofort einen Bestseller witterte. Den Anweisungen im Buch entsprechend, trinke ich nun Weizengrassaft (er schmeckt tatsächlich wie mein Rasen) und nehme Vitamin D. Ich würde gerne in einen Ashram gehen, aber wann das sein wird, weiß ich nicht. Ich bin fast pausenlos für die Zeitung unterwegs: Für eine unsichtbare Reporterin gibt es viel zu tun. Jane hat mit der Erica-Schulz-Diät große Fortschritte gemacht, sie habe jetzt schon ganze Tage, an denen sie sichtbar sei, schreibt sie auf ihrer Webseite. Wir anderen flackern nur gelegentlich auf und erlöschen wieder, aber wir sind trotzdem alles andere als unglücklich. Lila ist mittlerweile stellvertretende Rektorin ihrer Highschool, und Roberta hat ihren alten Job als Krankenschwester zurück. Laura Worthington ist wieder bei Channel Four als «Das unsichtbare Weather Girl», seitdem sind die Einschaltquoten durch die Decke gegangen.

Bei uns zu Hause haben es Arthur und ich nach alledem endlich geschafft, uns mehr Zeit füreinander zu nehmen. Wir hatten ein wenig Geld beiseitegelegt, weil wir uns eventuell ein Boot kaufen wollten, aber dann wurde Nick an der Columbia zum Jurastudium zugelassen, und wir finden beide, dass er die bessere Investition ist. Neulich habe ich Arthur gefragt, was er davon hielte, wenn ich nie wieder zurückkäme.

«Aber du bist doch hier», sagte er, «du warst nie verschwunden.» Er beugte sich vor, um mich zu küssen, traf aber mein Schlüsselbein und tat dann natürlich so, als ob er mich von Anfang an dort hätte küssen wollen.

«Wenn ich nun Jahre später wiederauftauche und überhaupt nicht mehr so aussehe, wie du mich in Erinnerung hast?» In fünf oder zehn Jahren plötzlich wieder sichtbar zu werden und vom einen Augenblick auf den anderen gealtert zu sein ist eine furchtbare Vorstellung.

Er nahm mich bei den Schultern. «Clover», sagte er, «schau mich an. Siehst du mich?»

«Ja.»

«Und ich sehe dich. Ich habe überhaupt kein Problem damit, dich zu sehen.»

EIN NEUANFANG MIT SECHZIG VON JEANNE RAY

Ich vermute, jedes kleine Mädchen aus meiner Generation hat sich einst gewünscht, entweder Balletttänzerin oder Schriftstellerin zu werden. Ich wollte beides, hatte aber unglücklicherweise nicht die richtigen Eltern dafür. Die fanden, dass man einen ordentlichen Beruf lernen müsse, um für Notzeiten gerüstet zu sein. Sie hatten nichts dagegen, wenn jemand nach der Highschool noch auf eine weiterführende Schule ging, sahen aber keinen Nutzen in vier Jahren College oder Uni. Und ich war wohl genetisch bedingt nicht diejenige, die sich dagegen auflehnt (wo sind sie nur geblieben, all die braven Kinder wie ich?).

Also entschloss ich mich, Krankenschwester zu werden. Ich hatte inzwischen ein wenig Hemingway gelesen und hielt dies für einen ruhmreichen Beruf. Außerdem kümmerte ich mich von Natur aus gerne um andere, und ich liebte die gestärkte weiße Schwesterntracht und das blaurote Cape. Der Beruf schien definitiv ein inneres Bedürfnis zu stillen, denn ich habe ihn glücklich und zufrieden vierzig Jahre lang ausgeübt.

Ich heiratete, arbeitete, bekam unsere Kinder, arbeitete. Aber die ganze Zeit über tat ich vor allem zwei Dinge in meiner «freien» Zeit: Ich las alles, was ich in die Finger bekam, und ich schrieb Gedichte und ab und zu eine Kurzgeschichte. Ich las meinen Kindern vor und stellte fest, dass ich beim Lesen zunehmend die Texte analysierte: Ich begann, mir durchs Lesen selbst das Schreiben beizubringen. Leiten ließ ich mich dabei von dem, was mir in den Büchern anderer Autoren gefiel und was mich bewegte.

Und dann kam der Tag (im Jahr 1998), an dem ich sechzig wurde, und ich war glücklicher denn je. Ich hatte einen tollen Beruf, ein schönes Haus und einen liebevollen Ehemann. Da fiel mir eine Zeitschrift in die Hände. Die Schlagzeile auf dem Cover lautete: *Sex, Schönheit, Gesundheit mit 30, 40, 50*. Es traf mich wie ein Blitzschlag. Ich hatte all das und mehr, aber ich war sechzig. Jetzt ist das alles ein alter Hut, aber damals war ich schockiert und wütend. Ich war so zornig, dass ich begann, einen Roman über zwei attraktive ältere Menschen über sechzig zu schreiben, die sich unsterblich ineinander verlieben.

Natürlich hatte ich *Romeo und Julia* irgendwann gelesen, doch jetzt nahm ich mir das Stück noch einmal vor. Die Story erschien mir perfekt für das, was mir vorschwebte: eine Geschichte über zwei ältere Menschen, die sich trotz alter Familienfehden ineinander verlieben, den Anfeindungen von Seiten der Eltern, der Kinder und der Enkelkinder zum Trotz. Es sollte ein kluger, witziger Roman werden, voller Romantik und Weisheit.

Ich hatte nur abends Zeit zum Schreiben, denn tagsüber ging ich meinem Beruf nach. Als ich ungefähr 150 Seiten geschrieben hatte, bat ich meine Tochter Ann Patchett, die selbst Schriftstellerin ist, sich das Ganze durchzulesen und mir zu sagen, was sie davon hielt. Sie las es und gab mir ein paar unentbehrliche technische Ratschläge, die ich umsetzte. Als der Roman fertig war, gab Ann ihn ihrer Agentin – was für ein Geschenk! Der Agentin gefiel das Buch, und es kam zur Auktion. Random House erwarb die Publikations- und Barbra Streisand die Filmrechte. Der Anruf erreichte mich während der Arbeit. Es war fast mehr, als ich ertragen konnte. Später wurde der Roman zu einem *New-York-Times*-Bestseller.

Das alles klingt wie im Märchen, aber mir ist es tatsächlich passiert. Ich hatte viel Glück in meinem Leben, doch es gab auch harte Zeiten. Mein größter Vorteil (abgesehen von Ann) ist meine Lust am Lesen. Das Lesen ist mein Mentor, mein Lehrer. Und vierzig Jahre als Krankenschwester können auch nicht geschadet haben.

MIX
Papier aus verantwortungsvollen Quellen
FSC® C083411

Das für dieses Buch verwendete FSC®-zertifizierte Papier
Lux Cream liefert Stora Enso, Finnland.